거룩한
　줄넘기

거룩한 줄넘기

소리, 문자 그리고 노래 속: 생명의 內破

ⓒ 김정환

1판 1쇄 2008년 7월 1일

지은이 김정환
펴낸이 정홍수
펴낸곳 (주)도서출판 강
출판등록 2000년 8월 9일(제2000-185호)

주소 서울시 마포구 서교동 460-45(우121-841)
전화 325-9566~7
팩시밀리 325-8486
전자우편 gangpub@hanmail.net

값 18,000원
ISBN 978-89-8218-117-7 03810

이 도서의 국립중앙도서관 출판시도서목록(CIP)은
e-CIP 홈페이지(http://www.nl.go.kr/cip.php)에서 이용하실 수 있습니다.
(CIP제어번호: CIP2008001892)

거룩한 줄넘기

소리,
문자
그리고
노래 속
;
생명의
內破

줄넘기

김정환 詩집

自序

　문득 든, 시란 일상을 거룩(하다는 것은 쓸모없음의 최고 단계
라고나 할까)하게 만드는, 의미의 감각 체계, 아니 감각의 의미
체계라는 생각. 안팎, 꽃과 새, 물고기, 그리고 卵, 근육의 원만,
석양, 황혼, 땅거미, 언어의 내파, 구약과 신약, 헌책방, 펼쳐지는
이미지, 얼음과 음식, 고독의 경악, 감량(減量), 직전과 직후, 침묵,
푸르른 전율 등등의 감각 요소들이 그렇게 떠오르고, 연결되기 시
작하였다.

차례

自序 … 5

프롤로그 … 9

I … 10

II … 32

III … 53

IV … 74

V … 94

VI … 116

VII … 141

VIII … 164

IX … 186

X … 207

XI … 229

XII … 251

XIII … 274

XIV … 326

XV … 378

XVI … 430

사랑노래—補遺 … 482

에필로그 … 524

해설 | 황광수 거룩함이 흐르는 '노래 속' … 525

後記 … 579

프롤로그

사랑, 그 허리 끊어지는 말 혁명 그 회오리치는 말, 사랑, 갈
수록 짧아지는 그 말, 혁명, 갈수록 지리멸렬해지는 그 말, 사랑,
갈수록 가혹해지는 그 말, 혁명, 갈수록 멸망을 닮아가는 그 말,
사랑, 청순한 죽음을 닮아가는 말, 혁명, 무기력한 노년을 닮아
가는 말, 우리가 한 몸이듯 둘이 따로 떨어져 있고 우리가 떨어
져 있듯 둘이 한 몸인.

결코 말할 수 없는, 말해지지 않는 불멸의 말. 사망과 혼동되
는, 숱한 사망과 숱하게 혼동되는, 불멸의 형용사인지 주어인
지 헷갈리는, 주어와 형용사는 각각 육체인지 정신인지 헷갈리
는, 헷갈리는 것이 영혼인지 헷갈리는, 그래서 더 말해지지 않
는, 그래서 더 시끄러운 불멸의 말.

첫사랑의 숫자 쏟아진다 무엇인지도 모르는 숫자들이, 너보
다 많은 숫자들이, 너보다 찬란한 숫자들이, 쏟아졌다 너의 내
용보다 더 많은 숫자들이, 덜덜덜 떨리는 두려움보다 더 두려
운 숫자들이, 더 찬란한 숫자들이, 수없이 많은 숫자들이, 코피
보다 더 마구 쏟아지는 숫자들이.

I

마르두크, 최고신이자 모든 신.
얼음의 음식과 고독의 경악. 흔들리는
침묵, 푸르른
전율과 생명의
내파. 그것도
거룩한 줄넘기는 아니다.
침묵과 육체 사이
육체와 침묵 사이
그 셋의 겹침을 닮은
죽음이 검은 내력도
사소할수록 깊은 구멍의
의미까지 거룩하게 웃는
감량일 뿐,
줄넘기는 아니다.
하여, 맨 처음의
마르두크, 거룩함은 스스로 소스라친다.

소리의
전멸, 소리의
문법이 있다. 생명보다 더 전멸하는
그러므로 생명보다 더 본질적인,

귀보다 더 귀가 먹은, 귓바퀴 속보다 더
내밀한
소리의 문법이 있다. 상처가 고막인 소리의.

당장은 붉게 투명한 태양이
아파트 굴뚝 뒤로 숨으며 그리는
공[球]의 포물선 그 직후의,
아니, 직전의, 안팎의
무서운 적막을 감지하는
눈밭에 저리 헐벗고 당당한
겨울나무의 아이큐를 생각한다.

11

소음의
전멸, 왜 내 곁에 있는 백 년 전
시간은 내 곁에 있는 백 년 전 시간이 아닌가,
왜 내 곁에 있는 너는 내 곁에 있는
네가 아닌가? 가장 가벼운 소리의
균열은 모양이 청아하다.

한강은 누군가의 하체로 작아진다.
하체는 여성화로 작아지는
강이다. 이야기가 끝내 중력을 벗지
못하고, 그 속을 파고드는
쪽을 택할 때

땅은 지명을 얻는다. 더 복잡하고 가벼운
과정도 있다. 역사는 전통음식
이름보다 가벼워진다.

마오리족 숫처녀 아니더라도
사랑의 언어는 늘 파도를 타고
다른 섬으로 전달된다, 연인은 늘 다른 섬이다.
번역을 하면 뜻이 통하는 순간
단어는 문화를 벗고 감각의 날것이
행위한다. 생각해보면 차가울수록 달콤한
열대과일보다 그것은 기분 좋고
소름끼치는 일이다.

그러나 석양과 황혼과 땅거미,
심장이 입술 밖으로 번지는 이
언어의 내파와,
꽃과 새와 물고기와 알[卵]의
근육의 원만.
흐른다는 것은
구원일까. 노래 속에는 구약과 신약이
제도화하지 않고,
헌책방에는 내용 없이 펼쳐지는
이미지가 있고, 언어 없이 펼쳐지는 언어의
결이 있다. 책갈피에서 아무 생각 없이 50년 전

메모지가 떨어지고, 그것을 우리는 다시 줍지
않는다. 지금도 로마숫자는
다섯 중 하나를 어김없이 사망 처리한다. 제국의
전쟁은 운명이라는 듯이.
느낌표는 감명이 아니라 피로 축축하다.

원만을 택한 다른 알파벳들은
벗었을까, 낚싯바늘의 눈부신
악몽을? 사라진 문자들은 악몽
없이 사라졌을까?

중력이 아버지를 살해했을까? 부드러운
페미니즘은 중력을 벗을까, 울화 없는
잠의 집을 꿈꿀 수 있을까?

하여
마르두크, 발가락 무좀이 다시
근질거리고, 창궐하던
원초가 아니라 안 알려지는
알 수 없는, 그렇게 해서는 영영
잘못 꿴 단추일밖에 없던
너의 차원이 궁금하다.

겁도 없이, 왜냐면

겁도 인간끼리 감정이다. 오죽하면
보통명사다.

죽음에 몰린 쥐가 포식자에게 해대는
아귀 같은 위협에
전율하더라도 삶은 인간끼리 보통명사다.
어떤 짐승이 노래할 것인가 삶의 기쁨을
떠나는 슬픔을?

이름을 누르면 나날이 뜨는 인터넷
부고 기사와 죽은 자 죽음의
심정 사이를 파고드는 어지러운
비천이 엄숙하고 엄숙이 감동적인
줄넘기는 거룩하다.

우주는 가장 거대한 보통명사다.
속도는 결국 물질을 낳고, 점점 더 빨리,
느려지는 속도다. 시간이 깎아내는 것은 결국
크기에 지나지 않는다.
내용과 무관한 인격이 있다는 듯이
헌책에 겉표지를 다시 입히는
줄넘기는 거룩하다.

찬바람이 배꼽으로 스며들어 일으키는

복통은 거룩하다.

하지만 아직 마르두크, 너의
과격한 맨 처음의
거룩한 줄넘기는 아니다. (게다가 단식은
변태지) 그래서 또한 거룩함은 스스로
소스라친다.

창밖으로 따라가 내다보면
땅에 발 닿지 않고, 딛지 않고 내일 다시 돌아올
석양이 왜 저리 갈수록 붉은가.
인간의 영겁 또한 거룩한
줄넘기는 아니다. 마루 밑 꿈틀대는
벌레 한 마리한테도 말씀은
동사고 형용사고 명사고, 죽음을 응축하는 죽음의
자기 공포는 죽지 않는다.

얼마나 응집했으면 중세 유럽 즐비한 흑사병 시체
미니어처화는
벗었을까, 처참의 냄새를?

색의 형용 직전
꽃,
색이 색한테 반하는, 혹은 질색하는, 혹은 거역하는,

혹은 놀라는
색의 경계에 도지는
꽃,
꽃의 장난으로 색이 태어나기 전에
색의 장난으로 태어나는
꽃,
색의 장난으로 모양이 태어나기 전에
모양의 장난으로 태어나는
꽃,
색의 생명이자 상처
꽃,
생명의 육체, 꽃
꽃의 도화살, 꽃
식물의 처녀성과 처녀의 식물성, 꽃
은 죽지 않는다. 사정한 정액에 사정한 정액처럼
묻어난 꽃도 죽지 않는다.

심지어
고대 그리스-라틴어원 접두-접미사가,
그것을 이어받은 노르만 불어풍이
잉글랜드 지방어보다 더
고급스럽다는 일용의
시대착오도 있었다. 그건 현기증보다 더한
유예다.

투명한 유리병 속 우유는
맛의 원천이 가난이라고 가르치지만
정지도 틈도 출입도 아니고 그 겹침도 아니고
다만 있음이자 통과인 그, 겹침인 시간
생식기조차 벗는
라지, 미디엄, 스몰의 꽃한테는
흐림의 감동이 없다. 화려는
꽃 속에서 의미가 없고 꽃 밖에서 비유가 없다.
비유가 없으면 질서도 없다. 난해하다. 하물며
일반명사와 고유명사 사이 어정쩡한
이름이 무슨 소용인가, 별명은 또 무슨?

날개와 육체 사이
겹과 살 사이
막과 망 사이
죽음과 삶 사이
사이인 나비한테
이름이 무슨 소용인가, 별명은 또 무슨,
하물며 색 속으로 펼쳐지는 색의
육체인 빛은?

그러나 꽃의 육체를 거치지 않고 색은 어떻게
색인가? 기품은 줄기의 문제,
꽃은 스스로

흐트러지지 않고 환장한다, 사라 베른하르트의
앨범이여. 화사한 주름이여. 기괴한
안의, 바닥의
인프라여.

뜻밖으로, 작게, 노랗게, 하얗게, 빨갛게
제각기 생애로 피어난 꽃들,
들어가보지 않아도 열린 방들.
피었다 저 꽃들.

고통이 극에 달한
성의 처녀의
냉결인 빛. 슬픔이
날카롭게 빛나다가
끝내 스스로를 벼려
면적도 없는 빛의
날로 서는
중력의 광채.
빙하기는 앞으로도 역사 바깥에 있다는.

거룩함은 신경줄을 타고
두드러기처럼 솟는다. 사라진다. 남긴다, 사라진
문자를. 그건 해독할 수 없다는 뜻이
아니다. 돌이킬 수 없다는 뜻이다.

꿈이 깸으로 엷어지는,
사라지는 과정은 그래서 늘
안온하지, 각질화하는
종교의 과정처럼
인간이 인간에게 달콤하다. 영롱 속을
들여다보지 않고, 끊임없이
외화할 뿐이다. 잎새는
소름을 털며 펼쳐지는데
자세히 보면 꽃은,
소스라치며 잔인하게 흐트러지는데.
의미도 재미도 없이 모든 것이
피로 번지는 식물 속.
들여다보지 않는다

계절마다 지는 식물의 나이를
우리가 알아듣거나 알아차릴 때
축축하게 만끽하는 식물성은 길들여지지 않는다.
꽃의 높이와 행태와 결과 색을 우리가
길들이지만 천지사방으로 쏘아붙이는 보라와
제 혼자 영그는 노랑과 인내하는 핑크와 하다못해
불타는 빨강조차 어떻게 길들이겠는가.

아름다움은 그때
얼마나 어리석은가. 보지

꽃,

구근

꽃,

풀끝을 적신 듯

꽃,

가시밭길을 형상화하는

꽃,

아찔하게 조신한

꽃,

신 포도

꽃,

뚝뚝, 듣는

꽃,

다닥다닥 붙은

꽃,

얼룩

꽃,

잎새 언저리

꽃,

잎맥

꽃,

종

꽃,

도자기 결

꽃,

주근깨

꽃,

아기 손

꽃,

가위

꽃,

꽃잎 속은 음산한 동화의 성,

우리는 그렇게 길들여졌다, 꽃에게.

그리고 인간이 되었다.

어떻게 하면 잎새는 검은 두건 검은

가면 모양을 제 몸에 씌우는가.

우리가 보는 것은 색의

바깥뿐이다.

강제된 바깥뿐이다.

물고기 속 뼈

그 안에

꽃, 하여

끼룩끼룩 우는 새여

도시에 적응하느라

날개가 돋은, 어색한 새

울음의 육체인

너의 목을 잡지 않아도

내 손은 벌써 살갗이 벗겨지는 감촉이다.

다리는 벌써 뒤뚱거린다.

부리가 사나울수록

서글프고나 배로만 이뤄진 나의 몸은.

굽은 목이 날개를 닮는 듯,

펼치고픈 날개가 목의 곡선을 닮는 듯.

선명한 아름다운 덩어리들의

엉성한 조합을 완벽하게 하는 몸의

동작의 완벽성.

'몸=동작=완벽'을 받치는

쟁반 갈퀴 균형이

원만을 원만보다 더 부드럽게 찌그러트리며

날아온 거리와 날아갈 거리를 닮는

작은 호수와 늪과 작은 연못과

헤엄친 깊이와, 헤엄칠 깊이를 닮는

이 동물의,

암컷과 수컷의

짝짓기가 궁금하다.

완강한 가슴도

원만을 찌그러트리지 않는.

부리가 목을 닮고도 모자라 부리 밑에 주머니

무슨 내장처럼 달려 있는
모양도 원만을 찌그러트리지 않는.

벼랑에 보금자리 짓는 새.
눈과 부리가 한데 새겨진
벼랑의 각도를 지닌 새. 날렵함이 검은,
날렵한 검음에 비해
육체가 너무 비대한 새.

습성의
이름이 무슨 소용?
일반명사도 고유명사도 아닌
이름이?

일순 인간의 쓰레기를 닮은 항구의
갈매기조차, 초현실을 가르듯
새는 '난다=있다.'
폭풍우에 몰리는 눈동자 속.
먹구름도 없다.
목이 추하게 뒤틀린 대머리 독수리는
발톱과 부리만 검은 비명으로 남고,
부리가 낚아챈 물고기는
할딱이고, 자신을 새로 착각하고,
새는 그 할딱임과 한 몸을 이루고, 온몸은,

날개와 긴 다리, 긴 목은
웅크리며 복종한다. 온몸은, 부리이자 먹이다.
먹이는 새다.

방향감각이 있을 뿐, 방향이 없다.
자연스러운 일순의
소속이 있을 뿐,
집중하지 않는 집중이 있을 뿐,
그것이 끝나면
나비를 쫓는 부리는 어색해진다.
육체도 어색해진다.
총천연색도 어색해진다.

스스로 흑백화하는 인간의 무덤의
내력은 물고기 눈에 어떻게
비쳤을까, 관찰도 없는 물고기의,
새의 눈에는?
사진이 없으면 총천연색도 없다.
아니, 총천연색이 그 자체 흑백이다.

신성의 천문학 속에
다리 하나로 서서
멀리 보는 새.
목을 외로 꼬고

뒤돌아보는 새.
대낮에 새까맣게
밤을 닮는 새.
시치미 떼는 정지의 균형.
시치미 떼는 비행의 균형.

무슨 소용,
몸체 특징을 살린 이름은 더욱?

기민함도 스스로 희화화하는, 아니
장려한 집단 비상의 기억을 지우고
길 잃은 개굴창 눈동자를 위악하는,
열대적으로 수다스러운 새.
균형을 과장하느라 가늘어진 사지와
똥배가 이루는 균형이 더 절묘하고
명랑한 새.

오 생명이 살생인
거룩함.
영생보다, 필멸보다 비극적이고 거룩한
생명이 살생인 거룩함.
매일 제 잎새를 뜯기는 상추의
생간을 구워 먹고 삶아 먹고 튀겨 먹는
지옥의 온순한 초식동물과 광포한

육식동물의 살생 즉 생명의 거룩함.
사냥의 포효가 있을 뿐
냉장고도 식사의 수다도 게걸의
황홀도 없는
음식의 엄숙과 경건.

그 속에 풀의 말
그 속에 꽃의 말
그 속에 새의 말
그 속에 물고기의 말
그 속에 알의 말
꽃의 새인 알의 말
하나로 뭉뚱그려지지 않는.

언어는 물고기 눈동자를 꿈벅거린다.
새는 새장보다 좁은 가슴을
파닥이며 앉는다.
쥐며 앉는다.
해방촌 옥탑방 속 같다.
웬 여자가 앉아 있다.
온갖 가금류의 조상처럼.
북극과 남극, 소금바다 평원처럼.

새의 몸이 커진다는 그로테스크.

색이 총천연색으로 된다는 그로테스크.

또한, 단색으로 된다는 그로테스크.

거룩함의 영감은 그렇게

영감의 비루한 표상으로 오고

믿음은 모든 것을 망가트린다.

거룩함은 드러남 이전이고 돌이킬 수 없는

이전의 이후를 향해

좀더 지칠 뿐.

나무도 하늘도 태양도 거룩함의

거처는 아니다. 거룩함은 거처가 아니다.

부리가 또 다른 눈을 부릅뜨며

수만 리를 품는

휴식의 고요한 공포를 느껴야 한다.

사라짐은 나를 능가하는

무게.

속도는 기억이 아니다.

이마가 깨지는 속도.

수면 아래 발길질, 신체의 일부일 뿐

화석 직전, 곡선의 육화, 약동화.

오래된 흑백 세필 물고기 및 새

삽화 직전의

늙고 완고하게 뻗은 뾰족수염

몇 가닥.

부스스도 꺼스스도 없는.

꽃나무 보금자리 살고 지고 두 연인 새,
입맞춤 즙으로 온몸 달아오르며 총천연색
잎새가 되어버린 새, 기억은 잠시
바깥을 내다보는
노랑머리 열매 속 꽃으로 핀 새.
날아오름의 박제 새,
스캔들에 못 미치는 새,
굴뚝, 새
벌, 새
온통 다리뿐인,
부리와 다리의 각도가 전부인 새

대낮의 아주 화사한 일순과 환영
그사이 더 화사한
나무가 되어버린 딱따구리, 둘
휘어지고 솟는,
가지가 되어버린 새,
구멍, 새, 딱따구리, 둘
수액의 줄기, 새,
나무껍질, 새, 옹이, 새,
꽃과 나무, 솔방울과 침엽을 꿈꾸는
새, 그 꿈을 지고 날으는 새, 그 새에서 피어난

꽃과 나무, 새, 공중제비

기호, 제비, 둘

저렇게 좁게, 저렇게 편안하게 포개져

낭떠러지를 그리는 새,

생식기가 보여도 흰 배를 까뒤집는

교태는 아찔하지, 색, 색, 색, 새,

색의 의상이 무거워

벗는 새,

위험한 건축공학, 새

더 위험한 화투, 새

제 속삭임 속으로 길을 잃은,

온갖 속삭임으로 변형, 환생하는 새.

모든 배경을 집중시키는 암흑의 투명, 새

나뭇가지의 교통, 새.

이제는 새가 새를 찾을 수 없다.

평면이 다른 평면 속으로 스며드는

추상화, 새

식물의 식구, 새

식물의 형식, 새

형식. 의 공즉시색, 새.

대저

그 정도 곡선의 시간을 몸에 지닌

후에야 새는 만난다, 뱀을, 그 삼각의 유선형으로.
'드디어', 가 아니다. 날개의 견갑골이
약간 더 두드러질 뿐이다.

비상은 원만의 명상이다.
나뭇가지를 움켜쥔 갈퀴의
웅장은 비루하다. 거대한 갈가마귀의
광휘는 자신의 광휘를 모르고 끔찍하다.
털색이 눈빛을, 눈빛이 털색을 닮으며
두려움으로 만끽한다, 자신의 축복을.

알류샨열도와 5대호, 애틀랜틱
그리고 툰드라.
오 어설픈
위엄. 광대를 울리는 메마른 발이 포괄하는
영역의 불규칙한 초현실. 가장 안정된
다리의 경련, 붉은 꽃술 부리가 더 붉은 제 입술을
파먹는
잎새의 광합성을 천지사방 햇살로 환원시키는
반대 방향은 가깝고
같은 방향은 멀다.
철새는 하늘을 좁히고
땅새는 서식지를 넓힌다.

똥오줌과, 피 묻은 알을 낳는다. 어설픈 중세
마파문디다. 더 어설픈 세계 형성이다.
껍질은 생명보다
견고하지 않은, 숨이다. 생명보다
가녀린 것도 있는가. 오 거룩함의

유언이여. 대머리를 위장하며 독수리는 너무
화려한 날개를 펼친다. 너무 희고, 너무 검다.
큰 날개는 멀리 날지 못한다. 멀리 가는
새의 날개는 너무 작아
모르지,
자신의 속도를.

몸집이 비대하고 머리가 최소한도로 작아진.
우아는 어디까지 가는가.

도롱뇽을 쫓는 모가지를 쫓는 갈퀴를 적시는
황혼, 다시
언어의 내파.

II

날개 대신 두 손을 택한 인간의
진화는
잘한 일일까.

굴러내리는 중력의 바위에서 인간이
발명한 바퀴는
더 가볍지만
더 단순한 설계였을까?
삶의 중력에서 인간이 발견한
정치는 더 단순한 설계였을까?
피의 신약은 중력의 구약보다
가볍지만 더
천박한 설계였을까?

가벼움은 복잡하고 심오하다.
가벼울수록 복잡하고 심오하다.

노동은 중력보다 가볍고, 자본은 중력의 노동보다 가볍고,
자본주의는 현실 사회주의보다 가볍고, 자본주 상상력은 가
벼운 자유민주주의보다 더 가볍고, 상상력은 주의보다 가볍고,

자본주의의 상상력이

능가한다, 자본주의를. 경박단소 생산보다 가벼운 유통을 더
가벼운 디자인이 능가하는, 중력에 반하는 순간이다.

이것이 상부고 설계다.

이것이 아버지 살해에서

가벼운 농담에 이르는

과정이다. 중력을 벗는

여성의 과정. 이것이 예술의

좌파다. 우주는

감각인 생의 내면인 초월.

소름 끼치는 여성이다. 찢어지는

고음 속만 남성이다.

가령 블록버스터 방송드라마 대하 사극 세트를 만든다. 그
옛날 원전보다 더 많은 비용을 들여서 만든다. 생활의 드라마
를 거세하면서 매일매일 같은 시간 연속되는 시청률이 더 많은
돈을 벌어들인다. 천만 영화 관객 입장료도 우습다. 복제는 현
실보다 더 비까번쩍하다. 관광지 수입도 있다.

하지만 드라마 월남전의 목숨값은 갈수록 우스워진다. 하나
뿐인 목숨은 하나뿐이 아니고 여럿인 목숨은 목숨이 이니다.
추석 특집 방송이 귀성 전쟁을 제작한다, 3박 4일 교통 낭비
보다 못한 기업이 연휴를 30일로 늘린다. 귀성 전쟁이 30일로
연장된다. 개그가 드라마와 쇼를, 망가지는 춤이 개그를 압도

한다. 서로의 입장과 정체를 바꾼 남북도 썰렁한 개그에 지나
지 않는다.

해방된 섹스의
소비를 능가하는
섹슈얼리티의 소비도 있다.
상상력의
예술은 목숨 값의 지점에서
가상현실과 갈라진다.

기우는 것은 여체도 아니고 여자도 아니고
여자의 여체도, 여체의 여자도 아니고
예술이다. 딱히 조각도 그림도 그림의
조각도 조각의 그림도 아니고 한쪽도 다른
쪽도 없이 기우는 예술이다. 여인은 운다.
여체도 여자도 여체의 여자도 여자의 여체도
울지 않는다. 기우는 것은 울음도 여인도
아니고 여인의 울음도 흔들리는 웃음의
여인도 아니고 무게도 밑도 끝이 없이
기우는 예술이다. 아, 그런데도
여자와 여체는 갈라지지 않는다.

필사적인 눈물의
제의를 펼치듯.

울음을 닮은
거룩한
경악의
얼굴이 보일 때까지.

인간적인
노래 안에서는 이따금씩
씻겨나가지, 신약의 피도 구약의 중력도
씻겨나간다. 떨림이 흐르지 않는다.

횟집의 식사가 대낮에 불러낸
버섯과 파충류와
연체동물과 포유류,
진화의 대가족으로 떨리는
육체 속만큼도 떨리지 않는다.

새의

전율의 각도는 앳되다. 뾰족한 부리를 닮은
얼굴은 자못 우스꽝스럽다.

꽁지, 새.
비틀리는 것은 뱀의 목이 아니다. 시체를
파먹는 흰 대머리

독수리는 폭력을 형편없이 과장한다.
운명은 엄연하다. 다 자란 깃털은 절멸로 검다.
독수리는 절멸이다. 날으는
새의 등은 뜨거운 성욕이다. 고난도 정지
자세는 순종한다, 절멸에. 눈물겨운
연착륙도 없다. 평화는 곡예와 같은 것, 맹금의

가족은 어수선하게 광포하다.
위계질서가 광포하다. 위계질서는
반드시 광포하다는 듯이.

먼 데 갈 생각 없는, 정다움도 없는
공포의 빛깔, 곱다. 그렇게 새는
두드러기를 벗는다.

생각은 일정하다. 여럿이라도 새들은
눈빛이 일정하다. 한곳을 쳐다보는
까닭. 지상에 묶여 부리만 길어진
구멍새도 마주 보며 먹이를 찾지 않고
기다란 다리만 꾸준하다. 언뜻, 분홍
가슴도 보인다. 게걸스럽지 않은,

날으는 꼬리, 새.

각자의 하늘과 땅을 마주 보는
방향으로 방향을 의식하는
새한테는 처지가 없다. 들키는
광경은 난감하지. 더 비탈진 둥지는
낡은 흑백사진. 그러나 흑백의 새라니
터무니없다.

눈자위 검은, 새.

알 속에
미세혈관, 새.

노래 속에는
거룩한 응축의
지도가 있다.
가벼운 미래를 위해 무거운
전통이 있다.
신약의 천국이 있다.
살아 있는 자를 위한
부고가 있다.

끔찍한 명징의
거울이 있다.
혼탁한 것은 노래 밖이다.

흔하디흔한 것은 노래 곁이다.
노래 속에는 인간의
정치가 없다.

안녕. 엘리베이터 문이 열리고
다시 닫히는 동안 수십 년의
죽음이 흐르는 것은 네가 노래와 같이
다가서지 않아도 풍기는
까닭이다. 너의 몸은 얼음의
향기와 같다.

나는 나이를 먹지 않는다. 너무도 투명한
너의 살결은 찔러도 날카롭게 찔린
균열밖에 남지 않는다.

너의 균열은 얕고 나의 아픔은 깊다.

온도여 냉혈의 온도.
눈동자여 단추처럼 새까맣게
응축한 눈동자.

나의 육체는 북아메리카 인디언,
성스러운 말씀의 육체로 흩어진다.

너의 색은 아프리카,
검은 대륙의 무지개로 펼쳐지는
뱀이다.

그러면서 나는 옛날식 공연을 하고
앉아서 이야기를 하고
또 다른 차원을 열 듯
헌책을 펴고 설날의 수면을
24시간 즐기며 작년은 참
오래 살았다고 생각한다.
그럴 수 있다는 것이 믿어지지 않는다.

망년회밖에 없었다.

25년 전으로 돌아가다가
아예 마음 놓고 닐리리,
슬픔이 구태의연한
단가 열두 곡 가사를 쓰고 싶었다.

네가 믿어지지 않는다. 오로지 믿음
밖에서 나는 너에게 덜미를 잡힌다.
차갑게 들키고 뜨겁게 놀란다.
그것 또한 내가 헌책을
펴야 하는 이유다.

하필이면 돌이킬 수 없는
역사의 헌책을 나는 편다.

안녕. 엘리베이터 문이 닫히고
다시 열리는 동안은 네 눈꼬리가
올라가는 기나긴 시간이다.
얼어붙은 무서움은 앙증맞지만
유감스럽게도
이 무서움에는 덜덜 떨리는
시간이 있다. 그렇지 않다면

시상식은 낡은 건물일수록 좋고
정년퇴임식이면 더 좋다.

안녕. 엘리베이터 안에 없는 너는
사냥 같다.
쫓는 자 쫓지 않고
쫓기는 자 쫓기지 않고 그냥
사냥의
어감 같다.
상냥함에 가까운, 그러나
피 묻은.
비리지 않으나
살 속의.

그러나 보이지 않는.
그러나 신랄한.

거룩함은 신화 이전이다……
이것은 수천 년 후 네 몸의
말이다.

거룩함은 명명 이전이다……
이것은 수만 년 후 네 몸의
짓이다.

잔혹과 비정 이전
죽음의 가상현실을 실천한
문명도 있었다.
그러나 반복의 역사는
가벼워지기 위해 반복하고,
별거한다, 반복과.

안녕. 엘리베이터가
혼자 있는 시간.

아무도 요리하지 않는 시간.

등 뒤로 문이 닫히고

내 등은 공허하게 열려
에로틱하다.

안녕. 죽음을 먹는 시간.

총,
소리는 왠지
유복자 같고, 별거 같고 파경의
지루한 내력 같고
죽음 밖에서
장례식은 취한 듯 몽롱할 뿐
비장이 파란만장할 뿐이다.
장례식만큼 필사적으로
삶을 닮는 장소는 없다. 그것을 알고 검은

색은 두드러진다. 루오. 성(聖)의 눈썹의
윤곽만 짙어진다. 육체는
원시적으로 난해한 연극이다.
영원이 죽고 시간이 부활한다. 루오.
장례식은 너무 두터운 옷이다.
헐벗은 거룩의 과장된 성(性)보다는
교황의 정치 너머 사제의 세속
그 너머 성자의
거세에 이르도록

왜 죽음을 음식으로 먹였는가를
알아야 한다. 끔찍함은 마지막
언어, 마지막 안간힘이었는지 모른다.
일곱 가지 죽을죄는
일곱 가지 죽음보다 잡다하다.

자연의 기괴한 형상으로
돌아가는 신성의
언어는 미래를 향해 투명하다. 육체는
순결과 분노의 처녀성을 벗고
원초이자 뒤늦은 육체의 바다,
미래를 향해 투명한
고통의 희망이다.

불가사의는 영원의 시간과 공간,
거대한 모습을 드러낸다.
중력을 능가하는
절대의 모습을 드러낸다.
죽음과 처녀성과 정치의
불모를
거대하게 드러낸다

그러나 누가 알겠는가? 하물며
느끼겠는가, 조각과 회화가 서로 스며드는

건축과 자아의
우주와 물질 속과 수와 음악의
무덤과 보물의
이야기와 장르의
육체와 종교의

등식이 이뤄지는
재앙의 두려움을, 그것을
씻어내는 대홍수를?

고대문명은 지도만 거룩하다.
최초 악보는 추상과 구체 사이. 문자는
상상한다, 죽음 이후 태양을 입는
영광과 두려움 사이 거룩함을.

감량, 그러나 누가 계량, 누가 감히
말씀, 육화와 성교의,
응축의 응축인 마임의

양을 재겠는가, 숫자 속으로,
히에로글리프 속으로 귀의
악기 속으로 들겠는가, 오죽하면
능가하겠는가, 몸의 표정이
언어를, 이야기가 소설을, 감각이

이야기를, 모양이 미술을, 음향의 음악이
성당을, 회화와 건축이 신성을, 화강암이
모성을 능가하겠는가, 공포가 비단을,
풍자가 사회를, 왜곡이 일상을, 능가하듯이?

생애가 공간으로, 인생이 무대로
현실이 가장 아름다운 그림자의
관능으로 변하겠는가,
즉흥의 생로병사를 닮은
죽음이 웃음 가면으로 변하겠는가?

감당하겠는가, 죽음에 이르는
육체 언어의 온기를?

이루겠는가, 숫자와 언어와 논리
사이 상상력으로 신화를 극복하는
파란만장의 배경과 중계인 육체의
육체적 민주주의를?

들여다보겠는가 손바닥처럼, 카탈루냐
지도, 세상보다 더 넓고 깊은 세속,
상형문자의 제국을?

오. 어둠의 응집인

빛.

거리가 변증법으로 되는
화려하고 어두운 절정의
비극,
줄거리는 시작된다.
눈물이자 웃음인 무용의 고전주의,
기악의 시간이다.

음반은 중심에서 해체하는
광경이다.

46

노년의 명징을 닮은 중세 이슬람
알이드리시 지도 속에서

영국은 연극과 경제와 민주주의의
언어다.
프랑스는 미술과 정치의
언어다.
이탈리아는 예술과 일상의
언어다.
독일은 철학과 음악의
언어다.
러시아는 인민이 수난하는 대자연의

언어다.
미국은 오래된 자연과 새로운 인간
혹은 거꾸로의 매스컴
언어다.

물질도 젊음의 난해를 닮은 감각의
명징과 총체를 갖는다, 그것을 안다면

파탄은 언제나 총체화하는 파탄이다. 몸은 예술
장르를 능가한다.

생은 의식의 블랙홀을 넘쳐난다. 그것은
디지털이 현실을
넘쳐나는 것과 같다. 동굴과 파경의
응집과 응집,
혹은 응집과 응집의
불안의 계단이 음악을
넘쳐나고, 그래서

니체에게 무신론은 블랙홀이다.
마르크스에게 혁명은 블랙홀이다.
프로이트에게 성은 블랙홀이다.
정신의 육체를
세계화하는 것은 용어뿐,

일상 또한 블랙홀을
일상화하는 용어다.

그렇지 않다면 왜 마임이 시간을 조각하는
광경으로 되겠는가.
죽음인 무용의
'죽음＝무용'의
희망으로 되겠는가.

아니라면 훈제 소시지를 앞에 두고
화목하게 앉은 부부의
육체 또한 포스트모던의
용어에 지나지 않는다.

벌레는 스멀거리기라도
하지.
박테리아는 차라리 안 보이기라도
하지. 갑각류는 맛있는 살을
숨기기라도 하지.
나무는 흙의, 물고기는 물의 생명을,
과일은 성욕을 상징한다.

내 육체는 나에게 아무 감이 없다.
내 정신은 나에게 아무 의식이 없다. 정말

공룡은 사라졌다.
모차르트도 들리지 않는다.

여자 몸속에는 봄이
낭자하게 저질러지고 실비아
플라스, 앤 색스턴, 잉게보르크 바흐만, 여성의
자명한 자살은
삶을 더 투명하게 만든다. 이들의
시에는 끔찍한 악몽의
거울이 웅크려, 해독되지 않은
경외를 비춘다. 해독되지 않은
문자는 무엇을 위해 해독되지
않았다는 것을

알고 있다. 해독되지 않은
문자는 죽은 문자와
다른 차원에 있고 쓰이는 기호보다 더 우월한
위상에 있고 쓰여지는 문자를
어언 낯설게 만들고 어떻게 보면 더
본질적인 것처럼 보인다. '본질'과 '보인다'
사이 모순도 보인다.

틈은 최대한 벌어진다. 자음과
모음 사이도 막막해진다. 문장은 모종의

계면에 이른다. 아니 계면이다. 교보문고가
헌책방보다 천박해 '보이는' 게 아니라
정말 그렇다는 게 문제다. 남아도 될 만한 것들이
바로 그런 이유로 사라졌다, 자본주의
본토보다 더 빨리. 지레 겁먹는 자는
스스로 공포를 키울 뿐,
종교도 갈수록 천박해진다. 경건은

살을 느끼는 살의
낯섦에 가장 가깝다.
정신을 느끼는 정신의
낯섦에 가장 가깝다. 다시,
낯섦과 가까움은 모순이다. '아직은'은
'벌써'인지 모른다. 그 점도,
해독되지 않은 문자는 감당한다.

자음과 모음이 너무 정다운 음절의
악몽도 감당한다. 자음은 자음의 부서진
과거를 모음은 모음의 옹근 장소를
기억한다. 자음은 자음의 더 부서질 미래를
모음은 모음의 더 옹그러질 장소를 예상한다.
품지 못한다, 음소와 음절의 불균형의
현재를, 빌려온 모음의 자음과 자음의 모음의
어긋남을, 마법의 종교와 학문과 죽음을

일상의 장식으로, 언어의
바리케이드로 만든다. 이것이

알파벳의 악몽이다. 소리의
모양이 없으면 소리도 없지만
모양은 그림과 소리 사이
그 속으로 갈수록 깊어지는
와중으로 있다.

소리가 모양으로 소리 모양이 그림으로
가시화하면서 제도화하는
알파벳의 악몽은 통신하지 않는
언어의 악몽을 능가한다.

해독되지 않는 문자가 해독되지 않는
이유보다 더 중요한 것은
그 내력이다. 내력이 없는
새로운, 대안의
문자란 어불성설이다.
아이들은 컴퓨터 게임을 한다.
그럴듯한 통신의 가슴 아픈 청용
모순이다.

'숨어 있는 책'이라는

이름의
헌책방이 있다.

오후 2시부터 10시까지 영업하는
근로기준을 칼같이 지키고
숨은 이름 덕분에 더 알려졌다.

이름은 시스템이라는
이름과 다른
수천 년 달라져온
차원이고 위상이고 계면이다.

헌책방은 펼쳐지는 이미지다.

아이들이 컴퓨터 게임 속으로 숨는다.

III

뉴질랜드의 원래 이름은 아오테아로아,
'긴 하얀 구름 땅.'

형용사 사이 '그리고'는 없었다.
거룩함과 인간은 그렇게 사이가 좋았다.
그때가 좋았다는 뜻은 물론
아니지. 좋았다는 것은 아직 몰랐다는
것이고 안다는 것은 아직 비극적인
일일 뿐이다. 최근까지 맨 처음
기차가 지나가는 당인리 발전소

추억도 아름다움의
구속일 때가 더 많다. 흰 구름의
대평원은 망각에 더 가깝다.

자음만의 문자는 엑소더스의
거룩함보다는 아직 노예의
고단한 생활의
두음과 속기에 더 가깝다. 그래서는
아파트 담이 자폐적일수록 더 으슥한
범죄의 장소가 생겨나는 궁궐과

역사의 등식을 벗지 못한다.

소리글자는 아직도
거룩함을 세속화한
종교의 세속화다.

헐벗음이 보여주는
헐벗으면서 보여주는
헐벗는 것이
보여주는 것이라는 것을 보여주는
나무껍질 같은
문자를 생각한다.

여러 번 곱씹는
곱창의 집을, 그 왁자지껄의
거룩함을 상상한다.

지금도 우리 몸속에서 진행되는
쿼크보다 더 작고
쿼크보다 더 근본적인
빅뱅을 생각한다.

그로테스크를 벗은 여성을
시간을 벗은 남성을 생각한다.

샘족 북서부 페니키아, 헤브루
남부 아라비아, 그 사이
가나안에는 나날의 죽음을 입고
내 팔레스타인 친구들이 산다. 그 의상은
역사보다 짧지만
종교가 된 거룩함의
의미보다 깊다.

수메르와 미노스보다 천 년이나 빠른
문자가 있었다는, 남동 유럽 전역
호메로스는 분명 슬라브어 방언을
구사했을 것이라는 루마니아, 세르비아,
벨그라데에서 역사의 현장은
우긴다, 가장 처참한 살육이야말로 가장
거룩한 현현이라고. 마치
거룩함이 우기는 것처럼 우긴다.

그 밖에
크릴 문자, 천년 동구의, 백성을 위한
너무 기나긴 비명이 끝까지 비명을 벗지
못하고 끝까지 헐벗은 아름다움이 끝까지
아름다운 문자. 수천 년 역사의, 동쪽의 해뜨는 곳의,
어둠이 영롱한, 새천년 영롱의 어둠을 닮은,
키리에의 비명의 수직의 수평을 크릴의 수평의

수직으로 닮은 문자. 비명도 화려하고 노래, 슬프고,
아이, 어른스러운 인간의 참혹 너머 인간의 눈에 비친
대지의, 대자연의 참혹만 영롱이 어두울
밖에 없다는 듯이.

마포구 대흥동 대흥극장 언덕을
오르는 것은 50년 전 산을 아직도 깎고 또 깎는
'일'이다. 6·25전쟁, 격전지보다 더 깎아
중령 계급의 상이군인도 가마니 나무집을 짓고 살던
'곳'이다. 이대 입구에서 우회전을 하며
보다 못한 현역이 군용 개인 천막을 하나 내주고
5·16 박정희 '군사혁명' 덕분에 변두리 동네
다닥집을 하나 챙긴 운전기사의 중령 친구
운명은 부동산 떼부자를 거쳐
명계에 도착하고 아현시장을 지날 때쯤
노기사는 내가 태어난 1954년 서울로 올라와
내 고향 마포에 도착한다.

그의 구변은 상이 중령 친구의
삶보다 경박하지만
아현시장은 모든 것을
종합하고 전시하고 그의 모든
거란 문법이 우리말과 더 가깝고
몽골 제국 쿠빌라이 칸,

파그스파 문자에서 세종대왕이
ㄱ, ㄷ, ㅂ, ㅈ, ㄹ의 모양과
기타 운용을 베꼈다는 '얘기' 같다.

파키스탄, 하라파에서 메소포타미아까지
더 멀리 갈수록 있지만
켈트–이베리아까지
더 판타스틱하게 갈 수 있지만

알파벳
이름이 두운의
상형을 벗는 소리글자
과정은 아직 불편하다.
그 알파벳들이 짓는
건물은 아직 이중으로 부실하다.

내게 문자는 아직
가면 뒤에 새겨진 글자다.
상징의
계면과 희망으로서 글자다.
고대 그리스는 중간에 있지만
돌이킬 수 없는 중간이다. 컴퓨터 디지털의
꿈은 광활하지만 거룩한
글자에 미치지 못한다. 숫자로

어떻게 쓸 것인가, '사랑한다'는 말을
끝내 상형이 아닌 소리글자로?

무엇을 격하하려는 기도이겠는가,
숫자여.
글라로라차, '말하는 부호'여.
장식이여.

당신은 숨은 다락방처럼 아늑하고
노래 속으로 흐르는 생명은 생명의
내파다. 노래는 흐르고 노래 속은
다시 노래 속으로 흐른다. 심화도 중첩도 아니다.
저지름과 저질러짐의
경계가 없다. 흔적이 흔적을 남기거나
지우지 않는다. 부르는 노래 속은 부르는 자
노래 속이고 듣는 노래 속은 듣는 자 노래 속이다.

드러나는 것은 이미 합친 이후고 그럴
필요와 능력이 없는
것들은 드러나지 않는다.
거룩한 문자란 그런 것이다.

당신은 숨은 다락방처럼 아늑하고
당신 속을

만지는 일은 다락방이란 속의
속살을 만지는 일이다. 깜짝깜짝
놀라는 일은 더 아늑하다.
알지 못하지만
좋은 사람을 만난다는
예감이 응집한 속살이다.

근육의 원만이 전율하는
전율이 내파하는
내파가 펼쳐지는
이미지의
얼음과 음식이
고독하게 경악하는
침묵이 다시
푸르르게 전율하는
거룩한
줄넘기, 그 속은

신약이 구약의 속살이다.

따순 밥에 명란을 비비는
운동도 없이
살갗이 아스라이 바스라지는
감촉도 없이

생명은 내파한다.

반가운 손님이 슬멋 찾아오는
내색도 없이
치부와 보물도 없이
축하도 없이 생명은 내파한다.

예술의 교감이 총천연색을 낳는
요사한 시간도 없이
날이 저물고, 비 내리는
소리를 지운 울음의
풍경이 가라앉는다.
고양이도 울지 않고 집들은 성냥갑의
모양만 남는다.

당신의 세계는 당신의 방이고 당신의
방에는 사람들이 너무 많이
웅성거리고 얼굴은 제각각 윤곽이
부황하다. 생명이 감량된
껍질이 너무도 슬픈 아비규환이다. 어설픈
수풀이 어설픔에 취하고 찬란한 빛이
찬란함에 취하는
청년과 장년을 지나
그악스러운 노년이 그악스러운 노년에

직면한다. 임신과 가증의
결혼식도 없이, 벌써.

임신은 거룩하기 위해 살의
원인을 지우고
윤곽만 남긴다. 윤곽은
거룩하기 위해
흐려진다. 흐림이 짙어진다.
죽음도 마찬가지다. 그 사이
피의 신비도 마찬가지다.

신약은 구약의
생명의 내파, 젊은 날의
꿈은 거기서 끝난다.

이마 푸르던 시절의
전쟁 사진을 보듯
우리는 그 말로를
너무도 오래 견디고 있을 뿐이다.
모든 말로는 원인보다
비참하지. 오랠수록 너욱.

오 잔혹이 거룩한 일순의
의미와, 공포의 주체가 없는

지리한 잔혹의 어리석음.
그보다 더 어이없음.

그것이
집인 여자만 남은 이유다. 아담한 중세
미니어처가 더 끔찍한 이유다. 그것은
거룩할 수 없는 이유다.
그것이
유년의 기억만 남은 이유다. 그것은
따스한 어머니 손길이
고향의 입김과 개천의 속삭임이
순결하지 않은 이유고,
기시감의 아늑한 집
윤곽만 언뜻언뜻 현실을
떠도는 이유다.

환영의 이유다.
얼굴이 비현실적으로
야위는 이유다.
내가 살아왔다는
이유는 더 힘없이 떠다닌다.
여성도 현란한
형용사로만 구성된다.
흩어지는 실내의

아이 적부터.

세련되게, 아주 세련되게.

무엇보다 검은 눈동자도 흩어지는 검은

눈동자다. 대비의

명징도 없다. 세상은

혼미한 두뇌 속, 명상의 계단은

위태롭게 커진다.

나여, 나를 쳐다보는 얼굴의

모든 이여. 만인일수록

누추한 손가락만 길고

두터워지면서 사라지는.

진화의 말로인

새하얀 죽음이여.

정물이 죽은 자연과

병행하는 까닭.

연극이 더 무거운 까닭.

거룩한 아비가 거룩해서 울지 않고

우는 아비가 거룩할밖에 없는

울음이 아이처럼 거룩할밖에 없는 까닭.

울음 바깥으로는

한 걸음도 나올 수 없는 자.

울음의 육체인 자여. 아니
울음이 육체인 자. 울음 바깥의
참회조차 추문의
장으로 만드는 자.

밤은 애들 장난 같고
초현실이야말로 아둔패기 코뿔소,
사소하고 쩨쩨하다.
왜곡만이 거룩하다.
기둥은 절정보다 높이 치솟고 개인적인
죽음의 순간만이 개인적으로 거룩하다.
부조리는 가장 잡다하고
고도를 기다리는
배우들은 연극이 끝난
뒤풀이보다 허술하다. 울음은 그렇게
핏발 서며 희화화한다, 멀쩡하다는
망상이여.
공간이 무거울수록
시간이 흘러서가 아니라
삶이 정처 없었던 까닭.

온몸이 키클롭스 외눈으로 충혈되면서
충혈의 철갑의 참호 속으로 한없이 오그라드는
전쟁이여. 어째서 이런 식의

헐벗음밖에 없는가. 헐벗은
생명의 거룩함밖에 없는가.
제복밖에 없는가. 피동의
잔혹밖에 없는가. 능동의
자해밖에 없는가. 치유와 평화의
안식밖에 없는가.

고통은 전혀 다른 모습이고
이야기다. 그 옆에서는 시가를 입에 문
노년도 얌체 같은
전치사에 지나지 않는다. 뒤늦고 빈약한
성욕에 지나지 않는다. 검음도 형상은커녕
흔적 이후를 남길 뿐이다. 구두의
몰골만 앙상할 뿐이다.

실존의 나들이는 떠벌인다. 그게
그게 아니고, 그게…… 아니고, 더듬는다.
떠벌이는 실존과 더듬는 나들이 사이
포식자는 마이크고 카메라 플래시고
난해는 포식하는 평론가의
게거품만큼만 난해하다.

거룩함은 두려움보다 더 두렵고 나는
그렇지 않은 이 시대가 더 두렵고 치사한

두려움이라 더 두렵고 낙하 속도가
두렵고 그 끝은 파멸이 아니라
지리멸렬일 것이므로 더 두렵고
그것을 모면하려는
사랑이므로, 연애이므로 더 두렵다.

육체의 변방을 보살펴야겠어.
伯父와 叔母
堂叔과 姪女와
再從姑母, 그리고 더 괴팍한 이름의
혈연의 변방도 챙겨야 한다.
폭동보다도

민족을 조심하면서. 물론. 이왕이면

로마어보다 늦게 영어보다 먼저 기록되는
아일랜드, 앵글로색슨, 아이슬란드 같은
변방 언어의 순간,
종교는 제도를 헐벗는다.
거룩함이 거룩하게
사라지는 순간이다. 그 뒤로 이어지는
사고와 혀가 따로 노는
언어 내파의 시간이다. 민족
'주의'가 아닌 민족과 집단과 개인의
정신 해체를 능가하는 굶주린 엄혹과

기아의 육체가 내파하는
세계의 시간이다.

그대에 대한 생각
만으로 나는 간신히 뭉쳐 있는
'나'라는 글자다. 그대의 몸에 다가가는
까닭만으로 나의 생각은 간신히
체계를 이룬다. 그것을 닮아간다는
내용, 그것이 되어간다는 형식만으로
체계는 가까스로 아름다움을 눈치챘다.
나의 몸은 그대의 생각이라는 착각
만으로 피가 돌고, 순환은 헌책의
낱장처럼 나달나달하다. 그렇게 어영부영
나는 흉내낸다, 생명의 권위를.

위태롭지 않으면 아무것도
존재할 수 없다는 생각 또한
일방적으로 너의 몸이고, 무엇보다 일방이 너의
몸이고, 그것은 더욱 위태롭고,
위태로움 또한 나의 몸이다.

먼 데서, 멀수록 새로운 것들이
민법도 형법도 소송도 없이 안심하는
모습의 소리.

그보다 조금 가까운 곳의
여분으로 재잘대는
소리의 모습
은 겹침 직전 거룩함의
눈과 귀에 묻어난다.

중국어는
'的'이 너무 많아. 自有的, 新鮮的, 經商的……
상형의 형용사도 모순이지만
'적'은 아귀처럼 붙어 있다.
이상하지. 그런데도 한국어
번역은 중국어를 좀체 줄이지 못한다.

전화처럼
그 불균형이 소리의 모습으로
모습의 소리로 이어져
'나'라는 생이 되었으면.
인터넷에
비가 주룩주룩
내리지 않고 살금살금
흐르듯
그 광경들이 겹쳐져
'나'라는 임종이 되었으면.
헌책을 펼치면

굵은 연필심으로 메모를 끄적이고 밑줄을 그은
1888년 Ginn & Company 판 투박하게 해진 양장본
그 속으로 발자국처럼 찍힌 고대 희랍어의
소포클레스 안티고네가
나의 미래의 수의처럼 보이는 까닭.
보일 까닭.

오래 묵은 시신의 기억이 이미
향긋한 까닭.
향긋할 까닭.

그대여 안타까움이 능사가
아니라는 것을 나는 안다. 타오르지
않고 한없이 젖는 몸의
어버버를.

해독 직후를 닮은 직전의
레바논 베이루트 북쪽 40킬로미터
지중해 연안 옛 페니키아 항구
비블로스 소리글자보다 애매한,
애매함의 고통을.

다만 그것이
한낱 비유를 뛰어넘어 비유의

생명을 얻고자 함이다.
그 생명이 거룩하기를
바라고자 함이다.

허리에는 창에 찔린
자국.
손과 발에는 못이 박혔던
자국.
머리에는 가시 면류관
자국.

이만큼의
증거도 감당하지 못하고
우리는 부활을 논한다.

부활이 인간의
인간적인
숨김이라는 듯이
거룩한
그 무엇이 부활을 보여주거나 그
없음을 보여준다는 듯이.

무덤은 인간의 영역에서도
늘 비어 있으므로 무덤이거늘.

나는 모른다, 너희들의 말을
너희가 나를 모르듯이 나는
너희들의 말을 모른다.
너희들이 구사하는
나의 말투를 나는 모른다.

사람을 그대로 닮은
문자가 있지 않더냐.
도시를 그대로 닮은
운명을 치렁치렁 닮은
운명이 가랑이를 벌린
문자가 있지 않더냐.

깨알같이 오므린 입의
세련된
도끼 자국이 있지 않더냐.
두개골이 깨진
간절한 문자가 있지 않더냐.

세속보다 시끄러워
슬픈 문자가
무용보다 육감적으로
우스꽝스러운 문자가
우주의

배열을 닮은 문자가

原 시나이 문자*

문자가 있지 않더냐. 문자로만 구성된
사람이 있지 않더냐. 정보만으로
이뤄진 것들보다 더
우매하게 본질적인?

허나 이 모든 것도 나의 것이 아니다.

우매도 본질도 너희 것이고, CD 속에 있는
음악이 벌써 귀의 마음속을 후벼 파는
음악도 나의 것은 아니다.

음악은 CD 속에 있지 않고

마음속에도 있지 않은
음악도 나의 것은 아니지만,

현명도 본질도
나의 것이 아니다.

분노도 나의 것이 아니다.

노을처럼 간절한 것은 간절해서 흔들리지만
흔들리고 싶은, 몸이 없다. 떨리고 싶은
몸도 없다. 붉은 노을은 느리게, 광활하게
거대하게 번져간다. 누이고 싶은, 썩고 싶은
몸도 없는데. 무엇이 이리 낮게, 낮게
흔들리는가, 마지막 소망처럼, 갈수록
진해지는 노래, 흑백이 명백한 어른의
자장가처럼?

* www.wikipedia.org, 'writing system' 항목 참조.

IV

기독 성서의 그발, 주바일.

내 안에
분명한 毒. 미사
통상문은 짧다. 음악은
여러 차례 가사를 반복한다. 포도주.
코르크 마개
따개는
허공에 몸을 누이는
지렛대로 딴다.
찰스 램은 권위 있는 책 한 권,
멀지만 근사한 나라에 살았다.
낱장이 바스라지는
권위.
집안의 유령이
내 곁에서 낡은
타이프라이터를 두드린다.

비명은 탁탁, 끊어진다. 음절의
자음과 모음이 갈라진다.
안 보는 책도 균열한다.

살아 있다는 작은
고풍.
그게 나다.
그게 문제의 핵심이다.
누가 썼을까 아무 관계도 없는
이 방외의 푸른 노트는?
누가 그렸을까 형용의
욕망도 미비하고 엉성한,
스스로 움켜쥐지 않고 움켜쥠을
당해야 비로소 드러나는 이 스케치는?
그게 나다.

예술가는 영혼의
유물론자. 유령은 기억이다. 기억은
중력과 질량과 좌표를 벗는다.
고의적이지 않고 영속이지 않고 진지하지 않다.
손이여.
주무른 손의 기억이
물화하는 동안
마음은 늘 열려 있으라, 손이여.
두 손의
관계도 열려 있으라.

모가지 없는

생각은 공포를 느끼는,
그러나 모가지 없는
공포 관통, 그 너머
질량과 좌표와 고의와 영속의 진지한
육체적 응집으로서.

요는
사회학적이냐 문학적이냐가
아니라,
사회학적으로 본다는 것의
문학적으로 본다는 것. 온갖
용어는 쓰임새로부터 해방된다.
모가지 없는
생각이 공포 너머를 이루듯.

잠에서 깨니 꿈이었다.
마지막 자살폭탄이 내 겨드랑이를 허물었다, 가
필름처럼 얇은
암전. 그리고
내가 보는 앞에서
내가 듣는 귀에 대고
서열도 구분도 없고 나이만
천차만별 아름다운
여성의 친구들이

속삭이듯 선포했다. '이제 너를
발인해주마.' 깨어나니
꿈이었다.

죽음이라는
고풍. 죽음은 가장 오래된
제의인지 모른다.

꿈의
현실이여. 행여
재채기도 마라.
내가 돌아올 수, 살아올 수, 태어날 수
없을지 모른다.

죽음의 출구라는
닫힘에 갇혀 온몸이 덜, 덜, 덜, 떨리기만 할 뿐일지
모른다, 까닭도 없이, 온몸으로
억울하기만 할지 모른다.
묵시록은 다만 그것에 가능한 영롱한
보석들을 주절주절 박아놓은 그
착각인지 모른다.

그렇다면 그
유물의 도굴은 또 얼마나

어리석은가. 눈물겹지 않은가, 그
눈물에 젖는
착각의 제의는?

'쾌활 예찬'은 1978~1981년 한 독일인
문학사가가 새로 확인했다고 주장한
횔덜린 행사시 세 편 중 하나다. 총 85행,
시작은 이렇다.

　　그대, 신의 손에 선택된
　　인간다웁게 착한 여자 친구여,
　　그대, 기쁨의 부드러운
　　막내 여동생, 쾌활이여!

이것도 착각인지 모른다.

나는 좋아한다, 문법 없는 언어
공부를.
형상도 형상의
문법은 보이지 않는다. 파고들어도
깊고 깊은 흑과 백의
충격만 보인다.

그 충격으로 나는 창이 되고

교역의
세계가 내 안에 보인다.
그것도 호들갑으로 보인다.

3월에 흩날리는 눈은
지랄, 하지만 저 아래 납작하게 엎드린
추운 날은 아담하다.

거룩함은
肉에서 나온다.
살, 떨린다.
술래잡기 옷장 속
숨바꼭질의 어둠이
오히려 안전했던 이유다. 형상은
잡혀 있지 않고 스스로
갇혀 있는 것이다. 누가 잡아내겠는가
파도를, 나뭇잎을, 수석도 아닌
바위의
형상 속 형상을?

선동이 오래된 빌넴새처럼
무마되고 마모되는
연중행사가 있을 뿐이다.
어제 같은 어린아이가

어제처럼 신기한 눈으로
냄새의 외모에 취해 어제의
추억을 새길 것이다.
그리고 추억의 화려한 낱장들을
얇디얇은 페이지로
벗겨낼 것이다. 화려한
대쪽만 벗겨진다, 벗겨짐만
남는다.

도자기 선형
무늬가
소리글자일지도 모르는
것이 아니다. 무늬는 원래 소리의
자국인지 모른다.
단순할수록 깊게 교향하면서
무늬는 형상을 역행하고
소리는 해독을 역행한다. 아주
멀리까지. 얼굴이 얼굴을
못 알아보고, 핏줄이 핏줄을
비명이 운명을 못 알아보고
살 떨림이 살 떨림을 못 알아볼 때까지

소리가 제 가족의
의식주를

못 알아들을 때까지.
소리가 전쟁터 아비규환의
기억조차 잊을 때까지.

산을 들어서면 길이 보인다. 아니다. 길이 사라져
가는, 사라져 오는 소리가 보인다. 아니다. 소리가
사라져 간, 사라져 온, 길이다. 아니다. 소리가 육을,
육이 소리를 입는, 착각이다. 아니다. 귀가 열려 있는
소리다. 열린 귀에 아무 소리도 들리지 않는 소리다.
아니다. 닫힘이 스스로 열리는 소리, 열림이 육을
입는 소리다. 아니다…… 산을 들어서면 길이 보이고
굽이굽이 길이 길 속으로 펼쳐진다, 번진다.

그러나
길이 영영 끊어지는 소리.
소리가 영영 끊어지는 길.

소리가 영영
사라지는 소리.

길이 영영
사라지는 길.

영영의 길과 소리.

절망은 거룩하다.

설계는 인체고 통로는 비유다.
거대하게 앉은 인간과
자그맣게 누운
도시가 안팎을 이루는
'소리의 세계'
사(史)는 이어진다.

의식주를 응축한 문자에서
인체의
절망을 응축한
문자도 이어진다.

추억으로 용해되지 않는

'공간적'으로서(써)

전쟁의
색을 다스리며 크게 숨은
귀도 없이.

평화의
색에 놀라 크게 숨은

눈도 없이.

방향의
내면도 없이.

멍청한 에로틱의
몸도 없이. 잔학한
의학도 없이.

꿈속이 희미할수록
여동생의 병은 깊다. 겨드랑을
파고들며 부푼 종기가
추악하고,
슬프다. 웬 헌책방의
웬 이성계 신령님 화상이 속뚜껑에 새겨진
웬 고물 회중시계가
깨어나며 부랄,
삐져나와 심하게 오르내린다. 섹스
같지도 않게.

윤곽이 없어질 정도의
비만만 남은 엉뚱함의
추악한 슬픔.

아내는 새벽 4시까지
김장을 담그더니 몸도
파김치가 된다.

사라짐도 엉뚱한
희화화다.

사진의 시신만 보인다.
초상화 사진에 얼굴이 없다. 없는
얼굴만 보인다. 얼굴이 없는 것만 보인다. 보이지
않는 것만 보인다. 그 사진만 보인다. 그
사라짐만 보인다. 입체의
미래가 보인다.

그림을 벗는 그림이 보인다.

내가 슬슬 미쳐가는지도
모르지. 광기는 거룩한 버러지의
변용보다 나은
껍데기다. 흩날리는. 만개하며 박살나는
근육만 보인다.

너는 묻는다. 형용을 벗기 위해 육체는
어디까지 일그러질 수 있는가?

나는 묻는다. 형용은 얼마나 형용의
육체를 벗어야
완성되는가, 언어의 애지중지도
학대도 없이?

슈퍼마켓도 슫하게 킬킬거린다.
징징대지 마라, 엉큼한 총천연색의
암울, 시늉 마라. 재래시장은
더 싱싱하게 킬킬거리는
속도다. 길은
여자의 누드다. 다리를 벌리고
쓸데없이 울고 있는. 시선의
제목만 길게 울고 있는.

어여쁜 것은 배경을 거느리고도
빠짐없이 어여쁘다.

생명의 외파인 화석과
내파인 문자. 헛되지 않은
거룩함은 없다.
철교탑이 삐죽삐죽 솟을 뿐이다. 어둡지 않아도
우리가 우리의 가면을
두려워하는 까닭이다.

행렬도 나의 것은 아니다.
배설도 나의 것은 아니다. 껍질을 벗기는
중력도, 육체를 벗기는
구성도 나의 것은 아니다.

수천 년 썩지 않은
이빨이 운다. 누가 고대세계를
거룩하다고 했던가, 그 감각의
굶주린 세계관을?

수천 년 동안
여자는 비고 또 빈다.
추억은 야만을 지운다.
행복은 아직 완성되지 않은 단어다.
죽음은 도시와 도회지의 어감
차이보다 덜 분명하다, 운명은 더욱
반역하는 자한테만 보이고
전쟁보다 더 왜소하게 명상보다 더
희미하게 보인다.

인간은 자연보다 더
모른다, 고독을. 고독의
코믹과 아이러니를
모른다, 자아를.

역사사전은 낡고, 낡는다. 낡았다. 빠르게
페이지 속으로 사라지고
서부른 흑백 선묘 일러스트레이션 한 점
역사 속으로 사라진다. 사라졌다. 그것은
역사가 되지 못한다. 우리는 그
사라짐의
거룩한
문자를 가늠할 뿐이다.

전지전능도 나의
카테고리가 아니다. 카테고리도 나의
것은 아니다.

사라지면서 드러나는 것은
불멸 이상이다. 해독되지 않고
카테고리만 남은
비블로스* 음절,

갈수록 선명해지는 소리의
형상은 해독 속으로 숨으며 해독을 능가한다.
도끼자루도 숨는다.

농업도 사냥도 집도
사랑도 가내수공업도 숨는다.

그것이 頭音의
경배다.

네가 열리면 나는 패인다.
여인아. 한없이 넓고 깊게 내 안으로
네가 열리면 생식의 자세로 족한 것을
사랑의 체위라는 명명 이리 힘들고
명명의 유지 더욱 힘드니
이것을 우리는 비극의 체위라 부른다.

이스머스,*
중앙아메리카 테환테페크
자포테크*와 올메크,*
아즈테크의 믹스테크* 그리고
언어를 능가하는
숫자의 문자, 키푸.

악어와 번개, 밤과 공놀이,
불길과 고기 냄새와 사슴과 물과 매듭,
눈과 지진과 번개 들이
상형 직후
돌 속으로 돌의 무늬를 닮아가는
그렇게 돌을 능가하는
소리의 경배다. 치렁치렁한

매듭의
숫자는
소리를 경배하는 소리다.

형상이 다른 형상과 합쳐지는
이야기는 나의 이야기가 아니다.
나의 이야기도 이야기 속으로
숨으며 이야기를 능가한다. 악어, 바람, 집,
도마뱀, 죽음, 사슴, 토끼, 물, 개, 원숭이, 풀, 갈대,
재규어, 독수리, 지진, 부싯돌, 비, 꽃이 이루는
울긋불긋한
벽화는 늘 상형보다 서투르다. 세련도
나의 것은 아니지만.

소리의 공간은
시간이 짧을수록
무한하다. 무한도
나의 것은 아니지만.

인더스,*
파키스탄, 하라파.
앉음이 최초의
도시를 포괄하는

얼굴의
소리는 더욱 그렇다.

짐승 소리의
뼈대의
'인간적'은 더욱 그렇다.

도대체 누가, 어떻게, 어른보다 더
무서운 아기의 잠을
부러 끄집어내어 저렇게 달래고
있겠는가, 저 불안한, 인격 없이 끔찍한
아기의 잠을, 저리 부드럽게?
죽음의
자장가가 아니라면?

이 모든 것 또한 나의 것은 아니지만.

소리 속은
깊을수록
외형을 능가하는
의미가 크레타,*
남단 파이스토스.*
원반처럼 거룩하다.

외형이란 기껏해야
찢어진 틈새에 지나지 않는다.

메소포타미아와 이란을
오가던 엘람*과 중국 땅을 짓누르며
소리와 의미가 따로 놀던 거란*
(그건 우리의 지금도 그렇다.
이상하지 않은 것이 이상하지), 그리고
수천 년 학살과 뒤늦은
共産의 베오그라드 다뉴브 강 따라
15킬로미터 아래
빈차*
사발 무늬는 더욱
선적으로,
광활하게, 유럽
대륙적으로 그렇다.

소리의 외형이
완성되면서 아, 에, 이, 오, 우
나, 네, 니, 노, 누
하, 둬, 뇌, 퓨
소리의
거룩함은 사라진다.

몸이 있고 또 집이 있었다며 쑥스럽지 않냐며 이제 살 것 같다며 무덤 저리 푸르다. 우스꽝스럽게 푸르고 아름답게 푸르고 눈물겹게 푸르고 유구하게 푸르고 영혼이 무슨 문제였냐며 저 무덤 육체적으로 저리 푸르다.

고상해지려 모닝
커피를 마시고 신문을
읽는다. 낡고 낡게 찢어진다.

눈물로 무덤을 만들 수는 없다. 정이 많은 눈물은 시작이고 썩고 무덤은 썩지 않는다. 고결한 눈물은 갈수록 비천하고 비천한 무덤은 갈수록 고결하다. 눈물에 무덤의 까닭이 있고 무덤에 눈물의 까닭이 있으나 눈물이 무덤을 흘리지 않는 것처럼 무덤은 눈물을 흘리지 않는다. 이렇게 쓰는, 무덤이고 눈물인 내가 있기까지는.

남태평양 이스터섬*
알파벳을 배운 원주민의
롱고롱고 문자는 소리의
외형을 벗는 춤을 춘다.

이베리아 반도.*
문자는 정반대 쪽으로
굳어버린다.

* 해독되지 않은 글이 발견된 곳. 이 밖에 보이니치, 로혼치 문서는 문자조차
해독되지 않았으나, 위작일 가능성이 높다.

V

창백함은
육체가 육체를 벗는
의상이다.
주는 자 받는 자 모두
어쩔 수 없는
은총과도 같다.
창백해지다,
그게 영혼인지 모른다.
육체는 사랑에 떨지 않고
찢어질 뿐이다.
창백해지다,
그게 죽음일지 모른다.
육체는 죽지 않고
부패할 뿐이다.
창백해지다.
오 불안의
섬세, 사랑의
생보다 더 불안한
시간을 위해 시간의
무늬를 짜는
죽음보다 더 섬세한

수의를 짜는
불안한 미인의
섬세의
육.

알파벳
이름이 소리 속으로 사라지는 까닭이다.

범죄 이전에 살인이 있고 그 이전에
모든 것을 집어삼키는 여성
을 소유하는, 시커먼 눈썹의 크나큰
깊고 깊은
구멍을 듣지 못하고
들여다보는 부드러움의
공포. 하여 그보다 나은 얼굴과
코와 눈과
어여쁜 입이 생겨나는
작품을 포식하는.

맨 처음의
이름은 아론, 말이 너무 많거나,
아벨, 말이 너무 적거나
아브라함
과 이삭.

95

그러나.
침묵이 나의 것이 아니듯
희생도 나의 것은 아니다.

거룩함도 거룩함의 것은
아니지. 왜 착함이 최우선이었던가? 왜
착함은 재산이었던가, 왜 살생의
음식이 사랑을 대표했던가?

아직도 좌파인 자, 아직도 흡연하는 자,
아직도
시 쓰는 자,
이것들을 오늘날 3대 별종이라 부르지만
그 모든 것을 겹치고 합친
그것이 나다.

사과
주스는 맛과 내음이 구분되지 않는다
그대의 몸처럼.
미끄러지지 않고 흐르는
이집트의 아름다움처럼.

그 후의
엄혹한 추위를 입는

노르만의 난도질과 그 후의
세속적으로 더 화려하고 두터운
고딕과 그 후의
두터움이 화려한 동유럽 속으로
사라지는 것처럼.

너는 보지 못하지
처음으로 소리가 되는
문법을. 듣지 못하지, 문법이 다시
소리 속으로 사라지는 소리를.

문이 사라지는 소리는 그 다음이다.
경배가, 낚싯바늘이, 수갑이, 마당이, 온화가,
팔과 손바닥이, 태양이, 손잡이 구부러진
지팡이가, 물이, 눈썹이, 뱀이, 물고기가, 눈이,
입이, 묶은 가방이, 끈이, 머리와 가슴이
사라지는 소리는 그 다음이다.*

소리가 소리를
흐트러트리는 소리,
소리가 소리를
떼어내는 소리도 그 다음이다.

노래는 그 전이다. 노래도

나의 것은 아니다.

형상의 형상화를 위해
비로소 드러나는 소리는
이미 거룩한 소리가 아니다. 필경
형상보다 더 완고해질 뿐. 그 속에 죽음도
완고하게 복잡한 무늬일 뿐. 이럴 때만
다행하게도 몸은 촉촉하다. 썩 훌륭한
비유다. 음식과 몸의
관계는 더 훌륭하다.

이제
구멍을
메우지 않고
벗는가, 스스로?

만남은 늘 예리한 면도날을 품는다.

이제
울음은 스스로 닿지 않고
입는가, 예리함을?

비는 빗살무늬로 마구 쏟아진다. 여러 개
상형문자들이 모여

뜻도 없이 단 하나의 음절을 이루는 마야
문자
아에이오우,
차체치초추, 상형이

비극적인 밤은
더더욱
사라짐으로써만 계속되고.

그대 몸인 듯 꿈에서 깨어난다. 고소공포는
13층 아파트 방 속에 태아처럼 안전하다. 그대
몸속에서만 폐쇄공포가 없다. 생애의
고단함도 없이 임신은 진행된다. 어린
아이를 어린 양으로 부르는 명명이 스스로
전율할 뿐이다. 태초 이래 죽임을 당하는
아버지의 생애와 그 전에 죽음을 가하는
아들의 생애는 약과다. 공포를 잉태하는
여인의 자궁에 비하면 시시하고 지루한

이야기다. 결국 차라투스트라는
차라투스트라를 낳고 차라투스트라에게
죽임을 당하고 죽음을 가한 차라투스트라,
다시 죽임을 당한다는 이야기. 무엇을
말하는가보다 무엇을 말하지 않으려

했는가가 중요하다. 어떻게 안했는지, 그
그 어떻게를 또 어떻게
안했는지가 더 중요하다.

기다림이 단식인
연회는 계속된다. 끝없이
연애만 계속된다. 그리고 삶과
죽음이 끝없이 이어질 뿐이다.

그리도 헛되이
'섞는다'는 말이 남발된다.

산스크리트
데바나가리 아부기다는 'ㄱ'자
지붕 아래
집합시킨다, 거지발싸개보다
더 거룩한
브라미 아부기다**들을.

숫자의
원형을 제외한 모든 것을.

왜 아라비아 압자드**들은
스스로 아름다움을

펼쳤던가?

공포는
벗어나려 하는 순간
비로소 발견되고 그 거룩한
순간은 곧 사라진다. 벗어난
순간은 망각의 순간이다.

참으로 손쉬운
소리글자를 인위적으로 만들어준
세종대왕, 정말 고마운 분이다.
지폐에 얼굴 내밀 만하다.

일본 음절문자** 히라가나도
수 세기에 걸친 노고의 결과고
탕우트와 낚시,
동바와 게바,
상형과 소리를 아우르려 했던
다른 알타이 문법의
문자는 모두 미친 채 사멸했다.

하물며 상형과 소리
글자를 아우르면서도 미치지 않고
죽지 않고 대대로

어수선한 정도에 머물렀으니
대한민국 정말 굉장하다.

그건 우리가
거룩함과 가장 어긋나
왔다는, 있다는
얘기다. 그것이 소리의 받침, 소리의
건물을 유독 지은 까닭이다. 왜냐면
소리 다음으로 거룩함에
가까운 것은 건물이고 소리 속
건물은 더 그럴지 모른다.

여자여 너는 그렇게
교성을 지른다.

여자여 너는 그렇게
몸을 뒤튼다.

여자여 너는 그렇게
교성의 건물을 짓는다.

가장 혼탁한 기쁨의
착각 속에서
착각 속으로 짓는다. 신랄한

쾌감을 찢는다.

그것을 우리는 사랑이라고 한다.
그러나 가혹한 자음과 모음으로 응축시킨
룬 문자 알파벳 이름으로
풍요는 풍요로운가. 소 떼는 몰려다니는가.
가시는 따가운가. 입은 열리는가. 기쁨은
기쁘고, 필요는 필요하고, 얼음은 차갑고,
한 해가 가고 말의 근육이 강건하겠는가.
뱀은 기고 잔은 비거나 차고, 창은
꿰뚫겠는가. 불은 불타겠는가. 돌은
돌처럼 딱딱하겠는가.

몸의 거룩한
감각은 그와 정반대다.

감각의 거룩한
몸은 깨알 같지도 않다.
(깨알은 문자 이후를 닮았지.)
그것은 더 가벼운
소리에 묻어나는 소리의 투명한
옷으로서 線이다.
직선도 곡선도 아닌
그보다 먼저 존재하는

선의 몸으로서 옷,
옷의 몸으로서 소리의
기억이고, 그 기억은

의심할 여지가 없다, 형상의
요란함을 꾸짖는
그 기억은 부드러움에 묻어나며
부드러움을 능가한다.

그것은
건물을 능가하는
內緣의 광경이다.

그것은
언어를 능가하는
노래의 광경이다.

그것은
자음을 능가하는
모음의 광경이다.

그것은
시간과 공간을 능가하는
사라짐의 광경이다.

펼쳐지는 광경이다. 아니
펼치는 광경이다.

그것은
역사를 능가하는
거룩함의 광경이다.

비로소 일상이 일상의
의미에 달한다. 몸은
섞여야 이어지는 것이 아니다.
이어야 섞이는 것이다.

성모 마리아 생애의
몸이 교회와 섞이지 않는다.
이어야 섞이는 것이다.

연민의 언저리
살인자 두 명.
너와 나.
찬호의 언저리
피살자 두 명.
너와 나.
몸이 섞이지 않는다.

살인의 피살과
피살의 살인
사이

참혹의 연민과
연민의 참혹
사이.

전쟁처럼 희미한 기억의
언저리만 거룩하다.

비로소
그대.
떨리는 그대.

방향의
완고를 벗고
잇는, 섞는,
몸의 순정한
두려움으로 떠는 그대.

행사는
하나의 노래가
완성되는 행사다.

시간은
토막난 노래가
우스꽝스럽게 이어지는 시간이다.

거룩함은
생명을 내파하는 거룩함이다.

침묵 이전에
고독은 푸르르게
경악하고 전율한다.

공간은
언어가
내파하는 공간이다.

매일매일
붉은
황혼은 그렇게 이야기한다.

음식은 얼음보다
차갑고 고독하다.

헌책방은
언뜻 유일한

공간이고 시간이다.

눈에 보이는 것은
시간과 공간뿐이라는
것을 가르치는 유일한
공간이고 시간이다.

오래전 부치지 않은 편지가 그곳에
있는 시간이다. 아주 멀리서
몸의
모음이 상냥했던 여자,
아주 가까이서
영혼의
자음이 격렬했던 여자
는 부치지 않은 편지다.

가까워지면
상냥의
감각은
두음과 뜻을 혼동하면서
부치지 않은 시간의
질서를 이룬다.

멀어지면 격렬의

감각은
스스로 수습하면서
부치지 않은 공간의
투명한 깊이를 이룬다.

그것들이 위치를 옮기며
모양을 바꾸는
것이다.

미련이 아니다. 완성의 운명이다.
뉘우침이 아니다. 눈물의 영역도 사라진다.
깨달음도 아니다. 인생이라는
책 한 권이
바스라지고, 그게 그렇게
넉넉하다. 아직도
거룩함에 이르려면
멀었다는 듯이 넉넉하다.

뜻의 소리와 뜻의 조각이
결합한다. 화장품 냄새 하나 없다.
모르는. 그래서 가능한
감각처럼
정말 부드러운 것은
모음이 아니고 비음이다.

문법이 다르면 세계관이 다르다는
본능도, 본능의
이성도 없다.

전모가 흐려지고 다가오는 부분은 이미 내가
동시에 사용하는 나의 몸이다.

그리고
몸이 총체를
능가한다, 육체성도 없이.
같은 것이 이리 복잡하고 복잡한 것이
이리 자연스러울 수가 없다.

너는 흐리게 웃고, 너는 흐리게 운다. 명료한
발음은 음악의 육인 투명을
찢어발긴다는 듯이. 너의 육과 나의 육은
섞여 있을 뿐 구분이 되지 않고
그것을 나의 육이 알아차린다. 그것은
너의 영혼이다.

형상은 몸을 흐리며 전모에 달하려 한다.
그러나 그것은 전모에 달하기 전에 이미
소리다.
전모 이전 형상의

조각인 소리가
뜻도 없이, 소리 없이 세계의
전체를 품는,
정말 홀로이므로
고독하지 않은
소리에 이른다.

예, 예, 비굴하지 않은
홀로 있음의
긍정에 이른다.

그것이 없이는 모든 것이,
모든 크기와 무게와 양과
질이 겹치면서 모든 것이
해체될밖에 없는
그런 소리에 이른다.

직전까지는 너무 고단하고
직후부터는 너무도 가뿐한
직전까지는 상상조차 불가능한 기적이고
직후부터는 너무도 당연한
일상인 소리에 이른다.

형상이 소리를 낯설어하고

소리가 형상을 배반하는
그런 얘기가 아니다. 첫사랑이나
못다 한, 지나간 사랑 얘기가
아니다. 우리가
스스로 모르고 저지른
돌이킬 수 없는 그러나
돌이켜 생각할수록
아슬아슬한
불륜 이야기다.

육의 매개도 없이
그것은 아련할수록 짜릿하다.

음악의 매개도 없이
그것은 추상이 구체보다 더 구체적이다.

형상은 내 몸의
소리를 자기 몸의 전망으로밖에
느끼지 않는다.

소리는 내 몸의
형상을 자기 몸의
망각의
거처로밖에 느끼지 않는다.

내 몸은 자기 몸을 노래의
기억의
불륜으로밖에 느끼지 않는다.

지난 일이므로 진행되는 일이
놀랄 것도 없다.

놀랄 것이 없다. 노래는
생명을 내파하며 흐른다.
생명의 내파로
생명의 내파를 향해 흐른다.

더 우월한 생명이란 것이
있겠는가. 우리는 생명의
소리는커녕 의미도
의미는커녕 형상도
알지 못하므로 그림을 그린다.

소리
글자를 능가하는 문법이,
문법을 능가하는 언어가,
언어를 능가하는 음악이
있기를 바랄 뿐이다.

의미의
형상이
소문에 그치기 바란다.

소리가 소리의 귀에 들리는 순간
드러나는 소리의
형상도 시시껍적한 추문에
불과하기 바란다.

그 바람이 언제나
거룩하게 이뤄지지 않고,
빛바랠 뿐이다.

그래서 거룩함은 거룩하다.
우리는 노래로 흐를 뿐
그 빛바램 이상을
볼 수 없고, 들을 수 없다.

오,
아직도 둘을
구분하다니. 가여운
생명이여.

진화를 후회할 인식의 능력밖에

없음이여. 없음의

언어여.

* 모두 페니키아 (계통) 알파벳 각 문자의 원래 명칭(추정)이다.
** 소리글자 중 알파벳은 자음과 모음으로, 압자드는 자음만으로, 아부기다
는 일정한 모음을 상정하는 자음으로 이루어진 글자고, 음절문자는 각 문자
가 '자음+모음'의 음절을 표시하는 식이다.

VI

막대돋보기를 샀다.
200×25mm. 반원통형.
유리가 아닌 신소재다.
동독산.
제2차세계대전 전범 재판이
열리던 뉘른베르크(의 명가수는
바그너 오페라 제목이다)
에센바흐 옵틱스 사 제품.
포장이 밋밋하고 설명서 한 장 없는 것이
여전히
동독이다.
군용물자를 미처 상품화하지 못한
시제품 상태인지도 모른다.
어쨌거나 꽤나 높은 전쟁과학 수준의
그 막대를 책에 얹으면 글자가
1.8배 더 커 보이고
실물보다 더 선명하게 보인다.

그건 사전 보기에 적당하다.
다시 보는 대한뉴스 프로를
다시 보는 내 나이의

오십대에 적당하다.
집 앞에서 택시가
곧장 잡히면 하루가 유쾌하고
불 켠 택시가 한 대 두 대 석 대나 그냥 지나가면
하루 종일 그 일을 붙잡고 늘어지는

내 나이
건강에 적당하다.
개인의 이익과 국익을
모두 배반하는 내 나이
계산에 적당하다.
좋아하는 사람을 오랜만에 만나도
술을 못 먹게 되면 얼마나 슬플까

하는 내 나이
감상에 적당하다.
이 모든 것이
실제보다 선명하게 보인다.
선명해 보인다.

엘리베이터는
스타트할 때가 제일 무섭다.
층과 층 사이 검은
허방이 응집한다.
도착할 때도 무섭지만

그건 이미
반복이지. 반복이야말로
두려움의 적이다.

동물의 왕국을 보면 사자, 짐승이 어찌 저리
잔인하게 사슴, 짐승을 포식할 수 있을까 그게
아니라 사슴, 짐승이 어찌 저리도 불쌍하게
포식당할 수 있을까, 그게 정말 궁금해진다.

울부짖는 짐승의
소리보다 더 야만적인
냄새도 없다.

몸은 우중충하게 내리는
비처럼 눈물겨워라, 인삼 내음 흩어지는
달콤함의
미래여.

(모든 냄새는
향기도
소리보다 야만적이다.)

원전도 없이 검은
스피커가 검은 스피커

소리를 부르고, 음악보다 검은
음악을 부른다. 그렇게
섹시하지, 우리는 천년 만년.

머리카락은 애도하네.
미라는 영혼이기 전에
형식이다. 음식은 말이고
생각이고 느낌이네. 코는 기쁨이자
경멸이고 귀족은 어이하여
죽은 자. 별, 밤은 시간이고
필기는 추상이네. 이집트 상형문자의
입술과 눈꺼풀이 도톰한
同形異意도 그렇다.

가장 야만적인 것은
생식이다. 야만의 여성
생식기가 아니라 야만성의
생식기다. 숫처녀라고 다르
겠는가, 제 자궁 속 생명을
두근댐도 없이 들여다보는
경악이? 흉물을 식구로 만드는
유쾌한 농담이 있을 뿐이다.

흔들림,

線
밖으로의
속으로의
혼미. 깨어남의 꿈처럼
스며드는.

우선 춤추는
믿음을 버려야 한다. 가벼워
져야 한다.

의심의
믿음도 버려야 한다. 가벼움의
개념도 벗어야 한다.

그렇게 흔들림 속으로
흔들리는 춤이 춤을
벗는다.

말씀의
성곽은 말할 것도 없다. 더 무거운
혈연의 비유는 더.

더 지겨운
인연의 비유는 더.

더 완고한

행복의 비유는 더. 더 상스러운

일상의 비유는 더.

백 년 전 노래의

발음과 창법이 백 년의 노래를

재구성하는 순간이 있다. 재구성은 미래를

위한 순간, 붉은 황혼은 흩어지다가 두 줄기 굵은

눈물 흘리고 백 년 후 눈물이 백 년의 눈물을

재구성하리라는 보장도 없이 황혼은 낮게

낮게 깔리고 육체는 흐르는 눈물의

계량만큼 생명의 무게를 벗는다. 그때 우리는

어디 갔느냐, 내 사랑, 그렇게 묻지 않고 어디

있었느냐, 내 사랑, 그렇게 묻는다.

가수는 삶을 살지 않고

떠간다. 몸은 몸속의 몸보다 더

무거운 노래 속으로 들어간다. 육성의

순간이다. 악기도 아니고 몸을

연주하는 노래는 영혼의

육체를 이루고 흔들리고 뒤흔드는

전율의, 떠가는 무덤이다.

육체를 입는 목소리, 목소리를

벗는 소리. 언제나

태어나는 것은 노래다.

생명을 비우는 마음이 충만하다. 마음의
충만이란 마음의 결핍인지 모른다.

주 선율과 밀착하며 궁상맞은
반주도 미래를 재구성한다.

그러므로 비로소 개울이 흐르고
꽃이 피고 나무가 자란다.
인간도, 삐걱거리며, 흐르지
않는 것은 없다.

눈물을 낳는 것은 슬픔이 아니라
슬픔이 건드리는 부드러운
경악이다. 아무리 화려한 금관악도
그렇게만 펼쳐진다. 경악을
낳는 것은 기이가 아니라 그것이
건드리는 어떤 비천함이다. 아무리
범박한 목관악도 대낮을
한 꺼풀 더 벗기며
그렇게만 펼쳐진다.

백 년의 흐름이

백 년보다 더 투명하게,
푸르른, 푸르른 소리를 낸다.

오늘도 시련을 위해 한 사내가 죽는다. 잘못된
이야기다. 시련은 거룩함이 거룩하지
못한 시련이다. 아니 거룩하게 발전한 거룩함이
거룩하지 못한 시련이다. 오늘도 한 여자가 임신한다.
잘못된 접촉이다. 백발을 붉게
물들이며 황혼은 거대한
하혈로 무너져 내린다. 오늘도 한 아이가
울고 있다. 잘못된 행동이다. 울음도
평준화의 지옥을 벗는 길은 아니다.

노래가 태어나는 순간 모든 지휘자의
동작은 어색하다. 누구나 어느 면에서는
가수다. 그렇지 않다면 오래되고 정이 들수록
빠질 것이 분명한
식구들의 존재를 견딜 수 없다. 아
남자는 여자를, 여자는 남자를 얻겠지마는 최후가
없다면 '굳이' 가족이 다시 가족을 낳을
필요도 없는 가족.
늙은 귀는 갈수록 오래된 소리를 좋아한다.

울음은 제 혼자

마음만 독특할 뿐 그렇잖아도 밋밋한
얼굴을 일그러트릴 뿐이다.

어두워질수록
생명
이외의 것이 짙어간다.

그것이 생명의
기쁨이고 약동이고 우주다.

그렇게 노래는 흐른다.
그렇게 시간 이외의 것이
육체적으로 흘러간다.

간판도 없다.
강동이나 강북, 아니면 강남.
비루한 생의
주소가 있을 뿐이다.

역이나, 미아리 고개, 모래내 그리고 무슨무슨 굴다리
보다 오래된 주소는
헌책방보다 더 구체적이다. 마치 책보다 더
한문보다 시장보다 더
오래되었다는 듯이.

'중앙'은 시도 때도 없고
'그린'은 정말 철딱서니없고, 헌책의
다이어트처럼, 잔인하기도 하다.

읽는 동안은
거룩하리라. 시의 시간 동안은.
모든 것의 오페라를
쓰는 것처럼. 연결이 총체의
전망인 동안. 만남이
지식의 전망인 동안.

나는 아무것도 숨기지 않았다.
옮기지도
않았다, 정체를.

네가 아는 만큼 보지 않고,
보고 싶은 만큼 보고
싶을 뿐이다. 몸이여,
비극적이고 싶은 몸이여. 정신이여
희극적이고 싶은 정신이여.
거꾸로이고 싶을 뿐이다.

문득, 든
생각처럼

관악의 귀가
스스로 밝아오는
슬픈 여명의 소리.

현악의
허리가
다시 한번 휘는 슬픈
여명 소리.

건반악의
넓적다리가 다시 한번
펼쳐지는 슬픈 여명 소리.
重奏로 합치며 스스로 그 무엇의
망각일 때까지 슬픈
소리의 소리.

라이브러리, 리핑은 계속된다.
CD는 무덤 같은 CD
Player 속을 들락거린다. 여럿이서
하나의 계량으로 정렬한다. 음악의
생명도 내파한다. 전혀
거룩하지 않은 내파,
웃기게,
감량의.

육화하고 싶은 순간.

폭발적이고 싶은 순간.

줄넘기는 거룩하다.

안녕.
닫히는 것은 열린
문이다. 닫는 것은
몸에 가까운 'ㅁ'이 아니고
히라가나와 가타가나의
유일한
받침 'ㄴ'(ん, ン)이었지. 그건 감각이
닫히지 않고, 닫힘이 삐걱대지 않고
마무리되는
통로다.

이별인지 만남인지 구분이 없다.
會者定離도 生者必滅과도
그 거꾸로와도 상관이 없다. 눈에 보이는
어떤 것한테도 언어는 스스로 감동하지 않는다.

모든 예찬은
빙자하는 모독이다. 썩은 발냄새도

발을 그토록 모독하지 않는다.

어떠한 인간의 민법도
PPM도 인간의 동네를 그렇게 모독하지 않는다.

등이 굽은 소 등에 올라탄
등이 굽은 노자여
그것도 과한 표현이다. 자연의
모습이 없는데 자연의
등을 본 일이 있는가. 자연의
등이 없는데 굽음을 본 일이 있는가.

스스로 발언한
석가모니여 봄은,
있는가?

色, 卽, 是, 空, 空, 卽, 是, 色, 은
'은'보다, 쉼표보다
거룩한 시간인가, 공간인가?

그
진리는
그림 한 장에 지나지 않는다.
그 속으로는 미치지

못하지. 그 속은 소리 속이다.

달라붙어 1.8배를 확대하는
에셴바흐 막대돋보기, 그 속도 소리 속이다.
인간의, 최초의 색
그 속은 소리들의 세계다.

그것에 비하면
진리도 여성이라 더 까탈스러운
평론, 젖을 먹이며 공포를 얼버무리는 포유동물의
풍만한 미소에 지나지 않는다.

침묵은 황금의
데드마스크처럼 요란하다. 식물은
열린 입 없이 가장 요란하다. 비추는 눈 없이
명경지수는 폐허 못지않게 요란하다.
내부보다 외부가 조용하다.
모든 것은 과거의 일이라는 듯
인위의 굳은 표정은 오늘날 도시에서도
찬란하게 넘쳐난다. 날씬한 디자인의
은회색 식기가
형상화하는 것은 여전히
둥근 소리다.

그대는 내 마음의 닻이니 떠나지 말고 다만 떠남을
예견케 하라. 그대는 내 몸의 각도니 방향을 거두고
다만 다닥다닥 정다운 산동네 품듯 그대 품게 하라.
그대는 내 영혼의 소리니 울리지 말고 다만 영혼을
소리의 몸으로 변케 해다오. 그대는 내 몸의 날개니
날지 말고 다만 마음보다 가벼워지게 하라. 그대는
가벼움의 활이니 다만 잡아당겨다오. 파르르 떨게
해다오. 그대는 떨림의 빈 병이니 깨지지 말고 다시
떨림의, 소리의, 몸으로 변케 해다오. 그대는 몸의
지도니 펼치지 말고 다만 변함없이 손금으로 새겨
다오. 그대는 손금의 절벽이니 다만 위태로워다오.

말해다오. 영혼을
아름답게 하는 것은 육체라고
말할 수 있게 해다오.

그대는 내 몸의 무용이니 춤추지 않고 다만 기쁨에
울게 하라. 그대는 흐느낌의 악기니, 흐느끼지 않고
거룩하게 하라. 그대는 거룩함의 그릇이니 담지 않고
비워다오. 그대는 죽음의 호주머니니 입술 조이지
않고서 물어다오. 더 부드럽게 깨물어다오. 죽음의
입술이니 그대는 마지막 심판의 그 참혹한 이름을
부르지 않고, 입술의 몸이니 그대는 무게도 주재도
없는 심판을 벗고 그 혀로 내 온몸을 감쌀 수 있다.

그대는 내 몸의 혀므로 불타오르지 않고 다만 데인
상처를 샅샅이 핥아다오. 적셔다오. 그대는 혀의 말
이니 말하지 않고 다만 맨 처음의 조형을 울퉁불퉁
쓰다듬는 맨 처음의 조형처럼 청아해다오. 그리고

말해다오 영혼을
아름답게 하는 것은 육체의
상처라고
말할 수 있게 해다오.

식구들은 모두 잠들고
무사한데
누가
울음도 없이 죽은 듯
깨끗한 이
실내는
뭐지?

2007년 오늘, 1975년 그날
70년대
어두운 죽음의 시대. 숱한 사람을
죽이고 스스로 죽음이 되어갔던 시대.
죽음의 공포에 익숙해지고, 언제든
죽을 것 같은, 늘 죽고 싶은

공포에 시달리고, 그게 아무렇지도 않았던

그날 오늘,
인혁당 사건 관련자
여덟 명의 사내는 죽었다.

사형선고는 일사천리로 이어지고,
방청가족들을 한데 뭉치게 한 것
다리가 후들거리는 밑 모를 공포를 이겨낸 것은
말이 아니고 울음이었다. 한 여자가
울며 우산으로 의자 등받이를 두드리고
같은 열이 똑같이 따라 하고 모든
방청객들이 따라 하고 울음을 삼킨 奇聲의
집단적인 절규가
너무 질서정연해서 스스로 소름끼쳤다.

내 속으로 내가 실종되는
나의 실종 속으로 내가 실종되는
너와 나 사이로 너와 나 실종되는
사이로서 실종되는
'사이＝실종'의
깊이.

그러나, 뭐지? 그들의 대성통곡을 아주

사소한 울부짖음으로 돌리고
위로하는, 거대한, 더 끔찍하지만 운명처럼 스스로를
감싸는 이것은, 뭐지?

안개 낀 새벽, 눈을 헝겊으로 가린 채
끌려간, 느티나무 한 그루 파리하게 치솟은
사형장 행렬.
대낮에도 황사가 심하고, 싸늘하고 음산한
안개를 닮은 행인들 속으로,
사형수 행렬은 끊임없이 섞여 들었다.

그날, 여덟 명의 사내는 그렇게 죽었다.

2007년 오늘, 1975년 그날

그들은 정말
죽음 앞에 영영 무죄다.

죽음 속에 집단적으로 자유다.
무고해서 더 참혹한 죽음의
순정한 삶은 만세다.

그들의 명복을 비는 것은 거룩한
공포의

명복 또한 비는 것이다. 다른 공포는 대개
결혼식보다 잡다
하지. 정말 허례허식이다. 일찌감치
교과서 속 고대사가 되어버린
공포는 더 잡다한 허례의식의
제의다.

평소보다 작은
아주 조금 작지만
눈물겹게
형편없이 작은
김포나 강화 읍내
변두리 풍경
가죽띠에
면도날을 가는 이발소
아직 있는 나의
70년대도 있다.

앵무새가 아닌
정지한 새가 하는
부리, 발톱, 날개와
온몸의 말.

돌고래가 아닌

헤엄치는 고래가 하는
꼬리, 지느러미, 아가리,
물속 곤두박질과 온몸의 말.

선인장의
온몸의 말.

이런 것들은 거룩한 공포에 더
가까울지 모른다.
미개가 아니라
죽음을 닮은 삶의 형상 때문에.

개 같은 쫑긋 귀와 학학 혀, 살랑 꼬리와
발발 발과 발의
온몸의 말에는 있을 수 없는 일이다.

서로, 누가, 무엇을, 어떻게,
배웠는지 알 수 없는
침팬지 말에는 알 수 없는 일이다.

부엉이가 사람 얼굴을 닮는
공포도 누구 것인지 알 수 없는 일이다.

20세기 初, 아름다운 발레리나

명성은 엄청나고 짧다.
건강은 끔찍하게 길다.
그 억척스런 인터넷도
20세기 초 유명
발레리나의 사망 연월일을
찾아내지 못한다. 그녀의
생애, 나이야말로 '모든 것을 집어
삼키는 여성' 아닌가.

스캇, 스캇, 스캇 송
스캇, 스캇, 스캇 송

Blues, Jazz
Rhythm & Blues
Rock & Roll & Hard Rock

육성이 낭자하다.
하늘은, 저질러진 것이라는 듯이.

수도원은 음습하고 퀴퀴한
청결이 낭자하다. 건물은
이미 저질러진 것이라는 듯이.

모든 것이

식민지와 거꾸로다.

희극은 대낮, 파란만장한, 숱한, 장렬한
죽음의 주검 대신 검은 가면을
애용하는 것이다. 아니
기나긴 죽음이 바로 희극이다.

검은 수풀 검은 나무로
사람들은 서 있다. 그들은 무언가를 영접하는
자세로
숨어 있는 것이다.

그들은 주체와 객체도 없이
혼이 난 것이다.

색의 다면체가 가능하다면
그 속 또한 소리다. 하지만 그건
변태고 자학이지. 분자의
건축까지 들여다보아야 한다.

입을 쩍 벌린 이빨의 악어 옆에서 매우
서운한, 혹시 화난 표정으로 죽은
십자가
예수 그림도 있다.

푸대자루처럼 보이는 시체도 있다. 물론
거꾸로 경우도 있고, 어느 쪽이든
한두 가지로 끝나지 않는다. 아니 경우가 물질의
세상을 잠식하고 세상 속으로 세상을 능가한다.

시간은 궁전 위에 지은 돌담 벽 골목길 그 위에
싸이클론이다.

공간만, 더 거대하게, 순환하고
시간은 인간 없이도 음모적이다. 눈에
보이지 않아도 짐승과 초목들이 그리고 더
작은 것들이
인간의 얼굴을 닮아가는 시간이다.

그들도 두려울 것이다. 눈으로 보지
않아도 인간이 그들의
마음의 무늬를 닮아가는 시간이다.

누가 공간을 무섭다 했는가.
누가 무서운
공간이라 했는가.

수증기가 색을 흩뜨리기
는커녕 방울지게 하고 색도 없이

알몸을 더욱 알몸답게
해산하는 목욕을 내가 보고 있는,
흐트러지는 목욕도 시간이다.

배꼽의 시간이다.

소리는 시간의
장난이고 장난 바깥은
믿을 수 없는, 형편없는, 폐허다.

이제 충분한가, 굳을
때가 되었는가?

청동
거울도 말이 없다.

그 안에 얼어붙은
얼굴도 혼비백산일 뿐
표정이 없다.

나는 안다.
이것은 모종의
직전 혹은 직후다,
음식의.

먹이 혹은 계량의.

VII

울부짖는 공룡들은 또 다른 공포로 울부짖는다.
공룡들은 서로 같은 결 목소리 음정 차이로 의사
소통하는지 다른 결 음정 차이로 하는지 아니면
다른 결 음 높이 차이로 그도 저도 아니면 목소리
차이로 높이 차이로만 하는 것인지 으르렁 소리
들으면 그때마다 두려움의 성격이 다를 것 같고
수준도 차이날 것 같고 그렇지만 고생대에 살지
않는 내가 느끼는 위협보다는 지들끼리 더 우왕
좌왕하지 않을지 나는 그게 더 궁금하다. 도레미
순서가 작곡의 기본 계단이듯이 사전의 가나다
순서도 창작이 오르내리는 기본 계단일 수 있을
까. 그렇게 세상을 한데 아우르는 오페라 세상에
가 닿을 수 있을까. 나는 그게 더 궁금하다. 이런
내가 나도 한심하지만 공룡들은 도해 한 점 없는
사전에서 울부짖고 또 다른 공포로 울부짖는다.

내 기관지에
바람 새는 소리
들리지 않는다.

비 내린다. 통유리창이 흐린

물방울, 보이지 않을 때까지
다가간다 장막이 열리고, 그 속에

건물은 주민으로 건물마다 특수하다.
거리는 행인으로 거리마다 특수하다.
도시는 시민으로 도시마다 특수하다.
나라는 국민으로 나라마다 특수하다.

그러나

확대는 모든 것을 점들의 아미로 분해하고 거룩한
것은 그림의 점과 점 사이 공간이다. 사진의 그것은
더 거룩하다. 고유명사보다 더 고유한 일반명사가
있다. 일반명사보다 더 일반적인 고유명사가 있다.
옛 사람들이 건물에 얼마나 많은 공을 들였는가를
우리는 짐작할 수 있을까. 그러나 그것들은 헛되다,
일반명사 속에서. 프랑스어 '소설풍'은 '로마풍'과
같은 뜻이다. 동음이의와도 다르게, 헷갈리지. 터너
'폴리페모스를 조롱하는 율리시스'의 빛의 혼돈은
약과다. 그래서 바벨탑은 국제어 자체의 비유다.
개성보다 더 거룩한 그 무엇을 위해 대가들은 인물
사진보다 못한 자화상을 그린다. 네팔, 카트만두는
음악적 순서고 고유와 일반의 경계를 흐리는, 명징한
순서다. 1991년 오스트리아 발굴 BC. 3300년경

나무껍질 형용 미라를 '겨울잠 인간'으로
명명하면서 우리는
헷갈리는 짐을 고고학적으로 벗지
못했다. 일반이
고유를 압도하는 현재를 증거했을 뿐이다. 자기 키
보다 높이 자란 고향은 고향이 아니다.
옛날 지도는 표정을 품고 있지.

어떻게 보면 지형은
지도보다 더욱 현대적인
지도 같다.

몰디브 섬들은 지도로
그려지기 위해 생겨난 것처럼 생겼다.

인간이 오랜 세월에 걸쳐 그리는 도시
지도는 오랜 세월에 걸쳐 다르지만
일반명사가 고유명사로 되는 과정도 있다.

플라스틱 분자식을
약간 개조했을 뿐인데
그래서 약간 더 외로울 뿐인데
손잡이에 W-Germany라고
유일하게 돋을새김 해놓은 에셴바흐

막대돋보기는 그 속이 유리보다
더 청정하고 더 어여쁘다.

그리고
돋보기는
확대하기 전에
집중시킨다, 우리의 시선을.

일반명사의 개성이 흩어지고 뒤섞이고 살 섞는다.
개성을 살려 고유명사로 되는 동사, 그리고 부사의
과정도 있다. 辭典과 백과사전을 섞은 사전의 문법
도 있다. SF, 미래에 대한 공포는, 천만에, 정치경제학

적인 공포가 아니다.
손가락 마디가 한 개 더 늘어나면 우리는
더 편리해질까?
그것은 진화의 미래를 없애는
상상력의 공포다.

천몇백 년 전의 조각
라오콘 앞에 선
미켈란젤로의 공포와 같은.

오래된 음악 CD 속 고급의

스펀지가
바스라지고, 문지르면 엉겨붙는다.

속도를 잡으면 배경이 쏜살같이 지나가는 배경이
보인다. 수명이 각각 다른 것 하나만으로도 우리는
동물을, 더군다나 식물을 이해할 수 없다. 종속된 자,
주인도, 대중도 없이 종속된 자여. 생활의 문턱으로
뜬금없이 쳐들어온, 우뚝 선, 그래서 고립된 중세의
세밀화 속 성채.

땅 속을 제 몸으로 파고들며
제 몸으로 길을 내는
스스로 길이 되고 스스로
땅 속이 될 때까지
길을 내는
지렁이.

프랑스, 독일, 영국, 네덜란드,
그리고 스페인과 포르투갈,
러시아와 북구
언어의 문법과 문자는 비슷하지만
각각의 특성은 아라비아와 중국,
힌두와 몽골 언어 사이보다 더 진하다.

서양 언어들은
발음이 비슷하므로 더욱,
차이와
가까이 있다.

로자 룩셈부르크는
레닌보다 옳았던 것이 아니라
자유민주주의보다 더 드높은 민주주의의
실패를 레닌보다 더 먼저
알았을 뿐이다.

서양으로 이어지는 로마의 길과
슬라브로 이어지는 그리스의 길이
다르다는 것조차 그녀는 몰랐다.

'~며'는 너무 빤하게 늘어지고 속셈이
보이고, '~고'는 옹글게 억하심정 쌓이는
연결 같다.

버려진 것은 한참 동안
버려졌다가 유적이 된다. 건물은
건축의 유령. 하나같이
눈이 퀭하다.

일광욕에 한기 배어나고 햇살에
곰팡이는 바싹바싹 마르고 여기는
운현궁의 봄, 그건 연속극 제목이고(맞나?)
경희궁의 아침이다.(정말?)

매머드를 만날 때쯤 인간은 비로소
자기 키를 인식할 수 있는
능력에 달했음을 인식할 수
있었던 것이다.

코미디는 인식 다음에 온다. 그렇게
천사가 처녀에게 수태를 고지하는 거룩함의
코미디가 있었다.
십자가 처형과 그것을 닮은 순교, 그리고
참혹을 둘러싼 성부와 성자와 성신의
삼위일체가 있었다.

잔혹 코미디가 벌써 있었다.

죽음의 표정은
쓸데없이 근엄하다.

층도 없이 거대한
기둥의 고대와 같이.

보이는 것은 눈을 위해 보이는
것만은 아니다.
피라미드는 삼각의 삼각을
오히려 숨기고,
삼각의 삼각은 인간의
본능에 갈수록 가까워진다.

1976년 탄자니아, 라에톨리에서 발견된
350만 년 전 오스트랄로피테쿠스
어른 둘과
아이 하나의
발자국 이래

발음하지 않으면
망각되는
단어가 있다.

물 분자는 산소 원자 하나와 그것으로부터 각각
95.8pm 떨어져 105도 각도를 이루는 수소 원자
두 개로 구성된다. 원자 속 구조는 모두 같고,
고대 그리스 철학자 데모크리토스 원자론은 아직
틀리지 않았다. 경악으로 갈수록 뚱뚱해지는

소프라노여.

역사상 인류에 가장 밝게 보인 것은

오늘날 삼각 초가를 닮은
신석기
농사의 집이다.

정치와 행정의
글자는 11포인트, 12포인트로 마구 커진다.
행간은 따블, 따따블로 늘어나고 생각은
페이지를 넘기며 지리멸렬 분산한다.

편안했던 알 속의
흰자와 노른자 공기 방,
정자의
전율의
기하학적 가능성조차, 아니 그것부터 형편없이
너덜너덜해진다.

내가 알기로 베르킨게토릭스는 포로로 묶인
모습이 메달에 새겨진 유일한 경우다. 고울족
대장이라는 뜻을 그냥 이름으로 물려받고 B.C.
52년 고울 정복에 나선 카이사르의 게르고비아
공략을 물리쳤으나 디종 근처에서 기마군을
잃고 알레시아에서 농성을 하다 피체, 로마로

끌려가 전리품으로 전시된 후 사형당했다.

그의 모습은 언뜻
우스꽝에 이를 정도로 초라하지만

사실은 삶이 죽음의
무용이므로 그리 육체,
명징했던 것을.
질투는 명백하고 질서정연한
대낮,
밝고 낡고 명랑한 신세대.
그러나 그 모든 것은
바깥의 명징.

모가지가 날카롭고 쩌렁쩌렁한 유리조각
백발 빗살로 우수수 무너져 내리는
새의 모습도 있다.

점토에, 직선과 곡면의 깊이로
윤곽을 새기는 모습도 있다.

콘스탄티노플, 성소피아 성당
내부의 천장처럼
아름다움이 어지러운

현기증도 있다.

성과 속을 분명히 구분하는
테두리가 선명한
페니키아의 눈동자도 있다.

부분보다 놀라운 전체는 없다.

내면보다 외형이 화려한
모스크도 없다.

해외여행을 좀체 즐기지 않는
이유는 압도적인, 근엄한
일반성과 관계가 없지 않지만
그보다는 백과사전 한 질을
한 장에 담아내는 CD에 있고
그보다는 백과사전 한 질을
능가하는 CD에 있다.

CD에 담긴 음악을
능가하는 일반성의 음악
언어에 있다.

영화를 능가하는 영화

언어에 있다.

디지털을 능가하는 디지털
형식에 있다.

CD의, 혹은 DVD의
형식은 내용보다 훨씬 더 빨리 늙는다.
음악은 음악의
역사보다 빨리 늙는다.
시사는
동영상은 가장 빨리 늙는다.
멀티미디어도 늙는다. 루브르
박물관은 늙지 않는다.

그게 새로운 희망의
접점인지 낡음의 새로운
반복인지 모른다.

그게 앞으로 발명은 없고 발견만 있는
위안인지 저주인지 모른다.

아름다움을 범하는
상실의 아우라는 더
뼈아프지만, 20TH Century Video Almanac, Cinemania '94,

1995 Compton's Interactive Encyclopedia, TIME ALMANAC,
MULTIPEDIA, The Oxford English Dictionary
너무도 낡은 CD 타이틀보다
훨씬 더 많은 것을 더 가볍게 담는
감량은 있다.

그 감량이 진정한
진보다. '진정성'의
어감도 감량한다.

종마루, 마루적심, 소슬합장
건축물
각 부분 명칭과
탑 부분 명칭과 불상 각 부분 명칭과
24방위 및 시각표와 기원 및 주기 대조 일람표와 관청
별호표가 부록으로 붙은 동양 연표조차
감량하는
붉은 진보다.

아코디언은 음악의 몸을
원래보다 심하게 접었다 펼친다.
그래서 구성진 음악이다. 새의 날개는
고단한 겨드랑을 화려하게 숨기지만
부리는 생각보다 길거나 커서

우스꽝스럽지. 인간적으로 보면 식물은
우산처럼 생긴
버섯조차 말이 없다. 밤하늘은 다르다.

별의 거리는 차다. 별빛도
거룩함도 차다. 대지만
뜨겁고 가혹하다. 잴 수 없는
공간의 안심이 깜깜한
마음속 대지의 공포를 다스린다.

안심은 차다.

역사가 현재를 향해 줄달음쳐왔다는
생각은 더 우스꽝스럽다. 갑각류는 너무 두꺼운
제 갑옷의 무게를 모르고 두께를 모른다.
껍질과 사지의, 그리고 털의
색깔만 요란할 뿐이다.
나비는 하늘하늘 날다가
제가 하려던 말이 무엇이었는지를 잊는다.
뱀은 너무 낮게 길게 기다가, 문어는 너무 여러 다리로
헤엄치다가, 돼지는 너무 먹고 너무
많은 새끼를 먹이다가, 나무는 너무 푸르다가
제 하려던 말의 내용을 잊는다.

잊었다는 사실도 잊는다.

존재도 잊는다.

서 있는 기린은 목이 너무 늘어나는 어드메쯤

할 말을 잊는다. 아. 정말. 인간적으로

기괴한 것은 해부다.

아기 비단뱀이 사악한 혓바닥을

날름거리며, 사락사락 알껍질을 깨고

나오는 말

은 꼬리가 알을 빠져나오기 전 잊혀진다.

더 잔혹한 악어 새끼가

완강한 알을 더 완강한

주걱턱으로 부수며

나오는

말도 꼬리가 알껍질을 짓이기기 전 잊혀진다.

자세히 볼수록 더 징그러운

파이돈.

알 자체의 말도 잊혀진다.

물속은 다르지. 모든 물고기의

전 생애 기억이 모여 물이 된다.

그렇게

뼛가루 흩뿌려져 시야를 흐리다가
흩어지면 명징하게 드러나는 수풀 산 속 강가
죽음을 머금은 듯 어둠으로 영롱한.

1975년 4월 9일 새벽 모두.

형장의 이슬로 사라진.

인혁당 사건, 그들의 이름도 가장 고유한

일반명사다.

하여 나는 그사이 나무들의 의사소통이 궁금하다.
이파리가 흩날리는 것은 바람의 전언이지 나무의
그것이 아니다. 이파리에 부서지는 햇살은 태양의
전언이지 나무의 그것이 아니다. 향긋한 내음으로
보아 나무는 분명 후각이 있다. 꺼칠한 살갗은 분명
촉각을 갖고 있다. 그리움으로 뻗어나가는 가지와
뿌리 동작은 몇십 년 몇백 년의 언어고, 그러므로
공포는 스스로 지치지만 후각과 촉각은 그런 성격
이 아니다. 수분을 빨아들이는 몸통, 광합성 잎새는
일방적이므로 언어가 아니다. 크건 작건 우람하건

아담하건 꼿꼿하건 허리가 굽었건 인내의 자세가
공통적인 것으로 보아 나무는 분명 시각과 통각이
있고 그것도 장구한 세월의 나이테와는 별무상관
이다. 이름만 그렇지 수명이 형편없는 장수하늘소
그리고, 제 몸에 구멍을 내는 딱따구리와도 대화는
불편할 것이다. 그런데도, 그 파란만장을 완벽한
온전의 형상화로 전화해내는 나무의 속셈이 나는
궁금하다. 분명 뭔가가 있기는 있는데, 말이 없다.

어떻게든, 하여튼
말이 없다.

모든 소리가 분명한데도
말이 없다.

모든 품사가 분명한데도
언어가 없다.

모든 문법이 분명한데도
'나무는 나무다'라는
동어반복의
완벽을
능가하지 못한다.

나무가 무얼 먹고 사는지 우리가
궁금하지 않기 훨씬 전에
우리가 무얼 먹고 사는지 나무는 궁금하지도
않을 것이다.
나무꾼 도끼에 찍혀 넘어가는
순간에도 궁금하지 않을 것이다.

금도끼냐, 은도끼냐?
백 살도 넘은 백발노인이……
그렇게 어처구니없는 질문도 없다.
그렇게 어처구니없는 공포도 없다.

도끼는 공포의 완벽화다.
질문도 대답도 아예 있을 수 없다.

온전의 완벽한 형상화인
나무는 아예 없다.

도끼는 찍어내리는 도끼고
찍어내린다는 뜻은
완벽의 나무와
생명의 외파인 인간,
그리고
의식도 없이 억울한

도끼한테 각각 다르다.

금도끼냐, 은도끼냐?

금과 은은 거룩한
사라짐의 본색을
말끔히 지워버린다.

거룩함은 불편하다. 모든 도시는
의식주 거룩함의
본색을
다만 미화하며 여기까지 온다.
편안함의 너비와 높이, 그리고 깊이를
추구하며 여기까지 온다.

의미를 해체한 상상력이
아름다움 너머를 상상하지 않는다.

파리, 퐁피두 문화예술센터
대형유리창 건물 밖으로 설치된
엘리베이터 같다.

오르내리는 엘리베이터의
비유에 갇힌

상상력 같다.

첨탑 치솟는 고딕 성당의
비유에 갇힌 상상력 같다.

돌 속에
새겨진 것 같다.

문자 속에
갇힌 것 같다.

그림이 평면의, 평면이 그림의, 회화가 조각의, 조각이
회화의, 건축이 음악의, 음악이 건축의,
오페라가 연극의, 연극이 오페라의,
노래가 가사의, 가사가 노래의

해방,
아니고
운명 같다.

유리가 투명하지 않고 투명이 닫힌다.

하여 나는 언어가 더욱 궁금하다. 언어를 뛰어넘는
예술의 언어는 더욱. 미술은 형용사의 형상을 능가

하는 형용사인가. 연극은 동사의 행동을 능가하는 동사인가. 음악은 부사의 기척을 능가하는 부사인가. 문학은 구문의 해체를 능가하는 구문인가. 이런 장르 이야기들은 헤쳐모여의 빈자리를 능가하는 헤쳐모여인가. 전쟁의 야만 대신 단지 피투성이 뿐인 것은 아닌가. 과학의 문법은 신비를 벗기고 거룩함을 드러내는가. 생성은 생성을 생성하는가. 유형은 유형을 유형하지 못하고 변형은 변형을 변형하지 못하고 피상은 피상을 피상하지 못하고 전망은 전망을 전망하지 못하고 다만 허구가 허구를 허구하지 못하는 왜는 도대체 왜, 왜인가, 도대체 왜 능가는 왜 능가를 능가하지 못하는가, 도대체는 도대체, 왜?

언어학은 언어를 능가하지 못하지.

나는 너를 사랑한다 혹은 먹는다, 와, 나는 사랑한다 혹은 먹는다 너를, 과, 너를 사랑한다 혹은 먹는다 나는, 과, 그 밖의 온갖 경우 수의
뉘앙스가 뉘앙스의
의상을 입고도 못하지.

(벗어야 하는 거라고
생각하면 오해다.)

말로나마 아름다움의
전망이 거룩함이라니 다행이다.

(뭔가를
벗기는 벗어야겠군.)

너의 편지가 왔다.
보지 않아도 젊고 예쁜 너의 편지는 가지런히 정돈된
글씨로 안부가 궁금한 마음을
활짝 열린 신세대풍으로 살포시 열고
나는 그것이 살포시 닫히는 것과
같다고 생각하면서 더 기분이 좋아질 것이다.

폭발하는 것은 순결뿐이다. 받아
들이지 않고 들어가고 싶은
여자, 이때쯤이면 나도 울 수 있다 눈물이여 다만
너를 위해서도 울 수 있다. 내가 네 속으로
들어가지 않고 네가 내 속으로 들어오듯이.

하긴
거꾸로 방향으로
공포가 없는 세대다. 그게 나는 좋다.

국화꽃 향기 난다. 로마 제국이

다시 한번 무너진다. 충격이 사라진
사라짐만 거룩하다.

경악의
흔적조차 사라진
사라짐만 거룩하다.

그대 목소리만 남아 얼마나 황홀
한가, 그마저 사라지고 화려한 슬픔의
육체도 없는,
비누냄새도 지워진
사랑의 체위는?

여성과 아주 조금,
오묘하게 어긋나는 아름다운
추억은 여우사냥이다. 오묘하게
아름다움의
애를 끊는.

VIII

무엇을 하던 이였을까. 무슨 생각으로
살던 이일까?
오랜 세월을 삭은 망자의
해골은 몸의 전생에
관심이 없다. 그와 더불어
아니 그보다 훨씬 더 전부터 삭아온
무덤의
골격과
해골인 자신의
뼈대가 이루는
조화에 더 관심이 있다.
살은 윤곽의
흔적도 없고
무덤과 해골이 모종의
뼈대로 뼈대가 윤곽으로 윤곽이 모종의
윤곽의 윤곽으로
물러나면서
삶의 기억은
매우 진한 감정의
응고다. 그것이 세계의
육체성을 능가하고 모종의

골격은 미니어처

고인돌 같기도 한 것이

의식주 이후

죽음의

화덕처럼 보인다. 아니

죽음의 화덕은 너무

과하지. 죽음이 아담하게 마련한

의식주가 휴식하는 공간 같다.

빛깔은 누렇지만

그 곁에서는 이승의 모든 황색이

싯누렇게 느껴질 정도로

유구, 그 자체다.

그리고 공간의

개념도 없는데

완벽한 휴식의 의상인 것처럼도 보인다.

그 완벽은 아주 오래되었지만

삶의 모든 증거를 지울 생각은

없다는 듯이

다행히 유현은 아니다.

여유로운

자폐의 광경이다.

막달레네 크로마뇽

인은 그렇게 최초의 현대인이다.

만져볼 수 없지만

건드리지 마라, 만져보기도 전에

손끝에 와 닿는

이마를 짚은 굽은 팔의

손의 감촉도

건드리지 마라. 이생의 것이

관여할 사항이 아니라는

충고가 그리 자상하다.

무덤 돌은 반 가까이

잘려 내려앉았고

해골은 골격의

허리도 없는데.

베개는 물론 발

바닥도 없는데. 앙상하다는 생각

그렇게 무관할 수가 없다.

세포에서 에너지가 생성되는

그 미세한 크렙스싸이클

생화학 과정보다

더 본질적인 것을

이 무덤은 지시한다. 손가락도 없이.

생화학 이야기보다 더

눈물겨운 것을

이 무덤은 드러낸다. 형상도 없이.

그리고

감정도 없이.

막달레네 크로마뇽
인은 그렇게 최후의
현대인이다, 생명도 없이.
면적과 덩어리 사이 검음은
형상이 없을수록 더 많은
말들을 응축한다. 응축은 말 너머 말을
만들지 않고 스스로 말 너머로 발을 딛는다.
엘레지를 따로 부를 필요는
없다. 면적도 덩어리도 아닌 검음이
뚜렷한 형상도 없이 다만
이리저리 제 몸 수를
숫자처럼 늘리는, 그렇게 숫자가
시간 밖으로 늘어나는
광경 자체가 진정한 엘레지다.
형상도 없이 형상도 없는
검음을 베고 누운
노랑은 아무래도 생명을 내파한
흙이고 그 옆에 다시
형상도 없이 깔린
하양은 수의다.
울음 한 줄
비수처럼 찌르나 직선이 없고
소용이 없고, 찌르기 전부터 그것을
안다는 투다. 그 투도 형상이 없다.

형상의
완벽은 당연하다, 느낌도 없이.

2007년 3월 27일 오전 4시.
어제의 조간신문에 출현한
IT, DMB, BT, WiBro
최신기술의 약어 옆에서
막달레네 크로마뇽인은 그렇게
최후의
현대인이다.

무덤은

최후의
악기다. 손은 물론
현도, 동굴도, 귀도 없이.

소리의
형상도 없이.

음악의
전망도 없이.

미끄러짐도 없이.

빅뱅은
오늘도 우리 정신과 육체의
세포 속
분자의 원자, 원자핵, 그 속의 양성자, 그 속의
쿼크와 경입자와 그 반입자들에서 시작,
매 순간 우주로 터져 나가는 빅뱅이다.
그 안에 검은 구멍, 검음의 구멍이 있고
한참을 지나면 검은 시간, 검음의 시간도 온다.
그것 아니라도 우리는
매 순간 죽음
너머를 산다, 자연
과학적으로.

최신의 천문학
용어 옆에서도
막달레네 크로마뇽인은 최후의 현대인이다.

'평화'라는 뜻의 아라비아 고문자는 비둘기를
그렸다. 자세히 보면
상형문자는 아니고 서예문자고, 생각해보면
비둘기는 평화가 아니고 평화의 상징일 뿐이니
아라비아 문자는 소리글자의 속에, 후에,
혹은 꽁무니에 전날의 것을 앞날에다 꽤나
뒤죽박죽으로 섞고, 붙이고, 매달고 그랬다는 얘기다.
고문자 덕에

비둘기가 평화를 평화가 비둘기를 상징하게
된 것일 수도 있다. 매우 애틋한 얘기지만
헛갈리기는 마찬가지고, 그 후 다행히도
그 어지러운 고문자들은 쉬운 쪽으로 발전,
원래대로 헤브라이 소리글자
모양을 향해 가다가
피차 적의에 밀려 이쯤에서 중단한 것 아닐까
지금도 아라비아 문자는 무척 낯설고
꽤나 어렵지만 역사로 보아 일찌감치 피차
그 상태가 오히려 안도에 가깝지 않았을까 싶은

어느 날

문득
눈부시게 아름다운 아라비아
문자는 예언자가 늦게 온 아랍인의 고통을
미리 응축한 것일지도
모른다는 생각.
그렇다면
이슬람은 더 우월한 문자의
종교라는 생각. 아니
이슬람은 더 우월한 종교의
문자라는 생각.
앞으로도 한참 동안 그럴 것이라는 생각.

현대 아라비아 문자 서예
'평화'는 흡사 굵은 붓 세 획을 성벽처럼 세우고
가운데 성벽이 둥글려 왼쪽 성벽과
제 몸을 뚫어 꿰며 스스로를 방어하는 동시에
세계를 향해
세 성벽 모두가 열린, 그 밑에
흡사 왼쪽 꼬리를 치올린
한 '一'자 형용의 오른쪽 뾰족점이
위태롭게, 그러나 노련하게 세 성벽을
떠받치는 구성이다.

이슬람은 평화인데.
문자 안에, 이름 안에 너무 많은
아름다움을 비축해두었다는 생각.

요즈음 헤브라이
문자는 옛날보다 더,
구약성서의 시간보다 더
근엄해 보인다.
'평화'도 근엄해 보인다.

산스크리트 문자 '평화'는
파르테논
신전보다 신비하다.

문자 이후 무덤은
문자만큼 신성한 곳이 아니다.
갈수록 깊어지지만
소리와 달리 갈수록 거룩한
깊이가 아니고
갈수록 복잡해지지만
벽에 새긴 문장과 달리 갈수록 거룩한
기회가 아니다. 화려와 웅장은 거룩함을
빛바래게 하는 중력의
광채일 뿐이다.

도굴은 무엇보다
거룩함을 차단한다.

갈수록 높아진다. 높이는 거룩함을
무색게 하는 하늘의
꼬득임일 뿐이다.

고양이가 울고 거룩함은 야옹 소리를 낸다.

다행히 아직
교태에 물들지 않은 소리다. 고대
그리스인들은 그것을
황금률로 봉인한 것인지 모른다. 붉은 인물 도자기

속에, 신전의 외형 속에, 이야기의 미로 속에, 이전의
모든 것을 집대성한 모종의
완성도 속에. 로마인들은 그리스 신화의
가상현실 속에 살았다. 건축이 그리
웅장했던 이유다. 사람들은 영영
치매를 즐기기는커녕, 이해하지
못한다. 치매도 스스로 치매를 즐거워하지
않는다. 온갖 첫 경험의 외화와 내화의,
직전과 직후의
거룩함은 사라지고 거룩함의 원색은
영영 원색적으로 혼동된다. 지식의
아둔한 정보만 늘어간다.

내 안에 아주 자그만
상실이 죽어간다. 노년은 몸냄새만 비리하다. 저승
반점만 극성스럽다. 무덤은 육체가
산 채로, 영영 돌아오지 못하는
지옥이다. 그건 공포를 어설프게
무마한 결과다. 파시즘 효과는
그때부터 본능이다.

거룩한 파멸이 아니라
파멸의 거룩함을 누리던
시대가 기적의 시대다. 그게 우리가

기적을 바라는 소리
글자의 이유다.

그 소리마저 끊기려 한다. 로마여 영원하라,
구호만 들린다. 대중문화의
검투사 경기장이다. 치솟는 웅장한 화려한
아비규환이다. 오죽하면 치솟을수록
무거운 건물이 세워지겠는가, 소리를
지우며 아우성이 아우성을
부르겠는가. 졸음이여 오라. 귀를
열지 마라. 입을 닫아라.

Nero 복사 작업이 끝나면 '이제 무엇을
하시겠습니까' 묻는다. 나는 그게 자꾸
'대체 무엇을 하시겠습니까'로 보여 눈을
씻는다. 이러면 안 되는데, 자지 않고 나는
대체 무엇을 하려는 것일까. 졸음은 장엄
미사 음악이 가사를 수천수만 갈래로
반복하면서 제 몸을 수백수천만 갈래로
펼쳐가듯이 온다.

통유리창에 내리는 비는
아무것도 내리지 않고
전망을 가로막는 아파트 몇 동도

그 끄트머리 산등성이도
저 아래
가로수도 우산도 자동차도
골목길도 내리지 않고
무거운 것이 스스로 내려앉으며
흐려지는 것이다.

천둥 번개 다 지나고 헐벗은
한 여인이
남는 것처럼.

이 놀라운 기적.

술이 과한 다음날 아침이면
머리통 반이 어둡다.
이럴 때는 대가리다.
치매와 밝음이 출렁거리며
서로를 들여다본다.

이 놀라운 기적.

음식은
생명의 반을
되돌려주는

행위가 될 수 있는가.

섹스는
헐벗는 헐벗음의
극치가 될 수 있는가.

오페라
아리아
서주
반주는 가수 목소리를 기다리며
한없이 슬픔의
육체를 연장할 수 있을까.

아버지한테 술을 배워 필름이 끊기고
나서도 지랄이 없는 게 그나마 다행이다.

민법은
보장한다, 인신의 존엄을.
형법은
박탈한다, 육체의
거룩함을.

아니 법은
보장하며 박탈한다. 어기는 것보다 더

근본적으로 저지르며 더 숭고한
그 무엇을 참칭하지만 법은 끝내 저지름을
형상화할 뿐이다. 결혼법이
이혼법을 합리화할 뿐이듯. 법은 만남을 모르고
헤어짐도 모르고
사례가 이어질수록 거룩함의
거세가 돌이킬 수 없을 뿐이다.
전세계적으로 음흉이
얌전하고 미세하지 않은
법전은 없다.
광기로 일렁이는 핏줄의
가계도가 어떻게 사회를 이루고 국가를
결정하고 세계를 해체하는가를 보려면 177
이따금씩
나무 한 그루를,
다만 그 실핏줄까지
상상하는 게
더 필요하다. 그때

마침내
필요도
나무의
상상력일지 모른다.

무슨
나무를 위한
산림법 같은 소리.

동물보호법 같은 소리.

그는 그날 무슨 신반포 천주교성당에
들러 생각한다. 동네 노파들 노인정
역할을 자연스레 겸한, 그러나 신부가 역시
로마풍으로 나이 든 신자들한테까지 해라를 하는

것도 짝퉁이라기보다는 뭔가에 지친 거룩함이
자포자기 상태로나마 드러내는 어쨌거나 거룩
함의 한 형태 아닐까. 어쩌다 이 지경까지…… 그런
발상은 거룩함의 것이 아니니까. 교회와 성당은
건물은 자본주의 고도 경제성장의 비유보다 더
앞서 간 지 오래다. 홀로 있으면 경제도 거룩하다.
제 몸에 언제 사기꾼 딱지가 붙었는지 억울하고
하릴없다. 정치는 끊임없이 장례식을 저지르고
경제는 상주 노릇도 못하고 위로도 못 받는 호상
노릇이 고작이다. 가장 먼저 생겨나 언제나 가장
먼저 앞서 가는 경제는 그러나, 그래서 늘 혼자
있기를 두려워한다. 자신의 거룩함이 경제는
그렇게 두렵다.

홀로 있으면 정치도 거룩하다. 자신의 행위 일체가
계획이 아니라 음모로밖에 비치지 않는 그 정황이
정치판이 그 판을 둘러싼 음모가 야속하다. 사실 자
신만큼 쓸모없는 것도, 그러므로 헌신적인 것도 없다.
모든 헌신은 쓸모없게 끝나고 그것이 바로 헌신이다.
경제는 본능이고 그러므로 거저먹는 것과 다름이 없다.
이게 언제 얘기냐, 이렇게 묻게 되는 것도
경제 탓이고 정치 덕인데. 그런데 사람들이, 여론이
여론조사가, 정치판이 거꾸로 생각한다. 그러나, 그
래서, 정치는 늘 혼자 있기를 더 두려워하고 언제나
협동과 노력의 과소비로 북적댄다. 정치는 자신의
거룩함이 그렇게 갑갑하다.

그리고
정치와 경제 없이
손 빠른 장사치 없이
문화가 있을 리 없다.

남 얘기하지 마라.
프랑스혁명 이래 프랑스 법령은
왕을 대통령으로
왕국을 공화국으로 바꾸면서
내용도 잡다하게 바꿔왔지만
우리나라는 왕도 없고 왕국도

단절되었다. 아니

단절도 없다.

그는 그날 무슨 일로 무슨무슨
대한민국
관청엘 갔을까?

다이어트하러 갔기를 바란다.

관청도 홀로 있어야 거룩하다.

장중한 음악에 섞여
먼 데서
천둥소리
통유리창 뒷면에
엉겨붙는 빗물의
울음도 거룩한 비유는 아니다.

손 빠른 장사꾼이
성당을 짓고 관청을 짓는다. 그리고 손 빠른
예술이 자본을 능가한다.

거룩함은 그 모든 것을

아둔하게 포괄하는
일상이라는 아둔한 느낌이고 아둔한 물건이고
아둔한 세계고 아둔한 우주다. 그것은
필경 우리와 가장
관계가 없는
일상 제 혼자의 일상이다.

그날 무슨 일로 비는 내리고 아파트는
서고 서민은 발을 둥둥 구르고
빗방울은 난간에 매달려 마냥 그 흉내를 냈던가.

건축은 야만의
가상현실이었던가.

조화는 제국의
가상현실이었던가.

빛은 죽음의
가상현실이었던가.

기적은 원초의
가상현실이었던가.

전망은 새로운 단어의

가상현실이었던가.

실핏줄 선명한
투명한 피부에
담뱃불 지지는
가상현실로 고대왕국
지도는 생겨나는가, 사람들이 꾸역
꾸역, 꾸역, 꾸역, 끝도 없이 넘쳐나고

가장 표나는 것은 실종이고 실종
선언은 그 모든 효과를 다시 실종시키고
그 실종은 이미
효력을 잃은 실종이다.

온갖 강제만 남는다. 혼인을 묶거나 떼어놓은
법조문은 간통 없이도 음탕하다.
KBS-TV「사랑과 전쟁」을 보지 않아도
재판 과정은 더 음탕하다.

하긴 그날 그는 무슨 일로 KBS-TV
「사랑과 전쟁」을 보면서
공영방송이란 게, 쯧쯧. 하면서 BBC를
갖고 있는 영국을 잠깐 부러워했고
을씨년스럽던 비가 궁상맞더니

그마저 그쳤다.

왜 궁상맞은 드라마 출연 탤런트도
저리도 어여쁜 화장을
처발라대는 것일까? 왜 나는
그런 점에 총체적으로
꼴리는 것일까,
그 후 이야기는 더 구질맞은데?

정말 섹시한 것은 상대방의 모든 것을
빨아들이지 않고
지워버리며 섹시하다.

눈이 부실 겨를도 없고
그 후 이야기는 더 섹시하다.

그러고 보면 남자와 여자
사이 거룩함이 있지 않고
사이가 바로 거룩함이군.
최소한 그 가능성(이란 말이 문제지만)이군.

개새끼야,
애는 어떡하고, 어떡하라고?

그래서 가정이 깨지고 원한이 원망으로
무르익을 뿐 아니라
더 드높은, 더 쓸데없는 차원에서
더 쓸데없이 세상의
화해는 이루어진다.

최근의 민법과 형법
용어 옆에서도
막달레네 크로마뇽인은

최후의 현대인이다.

효자도 망나니도 없이
홀로,
의 총체성으로.

그 옆에서 나의 생은
내가 나를 내팽개치는
잠깐 동안의
간질
발작인지 모른다.
이리 멀쩡한
반복의.

젊은 날은

벌초 안한 무덤 속

흙 아래

부패한 나무관 아래

삭아버린 수의 밑에 나의

살덩어리를 찌르는

날카롭게 찌르는

부드러운 여성의 가시관.

잃어버린 사랑 더 아프리라.

나도 모르는 천둥 번개 치리라.

그 옆에서

막달레네 크로마뇽인은 최후의 현대인이다.

IX

우산에 우둑둑둑 듣는 빗방울
은 장례식 가는 길이다. 산 자는 죽는
것도 어려운 일이지만 죽은 자는 참
어이없이 쉽게도 죽는다. 길동역 못 미처 상일동
경희대 동서신의학병원 영안실.
동네 이름에 '길'이 묻어나는 것이
어쩐지 일산 쪽 같았는데
눈을 떠보니 한강은 기인 몸을
축축이 늘어트리며 나를 따라오고
수산시장 지나 택시는 강동을 향한다.
빗물은 이제 차바퀴에 질척대고
나는 두 번 가본 적이 있다는
기사양반의 머릿속
약도가 궁금하다.

그것은 분명 나의 약도와 다를 것이다. 산다는
것도 이와 같이 서로 다른 차원일 것이다.
시신은 정말 다른 차원에 생생하게 있다. 누가
죽었는가가 중요하지만 죽음은
죽은 자에게 제일 소중하다. 누가
울고 있는가도 중요하지만 울음 속은

누구에게나 정결한 아비규환이다.

언젠가는 서울대 동창 장인 문상을 갔는데 문단
술꾼들도 없고 같은 학번들도 없고 분명한 혈연과
지연들만 자리를 듬성듬성 차지하고 있는 거라서
그 틈을 채우기도 뭐하고 하여 그냥 슬며시 자리를
빠져나오는데 야경이 평소보다 더 환해 보이고 택시
안은 공간이 더 분명해 보이는 동시에 방향도 없이
떠가는 듯한 느낌이 흡사 슬며시 사망자 명단 속으로
빠져드는 듯 혼곤하던 것이었다. 어떤 자의

죽음은 너무도 생생하여
다른 죽음을 삶과 혼동하게 만든다.

어떤 죽음은 그렇게 어둠이 검음보다 더 명징하여
대낮을 빛바래게 한다.

너무도 가혹한 삶의
증거가
죽음의 영역을 무색게 한다.

고독과 절망의
비유가 비리디비리다.

떼석기, 간석기, 긁개, 자르개,
도구는 일찌감치 있었으나
예술이 매장 이후 비로소 출현했으니
비유는 정작 자연 형상이 아니라
죽음에 대한 관념에서 비롯된 것인지
모르지,

불을 길들인 이후 비로소
짐승을 길들인 것인지
모르지,

잠언과 전도서와 아가
그리고 선지서와 집회서
지혜 책들의 시간이다.

나무조각이 아닌 금은세공
장식의 시간이다.

생활의 지옥이 완강하게
정교해지는 시간이다.

어쨌거나 오리냐크
명칭은 아무리 발굴 지명을 좇은 것이라지만
너무

화려하다. 이런 것들이 스스로 거룩해지는
소통을 크게 방해한다.

그리스 고전기
소크라테스의 친구이자 학생이었던 장군
알키비아데스는
생애도 이름도 영 아둔하고

고고학 이름과 내용은
뻑시디뻑신 할슈타트
서양 철기에 이르러 비로소 운이 맞는다.

더 근본적으로 속는 것인지도
모르지.

죽음은 노동의
단절이 아니라 확장이다. 그 전에 노동은
죽음의 연장이 아니라 심화다.

그렇게 문자는
세월의 풍상 없이도 마모된다.
그렇게 소리가 소리의
외형을 닮는다.

죽음은 빛이 빠져나오지 못하는
블랙홀 속이 아니다.

죽음의 온도는
온갖 온도의 운동이
멈추는
절대영도가 아니다.
죽음은 인문학 혹은 양자역학 속이다.
원자핵 둘레 궤도를 돌지 않고 확률적으로
발생할 뿐인 전자의
사건 속이다. 그렇게 누구에게나 죽음은
신화다.

그렇게 죽음도 죽음의
외형을 닮고, 뉘앙스보다 더 새로운 것은
대문자와 소문자의 차이고 그것보다 더
대문자 이후 소문자가 생겨나는
내력이다.
이야기가 이야기의
외형을 닮는.

노래 속은 생명의 내파의
동의어다.
그보다는 한 꺼풀 더 벗는

헐벗은 동의어다.

반대를 여닫지 않고 다만 개념도 없이
동의가 또 다른 동의를 부르는,
부르기 위해, 불려가기 위해 이어지는
동의들이 저마다 한 꺼풀을 더 벗는
헐벗음의 동의어다.

얼굴과 얼굴의
흉상들 사이 두려움의
옷을 입는
두려움은 씻음이다.

얼굴과 얼굴의
가면들 사이 가상현실의
옷을 입는 가상현실도 씻음이다.

여럿이 되어 사라지는
두려움도, 너, 누구냐, 너
무엇이냐, 너는 뭐냐? 묻는 질문의
속귐도 씻음이냐.

그 앞에 그 안에 그 밖에
인격과 신격의

人도 神도 없고 그 전에 格이 없고 그 전에
없음은 충만의 가상현실이고
노래는 노래로 노래한다, 어서 오라 생명의
기쁨이여. 그리고 어서 오라, 는
동시에 어서 가자, 는 뜻이다. 언어의 시간
의 공간이 뜻이다. 비로소

여럿이 되는 사라짐이 거룩하다.

그게 거룩함의,
家도 없고 系도 없는,
가계다.

쥐가 야금야금 갉아 먹은 듯한
윤곽마저 지워질 듯한
종이를 펴면 톱니자국도 없는
하트 모양이 뻥 뚫리기도 한다.

우주는 거룩함의 부재를
증명하면서 거룩하다. 소우주 안에서도 우리가
'무한'말고는 말문을 잃는 까닭이다.

노래는 그 모든 것을 응축, 가시화한다. 응축만이
가시화고 부재의 응축이

'만'과 전혀 무관하게,

거룩함보다 더 거룩하다.

원시기독교로 돌아가자는
마르틴 루터 종교개혁의
주장보다 근본적인 독일어 성경
번역의 시간이다.

그것도 그리 긴 시간은 아니다.

시간도 맨 처음뿐이다. 번역도 금세 행위와 차원을
반복에 맡긴다.

틀렸군. '도'라니, 그게 이렇게 많다니……

누가,
나를
부르는
새로움의

강박은 처참하다. 1995년 판 Deutsche Bibelgesellschaft
Luther Testament. 루터 시대를 별도로
총천연색으로 취급한 페이지들은 낡는다.

시대보다, 종이보다, 색깔보다 더 먼저
무언가가 싯누렇게 낡는다.

좀 전의, 바로 옆의 룬문자
보다 낡지 않지만
연도도 없이 푸른 cloth
장정이 닳아 해진
London, United Bible Societies, EBERHARD NESTLE 편 고
전
그리스어 NOVUM TESTAMENTUM GRAECE
흑백 활자보다 낡는다.

자세히 보면 맨 처음의 원가나안, 아랍, 페니키아,
헤브루, 남부셈 아랍, 헤브루-모압, 고대그리스,
아랍-아시리아, 헤브루,
그리고 고졸-고전 에트루리아 및 로마 알파벳
변천의 탄생, 탄생의 변천보다 낡는다.

그렇게
시대가 시대를 벗는 일은
총천연색이 총천연색의 저지름을 벗는 일보다 더
색이 색의 저지름을 벗는 일보다 더
낡음이 낡음의 한탄을 벗는 일보다 더
돌이킬 수 없는 것을 돌이키려는 수고다.

그 옆에서 가장 모던한
하양과 검정의
모양은 티 없이 순결하여 천박하다.

오늘도 황사는 그렇게 중국에서 발생.
황해 바다를 건너서 온다.
뒤늦게. 싯누렇게.

40년을 살았는데 이럴 수는 없다며 좁아지는
우뭉거지 무덤 속 그대 눈 못 보고
귀 못 듣는 살거죽이 매일매일 안쓰러운
노부부,
따스하고 짧은
비참 같다.

195

죽음의
시차를 착각하는
죽은 자
그 눈에 비치는
죽음 직전
생의 표징은 거룩하리라.

괄목하는 왕눈의
촌스러운

허리께도 거룩하리라.

왜곡은 쭈그러진 살갗의 몸보다 더
예리하게 비틀리는 노인의 목소리에
묻어나는 광택, 서툰 성의
욕정을 벗고 마침내 모습을 드러낸
죽지 않은 죽음의, 살아 있지 않은
생명에 대한 순수
욕망.

혼란이 더 깊어지기 전에
눈은 감기고
감기는 눈이 감기는 눈을 느끼지 못한다.

망막에 묻은 거룩한 광경의
기억을 볼 눈이 없고
기억을 기억할 기억이 없다.

그것을 생각할 수 있으나 산 자는
그것이 가여울밖에 없고
그것 아닌 것이 다행일밖에 없다.

무언가를 찢어발기지 않기 위하여
교회는 그나마 스스로 갈기발기

찢어지는 것이다.

신의 사망이 아니라
죽음의 비유가 거룩함의 의인화를
부채질해왔다는 거. 죽음 직전과 직후의
착시조차 그것을 막지 못했다는 거,

죽음의 의인화가 바로
전지전능이라는 거. 말은 비유고
말하자면 거룩함은 무능한, 무능의

농담에 가깝다. 니체의
선언도 농담이고 그게 위력을
발했다는 것은 더
무능한 농담이다.
언어는 철학이 아니고 논리는 이성이
아니고 사고의 언어가 있지만 비트겐슈타인
언어철학이 두 동강 나며
동강이 동강의 거울로 되는
생애도 농담의 미학이다.

그게 위력을 발했다는 것은 더 은밀하고
더 깊숙하고 더 정교한 농담의 미학이다.

그렇게
소리 속으로 응집하는
모든 생애는 거룩하다. 거룩한
소리의
광경이 다시 소리 속으로 응집하고 그 광경이
다시 소리 속으로 응집하는
광경이 펼쳐지고 펼쳐짐이
육체적인 소리로 응집한다.

그것이 인간적으로
고대적이고 비극적일
이유가 없다.
필요가 없다.

생애가 미래를 향해 비극적일수록,
이유와 필요의
관계가 비루할수록 그것은 더욱 그렇다.

섹스(는 가장 고대적이고 비극적인 대화다)의
비유가 흥건할수록 그것은 더욱 그렇다.

사람 형용으로 거룩할 수 있는 것은
사람뿐이다.

신의 형상을 따라 인간을 만들었다는
말은 농담으로서 형상화
혹은 형상화로서 농담의
비유일 때만 거룩하고 그 거룩함도
진술이 끝나면서 사라진다.

에피고넨들이 대가를 좀먹고 대가는 말짱한
거짓말이고 에피고넨을 양산하는
당연한 말,
말짱한 거짓말의
선생들만 있다. 게으름의
진리가 만연한다. 그 벽은 높지 않고
그냥 대표적이고 편재적이라 더 절망적이다.

죽은 게 아니라
살아 있는데도 그러므로 더
실존적이다.

뜨건 물 비누에 몸의 때가 시커멓게 풀리도록
목욕을 해야겠지. 섹스는
얼굴 표정이 없더라도 무언가
한 몸이
흩어지며 응집한다.
오르가슴에 가까울수록

흩어지는 것이 응집하고 오르가슴은
비유가 아니라
복잡한 색인으로
흩어지는 것이 응집하는 것이다.

사람의 사랑 형용으로 거룩할 수 있는 것은
사람의 사랑뿐이다. 그리고 더 거룩한 것은

받아들이는 태도. 더 거룩한 것은 받아들이는
자세다, 脫인간화의.

기도하는 손은 받아들이는 손이 아니다. 양손을
오므리고도 은총을 잡아당긴다. 손이 손의 몸을
받아들이지 않는다. 몸이 몸의 세계를 받아들이지
않는다. 세계가 세계의 소리를 받아들이지 않는다.
기도하는 입은 받아들이는 노래가 아니다.
입을 크게 벌리고도 절규만 내뱉는다. 노래가
노래의 몸을 받아들이지 않는다.

두 손의
기도는 인간의 육을
따스하게 벗는
집중의 형상이다.

받아들이는

소리 속은 비유가 없고
비유의 완성 그 자체다.

열린

노래 속은 비유가 없고
비유의 그 후 그 자체다.

모든 게 시들해 보이는, 반복처럼 보이는 문제가
아니지. 늙은 나이는 자신의
젊음이 절정으로 보이는 나이다.

텔레비전이 그 안을 들여다보아도 영화가
그 바깥을 더 화려하게 차단을 해도 늙은
나이는.
혁명이 없는 절정의 나이는.

소리의 안팎을 뒤집지 않고
절정으로 다만 시들어가는
나이는

기껏해야 무성영화 속이다.

노년의 새벽은 흑백일까. 종말이 밝아오는 것일까.
오래된 나무껍질처럼 푸석푸석한 오랜 습기로 축
신한 몸이 닳아가는 의식의 눈을 제멋대로 자란 눈
썹이 찔러대고 아픔 없이 다만 아픔의 희미한 기억
이 다시 닳아가는 것일까. 오, 고통은 그렇게도 위대
한 것이었다는, 뒤늦은 한탄. 외마디 비명이 되지 못
하고, 거룩한 커튼이 찢기는 그 열림도 갇힘 같은 그

소리 이후 소음이
나른한 공포영화 속이다.

소리의 몸을 받아들이며 열리는
노년의 몸은

시대에 시대의
낙인이 찍히듯
여인의 육체를 탐한다.
그것이 죽음과의 희롱임을
깨닫는단들 어쩌겠는가.
아직은 달콤한 죽음이고 달콤한 깨달음이다.

나의 남성도 여성적이다.

별도, 맨 처음, 중간, 마지막

위치마다 받아들이는
자세가 달라지는
아랍 문자는 그렇게 딱히 모음 없이도
맨 마지막의
여성으로 탄생한다.

그것은 그렇게 딱히 몸 없이도
노년, 여성의
춤이다.

그러므로,
종교여.

기도하는 춤을 추지 말라. 기도하는 춤은
받아들이는 춤이 아니다.

오르간도, 아무리 낮은
숨죽인, 침묵의
음계도 기도하지 말라. 기도하는 음계는
받아들이는 음계가 아니다.

아 예찬하는 청춘의 탄식,
가장 세속적이므로 가장 거룩한
소리의

정반대여.

꿈속 육감이 몽롱한 그 카페
드럼통 탁자 그 술집. 추억의
지배여. 현실보다 흐릿하고 강력한 추억의
위치여, 관계의

지배여. 중력을 벗는 꿈의
꿈속 흐리멍덩한 배반이여.
무게와 희망의 착각이여.

버리겠는가, 꿈에서도
중심을 벗어나는
언어의
가장 확실한
관용인 소리를?

버리겠는가, 희망으로도
명목이 펼쳐지며 실재를
능가하는 소리를?

펼쳐짐이 무게를
능가하는
소리의 광경인 소리를?

부르는 것은 남성이다.
더 부르는 것은 여성의 남성이다.
받아들이는 것은
여성이고 더 받아들이는 것은
남성의 여성이다.

그것이 죽음의
생명이다.

마르두크.
최고신이자 모든 신.
아무도 너를 부르지 않았다.
아무도 너를 너라고 부르지 않았다.
아무도 '너'라는 말을
형용하지 않았다.

그냥 받아들이려는
안간힘이었을 뿐이다.

안간힘도 형용하지 않으려는
인긴힘이있을 뿐이다.

소리가 형용의 시작도
과정도 완성도 형용하지 않는

마지막
저지름이기를 바랐을 뿐이다.

이제 저질러다오 나의
나를.

범해다오 생명의
생명을.

저질러다오 침묵의
푸른 전율을.

범해다오 음식이
경악하는 생명의
고독을.

마르두크,
온난과 얼음
너머 소리.

X

우는 것은 나의
울음이 아니다. 우리 모두의
울음도 아니다. 울음은

아주 낯선 것이다. 울음은
주인공이 통째로
낯설어지는 것이다.

태어나지 않은
死産이 제 메마름을 달래며
생명보다 더 풍요로워지는
낯익어지는 것의
반대가 아니고 그 후다.

사랑은
들여다보는 이 없이 들여다보이는 주인공이다.

최근 이야기가 먼 데서
오래된 이야기가 가까운 데서
안겨
오고, 오는 것은 안겨

가는
주인공이다. 그렇게 사랑의

육체는 오래된 이야기의
새로운 육체다.

오라 그대여.
와서 나의 새로운
육체가 되는 것은 가는
주인공이다.

가기 전
섹스 안에서도 그것은 그렇다. 동굴은
드나들지 않고
오고 또 오고
가고 또 간다. 그렇게도 사랑의

육체는 오래된 이야기의
새로운 육체다.

춤이 되기 위해 스스로 소리 속으로
스며드는
'ㅅ' 'ㄹ' 'ㄷ' 그리고
받침 'ㄴ'의

음악도

그렇다. 우린 애당초 무언가
요란한 완성을 위해
헐떡거리는 것은 아니다.
무언가 우리보다 나아지는
주인공을 위해 아니
주인공에게, 속삭이는 것이다.

등 장정이 벗겨져
손가락 상처를 오래 감싼
습포처럼 낡고 더러운
망사 묶음만 남은
낡은 책의 책장이 바스라지지 않게
집착이 아니라 부드럽게
만지듯, 만져지듯 속삭이는 것이다.

몸은 어느새 몸 너머로 사라진다.
소리가 사라지는
외형도 사라진다.

동교동 언덕에서 신촌로터리 내려가는 길은
쏜살같이 내려가고 왼쪽에 인도를 단정하게
점거하고 중고 LP판과 사진 많은 백과전집들을

진열해놓은

공씨책방은 미닫이 유리문을 열고.

들어가면 통로가 좁아지고 복잡해지는 헌책들의
유서 깊은 세계다. 공영감이 살았을 때는 더 유서
깊었다. 생명이 더 유서 깊을 때가 있다는 내색은
지금도 남아 있지만 나까마 방문이 뜸하고 헌책
회전이 굼떠지면서 빠꼼이 헌책 마니아들은

이제 정기적으로 이곳을 찾지는 않는다. 하긴 그것도
정상을 찾은 셈이다. 헌책방을 정기적으로 들르는 게
정상일 리 없지 않은가. 아직 헌책방
다운 것은 남편을 잃고도 책방을 계속할밖에 없는,
아무리 뜯어보아도 평범한, 아줌마라는 말이
어울리고 어울림이 전혀 불쾌하지 않은 그
아줌만데, 말끝마다, 아니 책 끝마다
'우리 양반헌티 야단맞는데, 너무 싸게 팔았다고.
무식헌 여편네라고……' 이러고, 나는 이 집 아저씨
헌책 사러 나까마 시장 가셨나보다. 오시기 전에
빨리 떠야겠다. 그러며, 서둘러 책값을 치르고,
그러던 어느 날

기겁을 한다. 그의
오래된 사망에, 그 후에도 언뜻언뜻

기겁을 한다.

왕년 독일 노동자운동 시절
문학평론깨나 하며 좌우
제법 넘나들고 재미난 뒷얘기
챙기고 훗날 동독 문화장관까지 지냈다는 이의
꽤 세련된 클로스 장정
잡문 모음집을 사갖고 집에 와 구글 검색창에 저자
이름

Alexander Abusch

쳐보니 바로 그날, 검색 날 사망했다는 통보가
나오는 식이다. 헌책방 안에서만
가능한 조화, 아니 헌책방에서도 있을 수 없는
조화가 웬일로 내 집 안방에서 나온다.
자세히 보면 사망 날짜는 같고 연도는
한물간 연도다. 그렇지, 그렇겠지. 그렇게까지야……
컴퓨터는, 검색엔진은 왜 연도가 느긋한
헌책방에도 못 미치는가,
날짜까지 서두르는가?

Alexander Abusch

다행히 그는 1921~1966년 베커, 브레히트, 고르키,
싱클레어 등 정통 '사회주의자'들은 물론 뵐,
골즈워시, 헤세, 하우프트만, 카프카, 릴케, 사르트르,
베르펠 같은 '프티부르주아지'와도 어울리고 작품
평하고, 말 터버리고 장래 동독문학의 대들보

예거스도 일찌감치 알아보는 와중
지하당 활동의 일환으로,
하인리히 토마스 만 형제의 모종의 정치적
선택에도 관여했다. 믿거나 말거나……
어쨌거나 그것이 헌책방
와중의 흐뭇한 매력이다.
크크. 거의 거저구만…… 그런
생각이 누추하지 않은
희귀한 순간을 우리는 가끔씩 누린다.

천 하루 동안 매일 밤이 궁금한 이야기
천 한 가지를 이어가며
목숨도 이어간 세헤라자데가 얻은 것은
걷는 아이 하나,
기는 아이 하나, 그리고 가슴에 젖을 빠는
아이 하나.
주인공은 그렇게 다르게 늘어난다.

패션모델은 오늘도
살거죽만 남는 다이어트를 하고 당연히
결핍은 아름답다. 주인공의
몸의
주인공인 몸의 슬픈
실종이다.

춤이 춤 속으로 위축될 뿐이다.
스핑크스의 수수께끼일 뿐이다. 하물며
남성조차도 세 가지 걸음을 위한
노고는 아니었다.

무의식의
동물에게 우주는 둥그런 감옥일까?

대학 입학식 같은
화창한 봄 햇살 속에
죽음은 감쪽같았다. 현저동 1번지 옛
서대문형무소, 붉은 벽돌 사동들. 지금은
굵은 모래 자갈밭길도 관람객용 화장실도
단정하게 단장된 독립공원의, 그
붉은 벽돌 사동 앞에서 인혁당 추도식은
시작되었다. 햇살의 죽음은 여전히 감쪽같았지만
지금은 사라진 옛날의 담벼락이

원형으로 열리는
연단 위 바람은 찼다.

원통한 죽음은 32년이 지나도 이승과 다르게
쌀쌀한 바람을 일으킨다. 바람은 쌀쌀하게
불지 않고 평소보다 거세게 달라붙는다. 삼풍
백화점 희생자 추모 1주기 때는 촛불 근처에서
바람이 하마터면 촛불을 꺼트릴 정도였다. 다음날은
꼭 비가 온다. 그건 이를테면 추도시를 읽을
정도로 죽음과 낯설게 가까이 있는 사람한테만
보이고 느껴지는 일종의 경계 표시다. 특히
운동권 애도의 행사 형식은 어설프다.

목조 신도풍의 32년 전 사형장 속은
이미 오래된 죽음 속 같다. 두려움도
이승의 것과 다른
낯익은, 편안한
한기다. 남자도 여자도 아닌 낯선 상대와
여관방에 든 듯한.

막걸리와 소맥이
섞이는, 섞여 있는 듯한.

泣도, 嘆도, 謹도, 弔도, 感도 없는

그 옛날 出所 쪽문으로 나와 면회소 자리를 지나며
우리는 비로소 삶과 다시 만난다.

그것은 정말
면회 같다.

현저동 1번지
건너편은 그래서 삶이
지금도 술집, 국밥집으로 북적댄다.

어머니는 지금 8시간 넘게 뇌수술 받는 중.

다른 수술실로 들어서는 어린아이의
또랑또랑한,
뭘 모르는 눈이
또한 경계를 드러내고 흐린다.

목욕을 해야겠지만
귀신들이 자기들을 씻어내려는 것이라고
화를 내지 않을까?

어머니는 아직 가시면 안 된다.

그렇게 되면 온갖 추모식은

불가능하지 않겠는가. 참석자가 많을수록 뇌수술 받는
어머니를 둔 사람도
한두 사람 있지 않겠는가.

어머니는 지금 머리털을 온통 밀고 빡빡
머리로 뇌수술 받는 중. 아무래도 목욕은
안 되겠고 이빨만 닦아야겠다.

나도 모종의 '중' 속에 있다.

형은 애타게 나를 찾고 마누라는 아직
오지 않았고,
술이 영영 깨지 않는다.

나도 모종의 '중'이다.

원고지 25매도 안 되는, 흡사 역사수첩의
요약 같은 분량의
문법도 맞지 않는 내용을 32년 동안,
그것만 외고 다닌
추도사가 있었다.

그도 모종의 '중'이다.

'안됐어. 무엇엔가
들리고 무엇인가에 씌운 거지.'

그건 명백한 삶일까. 명백한 악몽일까. 명백한
거울일까. 명백한 죽음 속일까. 죽음은 명백한
암기일까?

무의식의
동물에게 우주는 감옥일까? 더 드넓은
식물의
무의식은 우주 개념이
없는 채로 우주보다 넓다. 그렇다면
의식은 둥그런 감옥의 의식인지 모른다.

의식은 둥그런 의식의 감옥인지 모른다. 의식은 둥그런
감옥을 의식하는 둥그런 의식인지 모른다.

의식과 무의식 사이
'모른다'의 경계가 다시 그렇게
드러나고 흐려진다.

총체성의 전모에 대한
타협을
어디까지 미룰 수 있을까

어디까지 밀어붙일 수 있을까?

    땅거미 내려앉아 어두운 거리에

    가만히 너에게 나의 꿈 들려주네……

이범용 & 한명훈이 부르는

정신병 속 같은 두 연인의 「꿈의 대화」가

영혼결혼식 축가 「임을 위한 행진곡」보다

더 슬프더니,

    그대, 그대, 그대가 아니면

    땅도 하늘도 의미를 잃어, 아아

    이젠 더 멀고 험한 길을 둘이서 가겠네……

이연실이 부르는,

갈수록 고음이 청아해지는 유행가

「그대」는 그 온갖 우중충한

운동권 추모곡보다 더 명징하게 애를

끊는다. 여덟 명이 사형 확정 18시간 만에

한 새벽에 죽은 그

사형장 앞 붉은 벽돌 사동

그 앞 햇살 쨍쨍한 추모식

파장 분위기 속에.

그리고, 다음날

비 내린다. 빗발 거세지고, 억수로 퍼붓는다.

어머니 깨어나시겠다. 다시 사시겠다. 10시간

넘게 뇌수술 중인 한강이 길게 늘어지며 열렬히

젖는다. 우산을 들고

활짝 뛰는, 쫙 편 가슴을 뒤로 활짝

젖히는,

남성도 여성도 아닌 젊음의 감각

자체의 형상화 같은   .

동작도 퍼붓는 빗속으로

흐물흐물 무너지고, 비는 늙음의 뒤안길로

흐리고, 그 속에 강이, 강 위에 배가, 도시가,

도시 위에 먹구름이 다시

보이고, 어머니 깨어나시겠다. 혼탁한 「햄릿」 지나

명경지수 「템페스트」 과정으로.

비는 잠수교처럼 내리고 비에 젖는

차창 밖 고층빌딩 내린다.

비 온다. 유행가 흐려진다.

오늘도 술이 과하겠고

잡다하게 싸우겠구나.

우리는 사랑을

잡다하게
살로 푸는 것 같아. 천민
자본주의적
소비 같지.

자자, 자자, 좀 자자……
어머니 깨어나신다. 비야 더 거세게 내려
다오. 어머니 깨어나셨다. 나셨는데, '애야,
웬 수술을 그리도 오래 한다더냐?'
'그걸 어떻게 아셨어요?'
'아, 그, 수술 동안에 머리맡이
얼마나 시끄럽던지. 짜증이 나서……'

어지러워라, 어지러워라,
어지러워라. 회복은 놀랄 정도로 빠르고
미음도 드시고, 귀신들이 너무 고맙고,
그런데 어지러워라. 산다는 것이 뇌수술 중인 듯.

어머니의 뇌는
무슨 소리를 들었을까, 뇌수술의
귀도 없이?

여름처럼 끈질긴 봄비 내리고
좌우로 흔들리는 윈도브러쉬

속으로 아스라이 나는 것은 이승길인 듯 저승길인 듯.

기법이 치밀할수록
내용이 남세스러운 중세 판화 하나가
평소보다 약간 작게 공간을 차지하고
나머지도 비워둔
미색의 흑백
페이지는 세련의 극치다. 판화
테두리. 아주 얇은 아주
약간만 낡은
테두리는 돋을새김이 깊고,

그것이 모든 것을
새로운 공간으로 옮겨가는
시간이다. 눈물의
개념이 사라지는 순간이다.

그에 비하면 언어는 우악스러운 근육의
문법이지. 가까울수록 화합하지 않고
제멋대로 갈라져 서로 으르렁대는.
OLD SAXON, LOW GERMAN, ANGLO-SAXON,
HIGH GERMAN⋯⋯

통유리에 아직도 내리는

비는 누군가의
울음범벅 얼굴로

내리고.

이제
낯선 가면을, 낯선 화장을
일상으로 받아들이는
연중행사밖에 남지 않았다.

이상도 해라, 죽음이 가끔씩
출몰한다는, 천박하게 화사한
착각의 시간이 기나긴 행렬로 이어질 뿐이다. 다만

알리라, 왜 연중행사는 늘
이색적이고 이국적인가. 왜 닫혔던 문이
다시 닫히기 위해 열리는가. 왜 늘 다니던
입구가 출구로 보이는가. 왜 공허가
더 공허하게 소란스럽게 붐비는가. 왜 모든 것이
신기한 것이 심상찮은가.

연중행사,
명절은 죽음의
눈으로 봄, 여름, 가을, 겨울

풍경을 보는 연중행사다.

잔칫상은 잔치의
목적보다 노골적이다. 배설
이후와 분간이 되려는 한에서만
음식이 스스로 광포를 다스린다.
육체의 향연,
잔칫상은 식은 쾌감이다.
모든 쾌감은 식는다는
시늉이다.

죽음의
숨결을 마시고 근육을 휘두르고 지팡이를 짚고
수의를 입는 연중행사다.

종교는 인간적인 비명소리, 자연의
비유에 지나지 않는다.

자연은 비유에, 비유는 失明에 지나지 않는다.
표정은 보석도 아닌
수석을 닮은 것에 지나지 않는다.

음식도
열반도 왁자지껄한

생명의 거꾸로에 지나지 않는다.

차라리
인간의
뜻도 없이
발그레 웃으며 종아리에 땀방울이
맺히도록 춤을 추는
뜻을 우리는 알리라.

게이샤 웃음의
가면이 벗겨지는 뜻을 알리라.

뼈대인 연중행사가 세월의
육체인 시간을
넘쳐나는 이유를 알리라.

외국어를 다른 외국어로 설명한 외국어
사전은 외국어를 같은 외국어로 설명한 외국어
사전보다 더 낯익지만 그만큼 더 쉬울 것이라는
보장은 없다. 스펠링말고는 모든 것이 낯익은 일본
어를 나는 모르고 영어는 모든 것이 낯익지만 수록의
순서 입구를 알 수 없는 和英 사전의 영어로 된 단어
설명은 그야말로 철조망이다. 英和 사전은 입구가
수월하고 그래서 모든 것이 잘될 것 같다. 露露

사전은 스펠만 익히면 스펠뿐 아니라 영어와 불어,
라틴어와 그리스어 단어까지 그냥 가져다 써버린
페테르 대제 시대쯤의 슬픈 역사가 빤히 보인다.
하긴 남 얘기다. 한글이 생기기 전 사라져버린
한국 토속어가 얼마나 많겠는가. '은는이가' 문법
말고 여직 살아남은 단어가 사라진 단어의 몇 퍼센트나
되겠는가. 오래된 사전은 노노건 영영이건 한한이건
독독이건 불불이건 알아먹지 못하는 채, 까닭도 없이
낯익은 것은 이해할 수 없지만 보다 더 근본적인
슬픔과 관계가 있다.
더 이해할 수 없지만
더 근본적인 위로와 관계가 있다.

225

더 이해할 수 없는 것은
중한사전과 자전 사이, 중화사전과 자전 사이
차이다.

단어사전이 늘어난다. ESPANOL-ESPANOL, ingles-
espanol/spanish-english, francais-espagnol, espanol-
frances, english-hebrew/hebrew-english,
engels-nederlands, Italiano-giapponese……

단어사전이 백과사전을 밀어내고 단어들이 사전을
밀어내고 의미가 단어를 밀어내고

소리가 의미를 밀어낸다. 그 와중 신기한 것은
손바닥보다 작은

concise english chinese dictionary romanized.

손바닥보다 더 기묘하게
1955년 중국도 미국도 아닌
일본 Tuttle Language Library에서 나왔고
국적보다 더 기묘하게
1956년 출간되어 1994년까지
끈질기게, 7만 부 이상 팔렸다.

자본주의는 최소한
상술보다 더 기묘하고
기묘하게 거룩하다.

그것은 가장 기묘한 형상의
수석의
나이의
소리 같다. 그만큼만 자연을 닮고 그만큼만
자연을 닮지 않았다.

자연도 그만큼만 우주를 닮고 그만큼만
우주를 닮지 않았다.

우주도 그만큼만 경악을 닮고 그만큼만
경악을 닮지 않았다.

경악도 그만큼만 자폭을 닮고 그만큼만
자폭을 닮지 않았다.

자폭도 그만큼만 구멍을 닮고 그만큼만
구멍을 닮지 않았다.

비 온 뒤 쑥쑥 자라는
대나무 숲이 수석의
나이를 대신 먹는다.

어머니 이제
벗으세요. 나비 날개처럼
투명하게 가볍지도 않고, 돌다리 밑
뿌리와 자갈 흙밭을 적시는
대나무 숲 개울물처럼 투명하게
흐르지도 않고 그것에 묻어나는
달빛처럼 투명하게 죽음의
이면을 비추지도 않는

그냥 무겁기만 한
무겁게 무겁게

육신보다 더 아래로
가라앉기만 하는

두뇌 속
두꺼운 이불 같은
현기증을.

얼굴에 붓기 빠지고 어머니 상쾌한
산길, 등산로 돌아 나오신다.

급작스런 하반신 마비로
아버지 성묘 올해에는 기어코 못 갔으나
돌아가신 아버지 한번 뵙고 싶다는
소원 풀고 돌아 나오신다.

그렇게,
생명의 내파.

조금은 전보다 더 수줍은
소녀로 돌아오신다.

XI

집은
아무리 화려하여도
가난의
형이상학이고 아무리 웅장하여도
장독대가 없어도 규모는
가난을 벗지 못한다. 간절하지 않아도 가장 아름다운
집은
가난의 보석이다.

사원은 아무리 화려하더라도 집의
형이상학이고
지붕 없어도 웅장은
집을 벗지 못한다. 믿지 않아도 가장
아름다운 사원은
집의 보석이다.

그렇지 않으면 침묵도 말씀의 말씀도 자연의
더 궁상맞은 비유일 뿐이다.

집은
여럿을 위해 혼자 있고 그 여럿은

살아 있는 인간만으로 이뤄진 것이 아니고
죽은 자와 산 자만으로 이루어진 것도
아니다. 누가 우주를 생명의 보석으로 비유
하겠는가. 보석은 귀해서만 보석이 아니고 아름
다워서만 보석이 아니고 그 안에 더 거대한 무엇을
담아내므로 혹은 장식이므로 혹은 보석들이
보석들의 더 찬란한 구조물을 이루므로,
그리하여서만 보석이 아니다.

집은
문 하나로 열리고 계단과 마당과
정원과 비원이 없는 집도 있고 열림의
안방은 아늑하다.

국이 끓지 않아도 검은
테두리가 아늑하다.

사람이 살지 않으면
제 혼자서 더 아늑하다. 울창도 생명 너머
신경망을 닮고 지도도 그곳에서는 온순
하다. 그대여.

몸은 집이다. 집은
우주가 형언하는 제 자신의

최대치라서 몸이고 보석이다.

무엇보다도,
결국은
짐승이 되려는
남자.

무엇보다도
결국은
그런 남자를 받아들이려는
여자.

늑대 얘기가 아냐, 팜므
파탈 이론도 아니고, 강간 사례도 아니고, 포르노
가학-피학 변태 분석도 아니다.

늑대 남자는 여자를 꼬시고
버리기 위해 이중으로 변명하는
이성적인 남자다. 치명적인 여자도
모든 것을 잡아먹는 변명의 여자다.

정말로 결국 짐승이 되려는
남자는 여자 없이 여자 너머에 달하기 위해 짐승의
감각을 탐하는 것이다.

착각하는 것이다.

정말로 결국 남자의 짐승을
받아들이려는
여자는 남자 없이 남자 너머에 달하기 위해
그 짐승을 받아들이는 것이다. 역시
착각하는 것이다.

생각보다 슬픈
이별 얘기다.

사랑이 죽음이기 전에
가난하고 비천한 사랑의
감미로운 슬픔을
벌레처럼 검게 응축한
어둠이 있었다는 얘기다.
지붕 가까운 쪽
창도 없이 그늘도 없이

남자 속에 여자 그 속에 남자 그 속에 다시 여자
들이 온갖 '너머'를 탐하고 달하는
몸이다. 그렇게 문이 열리고
닫히는 집이다.

사랑이
사람으로, 사람한테 낯익어지는
육감의 집이다.

귓불과 맨 아래
갈비뼈 밑
달아오르는 바람의 집이다.

그리고
씨앗은 변형의
형식이지 내용이 아니다. 뜻은 더욱 아니다.

원초는 거룩함의
야만인 형식이지 원초적인
내용이 아니다. 언어 또한 추상의 형식이지
뜻은 아니다. 육감의

기호는 신화보다, 아니 육감보다 더
육감적으로 변형한다. 그리고

변형은
방황보다 더 거대한 수용이다. 변형의
바깥을 우리는 모른다.
변형의 몸이 변형의 몸을 의식하지 않는다.

내용이 내용을 형식이 형식을
의식하지 않는 것보다 더 총체적으로
변형의 몸은 변형의 형식과 내용을
감각하지 않는다. 의식은 몸의
전모가 좀더 명료하기를 기대할 뿐이다.

내팽개치는 것도 내팽개쳐지는 것도
아니다. 받아들여지는 것이 받아
들이는 것이다.

2007년 4월(을 죽음이라고 부르자, 라고 쓸
뻔했구먼. 역시 김지하는 쎄.) 13일, 금요일(오늘은
금요일, 이라고 쓸 뻔했구먼. 전태일은 역시……)

한국일보 1면 미다시는 '한국전쟁 당시 국군포로
수천 명 소련으로 끌려갔다'고, 중간제목은 '정전
후 포로교환 때 송환 안 돼, 수용소에서 강제노동
시달려'라고. 면을 넘기니 정부 당국자는 '처음 들어……
러에 사실 확인할 것'이라 했고, 학계 반응은
'사실이라면 北이 국제법 어긴 셈, 포로송환 문제
원점부터 재검토해야.' 미 국방부 비밀해제
문서에서 드러났다 했으니 미도 묵인한 책임이
있다는 지적이 있을 법한데 없고, FTA협상 체결
찬성 분위기의 여파려니…… 그런데,

납북자 기사마다 단골로 등장하는 김규식, 안재홍,
이광수의 명함판 사진이 꼭 교과서 페이지인 듯 박혀
있고, 그러려니…… 지나치듯 면을 넘기고, 그런데

국방부 자료 포로송환 현황 그래프
머리에 띠를 두른 듯 사진이 합성되어 있고
대충 그 당시로 쳐도 얼핏 매우 살기등등한

그 사진은 1953년 8월 6일 북송되는 북한 여군
포로들이 열차 밖으로 인공기와 '우리 조국……
강도…… 무력침공자들은 즉시 물러가라!'
플래카드를 내걸고 누더기진 옷차림에 양 볼 꺼칠한
광대뼈 얼굴에, 퀭한 두 눈에,
열렬한 표정으로, 규탄, 절규, 울부짖는
흑백(물론)사진이다.

아, 이때부터 벌써?

전쟁으로 심신이 지치고, 헐벗고, 황폐해지기,
훨씬 전부터 벌써?

그들의 맹목적인 충성의
광란이 가슴 아프고, 믿기지 않는다.

남녘이 더욱 그악스럽게 약아빠지고 북녘이 갈수록
그악스럽게 집단적인 자기
최면에 빠져드는

분단현상이 6·25전쟁
휴전 후 50년 동안 심화해온 것이 아니라,
오래전 운명으로 이미 정해지고 단 몇 년 동안 빠르게
확인되고 자리잡은 것일지 모른다는 듯이.

그리고

오늘도 그 운명은
저질러지고 있다는 듯이

이럴 때 거룩함은 가장 왜곡된 모습을
가장 가까이서, 가까울수록 왜곡되게
드러낸다.

얼핏
눈을 부라린다. 자칫 우리도,
가십란도 눈을 부라린다. 그리고
종적조차 없다. 그리고 우리는
안심한다. (그러게. 신문을 보면
안 된다니까?)

신문은 문학보다 더 혼탁하되
더 천박한 쥐약이라니까?
새벽아침 인쇄기름 냄새는 향긋하지만
독성만 코를 찌르는 세속이라니까?

꿈속에서도 눈물의 균열은
파경보다 더 명징하다. 냄새가
빛이 되는
파경보다 더 가슴을 찌른다.
꿈속에서 간 사랑은 가는
사랑이고 가고 없는 사랑이다.

한 남자는 약속장소를 안국동 전철역
5번 출구로 나오면 곧장 있는,
수운회관 옆 민씨집, 명성황후 민씨 할 때의
그 '민씨집'이라 했고,
한 여자는 안국동로터리에서
낙원상가 가다가 수운회관 끼고 오른쪽으로
아니면 수운회관 주차장 후문으로
나오면(그렇게 들어갈 수는 있겠지만 그렇게
나오는 법도 있나?) 곧장 보이는
이름도 예스러운 '민가다헌'이라 했다.

이럴 때 남성과 여성은

가장 은밀한 차이를 아뭏지도 않게,
은밀할수록 아뭏지도 않은
일상 대화로 드러낸다. 언어가, 역사가,
길눈이 뒤섞여 남자와 여자가 서로를
교차하는
밤의 대낮인 생활과
대낮의 밤인 거룩함의
교차,

그렇게 가기도 전에 길이
이어진다. 그것은 길이 가기도 전에 사라진다는
뜻이지만
사라지는 거룩함이 반복 없는 자신의 본질, 아니
모습을 보여주는
방법이기도 하다.
거룩함으로서도 어쩔 수 없이
유일한.

생각해보면 생각은 아스라해지고 그 길은
생각보다 더 아스라하다.

먼 나라에서 온
문상보다 더 먼 나라에서 온
부고가 더 간절하게 아스라하다. 그럴 때면

오는 비에 마음이 우울해지는 것도
이상한 일이다. 육체는 우울을 모른다. 나는
가끔 이 세상에 출구가
너무 많다는 생각을 한다. 전화도 있는데
말이다. 강간, 폭력, 마약(대마초는 빼고)이
출구라는, 말인가? 거룩함은 도처에 편재하느니
차라리 만연한다는, 우리는 그 틈새를
호시탐탐 노리며, 뛰지 말고
살금살금 걸어야 한다는,

말이다.

호모보다는 레즈비언의
사랑이 비유에 어울리지만 생명은 원래
공격보다 방어에 유리하게 만들어졌지만
비움의 비움과 채움의 채움이 또한 서로를 비우고
채우는, 몸의 비유는 감각으로도 없단,
말인가?

만남은 가장 복잡하게 아름다운
깁이라는, 말이다.

민가다헌은 1930년대 지어진 입식가옥이다.
조선식과 일본풍을 섞어 석물이 듬성듬성한

아담한 정원이 있고 겉은 닫혀 있지만 여닫이문을
열고 들어가면 복도가 나오고 도처에 나무를
격자로 댄 여닫이 유리문과 이마에 여닫이 격자
유리창들이 일본풍 정원과 조선식 기와지붕을
소통시킨다. 온갖 방향이 아기자기 재미난 광경을
뒤섞으며 펼쳐주는

빙의 같다. 하지만 실내는 앤티크풍 가구가 묵직이
시간을 응집한다. 장식용 BRITANICA ATLAS가
길게 비스듬히 기댄 선반 위에 UNDERWOOD
수동타자기는 세월만 조금 검을 뿐 아직은 손때
묻어 손길을 기다리고, 시간과 공간이, 소리와

모양이 훨씬 귀했던 시절의 GS(금성)
라디오, 자그맣고 딴딴한 상아색 지구의, 백색
청색전화기, 그리고 진열장 속에 한문이 고아한
무슨 문 무슨 병 무슨 사발까지.

나무와 쇠가 사이좋게 공존하는 공간이다.
아늑하게 소통하는 시간이다. UNDERWOOD
수동타자기는 자세히 보면 기품이 가여운
목책상 위에 놓여 있고 그 앞에 역시 가여운

기품의 목걸상 위에

무언가 앉아 있다. 타자 치는
소리는 들리지 않고 활자가 박히는
문자는 보이지 않고 문장은
온갖 방향으로 펼쳐진다.

식탁에 단정하게 깔린 하얀
천 위에 가지런히 정돈된
서양식 은제 식기와 나이프, 포크, 스푼과
살이 쨍쨍하게 빛나는 사기 접시와 유리잔은

또 다른 시간과 공간이다.

사이좋게 공존하고 아늑하게 소통하는.

날아오르는 슬픔이 있다.
날아오르지 못하는 슬픔보다 더 슬픈
날아오르는 슬픔이 있다. 분명
어린 시절, 어린 시대
어린 노래의

집으로 돌아와 평소 걱정과 똑같은 내용의
꿈을 꾸었다. 내가 앉았던 것보다 조금 더
크고 둥글게 콘크리트 조각이 허물어져 나는
12층 같은 방으로 떨어졌다. 그곳은 붉고 붉은

노인들만 모인 장례식 중이었다. 고맙습니다.
노인장. 덕분에 살았습니다. 나는 공손히 문상객을
맞는 노인에겐지 아니면 영정 속 더 늙은
노인에겐지 헷갈리며 그렇게 말했다. 이렇게
걱정도 걱정의 꿈도 이제 안녕이구나…… 그렇게
안심하는 순간 12층 콘크리트가 다시 무너져
11층 같은 방으로 떨어지고 몇 차례 더 떨어져
4층쯤인가에서 멈추었는데 그곳은 이미 그 위의
건물과 주민의 아비규환이었고, 나는, 오히려

생각했다. 세 번만 더 떨어지면 안심인데. 우리나라는
지진대가 아니라니, 맨 땅이 푹 꺼져버릴
걱정은 13층 아파트에서 방구들이 꺼지는 걱정
보다 터무니없이 적을 것 아닌가. 하지만 사람들은
바닥이 다시 무너질까 두려워, 어이없이 창밖에
매달리고 나도, 어이없이, 그 속에 끼었다.

그러나 1층을 세 배 합한 4층의 거리는
떨어지기에 까맣다. 어이없이 나는
혼자였고 헐레벌떡거리는 나를 사람들이
끌어올려주고 창턱을 넘으려 낑낑대다가

잠에서 깨어났다. 오금이 저렸고 방 안은
꿈보다 훨씬 더 안전했는데, 오금이 오랫동안

풀리지 않았다.

고소공포증이야 어쩔 수 없는 거지만
정신이 드셨으나 다리 신경이 아직 풀리지 않은
그래서 더 걱정이신 어머니는 검사를 받고 병상에
다시 오르시느라 힘도 좋게 상체 전체를
아등바등거리셨지만

이쯤에서
언어학 공부를
끝내야 하는 것 아닐까?
공부랄 것은 없고
관심을 접어야 하는 것 아닐까?

우롱차 맛은 왜 그토록
애매할까?

이렇게 형편없이 늘여도
이야기는 이어질까.

민가다헌은 어제 처음 갔는데,
오늘은 정치인 모모씨와 거기서 만나기로
된 것은

운명일까?
인격이 없는
운명은 거룩함의
빙의일까?

후배 어머님 문상은 어제 민가다헌
약속 때문에 아직 못 갔고 오늘 민가다헌 약속
때문에 못 갈 것 같다. 그건 영영 못 가는
것이다. 후배
어머님은 뵌 적이 없지만
후배는 임종하러
칠팔 년 만에 유럽에서 돌아왔다는데……

삼일장이니 꼬박 이틀 동안 내 웃옷
속주머니 깊숙이 들어 있는 검은

'謹弔'

조의금 봉투는 가슴 언저리에서
애매하게 톡 쏘는 맛이다.

유행가에
슬멋, 잠깐, 끼어드는
하모니카의

음색은 슬프다.

두번째 방은 병풍에 커튼까지 씌운
닫힌 방이다. 역시 앤티크 가구의
실내에 2인용 원탁을 삼각으로 둘러싼
4인용 정사각형에 가까운 직사각형

탁자 위에는 흰 천 대신 1인용 연초록
헝겊 받침이 네 개 놓였고 은제 포크, 나이프,
스푼과 사기 접시, 포도주용 유리잔
배열은 그대로다. 서양 고전음악이 흐르고
유리잔에 포크, 나이프, 스푼 영상이 액정의
달빛 무늬로 새겨진다.

나무격자 여닫이 유리창 유리문의 방을
보고 난 후 이 닫힌 방에서 홀로 기다리니
여성, 집이 더 가까워 보이고,
여성, 사랑이 더 커 보인다. 거함이 쓰러지는 소리
더 가깝다.

닫힌 방 이후 여닫이 유리창 유리문
방을 보았더라면 더 나았을지
알 수가 없다. 순서는 내가 택한 것이 아니고
내가 아는 순서는 내가 택하지 않은 순서밖에 없고

그 순서의 결과를 나는 알 수 없다.
어느 순서가 더 좋았을까를
돌이켜보는 것은 사치지만

이거
무슨
꼭
'간장공장 공장장은' 놀이 혹은
연습 같다, 그치?

노래 속은 가사뿐 아니라 소리의
의미도 흔들리고 뭉뚱그려지면서
모든 것이 그 이상의 모든 것을 위해

액정한다. 액정도 뭉뚱그려지고 그 이상을 향해
액정한다. 세상만사가 그 말 뜻의 단 한 번
육체를 드러내며 뭉뚱그려지고 액정한다. 이
액정은 흐르지만 방향과 시간 이상이고, 차지
하지만 공간과 붉은, 살아 있는

피

거룩한 피

그 이상이다.

그래도
거룩한 피는
거룩함의 비유에
가장 가까웠다. 깨어나는 의식이
의식하는 것은 정말 어처구니없는 것일 뿐이라는
의식이 거세되기 직전
성립되는 이성이
이성하는 것은 더 그럴밖에 없을 것이라는
이성이 거부되기 직전

열림의 닫힘과 닫힘의 열림의
겹침과 투명의
2차원으로서 거룩한 피는
절묘하다, 마지막으로, 했다, 지울 수 없게
도끼 자국을 내듯이.

그리고 그것이
여성을 왜곡하면서
남성이 왜곡된 이유다.

Absurd,

우리는 그것을
부조리 혹은 불합리라 부르고
싶겠지.

그러나 결국 '부'는
기성의 반대고, 동전의 양면이다.

이상도 아니고 이하도 아니다. (아니 반복이므로
이한가?)

앞으로 무엇을 해야 하는가?
라고 진정 물을 만하게 된 순간에 이른
사람도 많지 않지만
그중에, 그때에 그렇게 묻지 않고

나는 어떻게 하여 여기에 이르게 되었는가?
그렇게 자문해야 하는데 그런 사람 더 드물다.

도끼 자국이 도끼 자국 담긴
육체보다 커 보인다. 그러나

노래 속은 속이 아니다. 가사가 없는
기악 속은 더 그럴까? 그것도 질문을
역전시켜보는 문제다.

육화하지 않은 영혼이 아직은 없고
거룩한 육화가 아직은 없는 문제다.

Jesus,

기억은 가장 방만한 창녀다.

Christ,

목소리의
기억은 소리의
기억이 아니다. 그리고 기억은

Holy Virgin,

여성으로 응집한다. 그리고 기억은……

God's Church,

남성의 뼈대를 세운다. 그리고 기억은
아주 흐릿한
흐릿할수록 끔찍한

Passion,

학살의 기억이다.

노래는 노래하는 자보다
앞서 가며 이 모든
우스꽝을 수습한다. 노래가 인간과 동물의
눈물 이상의
액화인 까닭이다.

노래는 따라 부르는 자보다
나중에 남아 이 모든
광경을 거룩화한다. 노래가 생명의
광합성 이상의,
'나'의
육화인 까닭이다.

XII

서울이 고향인 서울 살이다.
꿈속인 듯 내 고향, 와 있다면 기쁘지만
깨어나면 없는 듯
더 멀다.

숨겨진 것은 없다. 지워진 것이 있을 뿐. 기억의
창고를 뒤져도 숨겨진 것은 없다. 밤도 몸도 그
속은 마찬가지다.

황혼도, 언어도, 헌책방도, 얼음도, 음악도, 고독
도, 경악도, 생명도, 침묵도, 전율도, 그 속은
마찬가지다. 그것을
보여주는 것은 잠이 아니라 노래 속이다.

헐벗음을 뒤집으며
벌거벗는 노래 속이다.

공포를 벌서벗는
전율의 노래 속이다.

음식을 벌거벗는

생명의 노래 속이다.

여가수의
육성이 발가벗는 노래 속이다.

스핑크스의
수수께끼가 발가벗는 노래 속이다.

믿음이라는 과거를 벌거벗는
현재라는 육체의
나무도 벌거벗는
갑자기, 갑자기, 갑자기 이어지는 노래 속이다.

믿음의 육화는
어디까지 믿을 수 있을까?
여자도 남자도 몸은 믿지 않는다.
몸이 믿지 않는다.
찬송은 갈수록 찢어져야
몸이 된다. 신성은 인간성이 아니고
필사적으로
인간적인 여자, 태어나는 것은
거룩함도 시간도 아니고 시간의
이어짐이다.

가장 불안한 것은 연속성이다. 연어도 끊어질 듯 이어지고 이어질 듯 끊어지는 시간을 이으려는 것 아닌가 그 먼 길을 돌아 곰과 늑대 등 온갖 장애물을 통과, 암컷이 자갈밭을 파고 수컷을 꼬시고 내장 썩은 몸으로 죽음의, 경악과 환희의 눈을 한가득 뜨고 그 눈이 서로 마주 보지 않고 네 개 모두 앞을 바라보며 춤을 추듯 알을 낳고 수정을 하는 그리고 당연한 것보다 조금 더 길게 땅에 누워 헉헉대다가 마침내 시체 청소꾼 독수리에게 몸을 바치는, 음악이 되려는 시간. 낯선 이의 낯선 박자와 선율이 오늘 이리도 터무니없이 슬프게 들리는 까닭을 알 것도 같다.

Good News?

그래. 제목은
'괜찮군 그래.'

어감의
소리도 괜찮군.

'사랑해.'
어감을 덮지 않고
'사랑해요.'
어감의
소리를 닮았군.

멀쩡하다는 것이 온갖 언사 난무하는
뜨거운 지옥은
아니겠지, 그런 어감의 소리군.

(또한 왠지
뒤끝이 불쌍할 것 같지
않니?)

아프리카는 너무 뜨거워서 저주받은
땅 같다. 검은 눈물도 타지 않고, 살도 뼈도
타지 않고 말라 바삭바삭 부스러지는
태곳적 모래사막 그대로 같다. 아직도
고고인류학
시대 같다. (이런, 이런……)

부처님 손바닥이란 원래
그런 뜻이었는지 모른다. 그 속에
모든 것이 있는
대신 그 위에
바람밖에 없다는. 그 바람도 불지 않고
그 바람에 담배연기도 나비도 날지 않는다는.

너무 오래되어
형체도 없는 시신들은 현대인의

머리라도

빌릴밖에 없다는. (따지고 보면 공포

영화 「미이라」 1편, 2편도 그런 내용

아닐까?) 편안한

괄호 속이다.

때론 1610년대 영국 고음악의

우아한 현악기가 소음투성이

현대음악보다 더

소스라치게 놀란다. 여자는

아직도 오디오

음질을 얘기한다. 그럴 수는 없다고

남자는 소름 돋는 몸을 여자 속으로

여자는 실없는 몸을 남자 속으로

섞는다, 그럴 수는 없다, 그럴 수는

없다며, 남녀는 모든

구멍을 막는다.

영국 황태자들, 즉 Princes of Wales

헨리와 찰스의 개인 소장 악보들을 소개한

Virgin, veritas

음반 제목은 '천상의 마법.'

그렇다. 그들은 음악의
마각을 보았다. 나도 보았다. 그리고 듣는다, 소리의
마각을.

몇십 년 뒤 독일 음악의
제국이 언뜻 무너지는
괄호 속이다.
그래.
비유를 자주 쓴
예수의 방식은 마지막으로
옳았다. 포도나무보다 소금의 비유가
더 옳았고 그 비유는 소금이 귀했던
그때보다 소금이 과도하게 섭취되는

지금 더 적절하다. 하지만 적절은
일종의 적절한 타협이다. 감각이 치명적인
것은 자신이 자신의 목적지가 아니라는
것을 감각하지 못한다는 것이다. 그때
괄호는 영영 닫혀버리고, 감각은
그것을 죽음으로만 감각하고

사소한 결혼의 결혼식만 잡다하다. 왜 결혼은
두 사람을 하나로 만들면서 스스로를
복수화하지 않지? 왜 '결혼들'은 광신

집단에서만 가능한가, 그나마 '합동결혼식'으로
완화하는가?

만인이 본다는 것, 만인에게 보여준다는 것은
얼마나 대단한 일인가. 오늘도 보기
위하여 만인이 TV 앞에 모이고 만인이 보여지기
위하여 청계천 봄나들이를 하고 국립문화재를
관람하고 쓸모없는 세계기록을 깨고

하루 밤 한 아파트 주민이 일제히 귀가하고
하루 낮 한 학교 학생이 일제히 등교를 하고 전원
출석한다. 가장 어처구니
없는 것은 그렇게 드러나는 거룩함의

새까만 형해다, 비유의
가능성조차 차단하는.

빛, 새빨간
거짓말의.

거대하게 포식하며 포식당하는
가상현실 이후 잔영의 가상현실.
가려운 무좀의
지긋지긋하게 가려운

가상현실.
수돗물에 박박 문지르고 다시 수건으로
북북 긁어댈 수 없는.

무좀에는 온갖 것이 들어 있어 우리를
제 혼자 레슬링하게 만들지. 하지만
유독 혹은 젠장 그 무좀에
피날레가 없다는 거.

TV
「동물의 왕국」은 어느새 '동물의
농장'류로 바뀌었다. 더 가정적이고 더
재미있어졌다. 우리는 이제 안방이 안방인 줄
알고, 더 마음 놓고, 더 낯익은 연습으로

배운다. 어떻게 저 온순한 사슴을 잡아먹을
생각을 하고 따끈한 내장을 뽑아 먹고 생살을
찢어 먹고 뼈를 아득아득 씹어대는 호랑이의
야만을, 가정 평화를 배우고,

착각한다, 호랑이도 모르는 호랑이의 거룩함을
우리가 아는 우리의 거룩함으로. 가장
어처구니없는 것은
동물을 소재로 우리가

코미디를 할 수 있다는 착각이다.

웃음, 새빨간
거짓말의. 새빨간 색이
보이지 않을 정도로 새빨간
장막의
소리.

으르릉, 으르렁, 요절복통하는
호랑이다. 인간이다.
꺄르르, 꺄르르, 슬피 우는
인간이다. 호랑이다.

가장 어처구니없는 것은 이집트
신들의, 하필이면 머리가 매, 땅돼지, 자칼 혹은
개 따위 짐승들이라고, 우습잖냐고, 고대
그리스인도 아니고 현대인들이
어처구니없어한다는 것.

나는 내 속에 흐르는 호랑이 피가 호랑이
행동을 그대로 따라 할까봐 두렵다. 나의
행동이 호랑이 행동을 능가할까봐 두렵다.
벌써 나는 음식을 두려워하지 않는 것 같아서
두렵다. 스스로 그 두려움마저 망각할까봐 두렵다.

두려움이 두려움으로 이어지는
길이 언젠가 끊기고,

그것이 죽음이려니, 안심할까봐 두렵다.

시간도 공간도 없는 움직임. 방향도
거리도 없는 목표의 발걸음. 지리도
지형도 없이 정강이를 파고드는 풀잎의
날, 바닥도 없이 달려드는 둔탁의 땅.
공기도 없이 냄새만으로 살을 에는 바람.

이유 없이 터무니없이
배가 고프다는 것. 굶주림이 까닭 없는 분노를
부르고, 분노가 굶주림보다 육체보다 더 무게와 부피가
커진다는 것. 사냥은 더욱 그렇다는 것. 먹잇감은
무엇보다 하릴없는 분노의 대상이라는 것.
포식은 영양 섭취 이전에 희미한 본능의
이성조차 상실한 광란이라는 것.

그 모든 것의
가능성들이 나는 두렵고 두렵다.
파충류는 그 피부가 더 두렵고 식물은
그 기나긴 미로가 더 두렵다.

미생물은
두려움보다
미세할 수 있을까?

생명은 두려움보다 더
섬약할 수 있을까?

이 모든 두려움을
인간화하는 것이 승화라면
우리는 비로소 거룩함의
육체가 될 수 있다.

느낄 수는 없다.
느낌은 얼핏 스스로 주체라 생각하지만
(스스로는 주체다)
느낌의 대상을 느끼고 거룩함은 느낌의
객체가 아니다.
(느끼는 주체지만 그 느낌은
인간의 것이 아니다.)

우리는 즐길 수 있는 것만을 느낄 수 있고
우리가 즐길 수 있는 것은 거룩함의
거룩한
줄넘기뿐이다.

뒤늦은 코란이

때이른 신약('새로운 약속')에 대해

더 거룩하기 위해 노회한

줄넘기일밖에

없었다. 우선

무함마드는 하느님의 아들이 아니고, 마지막 선지자다. 청년
이 아니고, 중년이다. 시적이 아니고 산문적이다. 알라는, 살인
자에게 직접 불벼락을 내리지 않고 암소고기를 이용, 피살자를
되살린다. 그가 살인자를 지목한다. 인간에게 보다 석명한 방
법이 그렇게 일단 직접-인간화를 벗는다.

다만 뒤늦은 제도는 더 제도화할밖에

없었다. 그러나,

하여,

가장 어처구니없는 것은 가당찮은 코미디와

끔찍한 학살과 그에 맞선 끔찍한 테러가 TV 화면을

사이좋게 공유한다는

점인가?

정말 그런가?

거룩함을 증명할 수 있는
유일한 방법이라며
이슬람은 지금의 이슬람인지 모른다.

모든
참상이 지금의 참상인지 모른다. 그것만이

온전히 인간적인지 모른다.

희생이자 테러인지 모른다. '알라'라는 하나의
문자인지 모른다. 무엇보다
거룩함은 잘잘못이 없다. 인간이 보고 듣고 만지고
느낄 수 있는 거룩함의

참사만 있다. 종교
전쟁은 그렇게 시작되고 제도의
전쟁으로 끝이 난다. 종교
전쟁이 없는 종교는 종교가 아니고 제도
전쟁이 있는 종교 또한 종교가 아니다. 종교

평화라고? 사이좋게 공존하는 것은 제도고
각자 수습되는 것은 거룩함의
참상이다. 참상의
인간적인 면만 보아서도 안 된다.

여성의 참상을 낳는 것도
남성의 참상만은
아니지. 남성도 여성도
생식기도 인간적인 것만은 아니다.
사랑도 인간적인 것만은 아니다.
비유도, 안간힘도,
소문도 인간적인 것만은 아니다.

오,
어지러워라
어지러워라
십자가 처형처럼
혹은 삶은 계란처럼 명백하고
진부한 것만 온전히 인간적이다.

오.
지루해라. 아슬아슬
이어지는 것만 온전히 인간적이다. 오.
오. 지겨워라. 오, 오, 오.

물 위를 걷는 예수.

오, 오, 오. 잠 위를 걷는 깸.
오, 오, 오. 깸 위를 걷는 꿈.

오, 오, 오. 껌 위를 걷는 죽음.
오, 오, 오. 그 위를 걷는 문둥이
발.
오, 오, 오. 그 위를 걷는 씻음의
손.

지루한 기적이 지겨운 삶을 낳고 지겨운
삶이 더 지겨운 기적을 낳고……

그것만이 온전히 인간적이다.

제국주의에 맞선 백년 전쟁을 인간의
승리로 이끈 베트남

수십 개 소수민족을 1.5인치 높이로 기념한
도자 미니어처 인형
등장인물들이 종종 책장 가장자리에서
떨어져 허리가 끊긴다. 특히 여자들의
비명소리는 다시 끊어지며 다시 더 깊숙한
군데를 끊는다.

오. 승리는 위대하지만,
인간 해방은 더욱 위대하지만,
승리 후 이어지는 가난은 더
황당하지만, 오.

그 이상의 무엇이
오죽했으면 허리가 끊기는
비명이 다시 끊긴다.

서로 다른 등장인물 여남은 명을 가지런히 진열한
필통 크기 갑 다섯 개를 모아야 수가 완성되는 베트남
소수민족들은 통틀어 전체 인구의 1퍼센트 미만이고
90퍼센트 이상 산악지대에 살며 인간 최하의 삶을
견디는 실정이라고 베트남 정부 당국은 인형 시리즈
광고 문안에 밝혔다.

부럽다. 대단하다. 과연 승전국답게 당당하다.
도이모이정책을 택하면서 '인민이여, 용서해다오,
당의 오류를!' 플래카드를 붙여 그동안의 안이했던
낙관을 반성한 것도 베트남이 유일한 사례다. 따지고 보면
눈물겨운 사례고 관계다. 하지만, 그러므로

이 경우

가난은 가난 너머 그 무엇을 가리키는 가난이다.
해방은 해방 너머 그 무엇을 가리키는 해방이다.
참상은 참상 너머 그 무엇을 가리키는 참상이다.

그 무엇은 갈수록,

뒤집힌 거룩함쯤 되어간다. 특히
여자들의 비명소리가 다시 끊어지며 더 깊숙한
군데를 끊는.

그래.
세네카는 살아 폭군 네로 곁에서 무료하다.
그의 자살은 더 무료하다.

그래.
그의 자살 이전 어떤 참상도
기성의
신학을 능가한다.
그의 자살 이후에도, 그의 자살을 굳이
보태지 않고도
그것은 그러하다.

그러나
어떤 참상은 희귀하게, 새로운 신학의
내용을 능가한다.
짐승의 참상도 어떤 참상은.

그때가 진정한
'오 마이 갓'
과, 느낌표가 일치하는

소리.

!!!!!!!

여러 개가 아닌 단 하나 느낌표

!

소리. 어떤 참상은

소리!

까지.

'노.'와 무관하고 '노!'와는 더욱 난데없는.
'왜'는 더, '왜!'는 더, '왜?'는 더더욱
난데없는.

하긴 어떤 참상은 내용 없는
경악을 일으킨다. 좋은 징조다. 징조는
보이는 것과 보이지 않는 것 사이에
있으므로 더욱 좋은 징조. 전해질 수 없는
전해지지 않은

유언과 같이. 그 유언이 더욱
검은 것과 더불어.

질문만 있었다면
모든 의문은 눈동자를 닮으며
풀렸을 것이다.

피는 왜 고운가를 생각한다. 억척스럽지 않고 곱게
늙은 미인의 배경이 왜 더 비극적인가 생각한다.
정치를 죽이는 정치판보다 더 파란만장하면서도
끝내, 아니 처음부터 예정된, 그러면서도 갈수록
예정이 슬프고 아름다운 이야기를 생각한다.

얼굴이 아니라 몸 전체에 쓰여진 몸 전체의,
주름을 펴지 않고, 벗겨내는, 아니 폴더를
여는 이야기가 슬프고 아름다울 수 있다는,
슬프지 않고 아름답지 않은 이야기 너머에
그 이야기는 있다. 그렇다.

숫자는
비로소 남지 않고
다만 거룩함이 사라지는 거룩한

장소다.

태초에 말씀은
숫자의
소리다.

그렇게 자본주의는
디지털 속으로 사라진다.

'빛이 있으라!'

그렇게 우리는 사랑을 한다.

'땅이 있으라!'

그렇게 우리의 사랑은
생산을 한다.

'생명이 있으라!'

그렇게 우리의 생산은
생명을 내파한다.

사랑은 소리가
응석 부리는 소리.

그렇게 우리는 사랑을 한다.

사랑은 소리가
구멍 속으로 사라지지 않고

자칫
음탕도 하고

농익는 소리.

그렇게 우리는 사랑을 한다.

사랑은 소리가
스스로 기꺼워 모처럼
몸을 보이고 보이는 몸을
푸는 소리. 동시에 아잉,

아잉, 아잉, 아잉, 아잉, 아잉,

앙다무는 소리.

몸은 아직 아니고 우선
이빨을 앙다무는 소리.

하여, 노래여, 노래여.

소리가 더 이상 어떻게
견디겠느냐. 또,

무엇 하러?

하여, 노래여, 노래여.

열어다오 차라리 네 몸을.
펼쳐다오. 소리가 사라지는
거룩한 생애를.

끊어다오 마르두크,
최고신이자 모든
신의 생애를.

그렇게 우리는 사랑을 한다.

아벨은 피살이 아니고
죽음의
등장, TV 속
동물의 왕국은 더욱
종교다. 온갖 동물의

비유는 인간화한다. 인간은
신화하지 않는다. 자칫 동물 속으로
미끄러지는 허방. 노년은
미끄러지는 것이 두려운 나이.
신의 어린 양의
미끄러지는 동물의
비유조차 온데간데없다. 그들은
왜 진화를 안하지? 안방에서
안팎이 간단하게 뒤집힌다.

안심이 포식한다.

동물도 인간도 없고 식구만 있다.

삶은 계란을 까 먹는 시간.

죽은 척하는 주머니쥐처럼.

아벨은 피살이 아니고 죽음의

등장이다.

XIII

노래 속
이야기는 해체되지 않고
이야기가 해체다. 니미뽕,
니미뽕, 후렴으로 잘도 이어지는
발라드 이야기도 해체다. '음반＝세계'는
'응축＝확산'한다, '장르＝역사'를. 바다 속은
아름답기 전에 아름다움이 요상
하지. 합정동은 부동산과 24시간

체인점을 신작로 속으로
방류하는
4, 5층짜리 낡은 건물 그대로다. 그보다 더
고층건물 간판도 값싸게
낡았다. 번지레한 랍스터 전문점
건물만 새로 세워져 하릴없이
낡음을 배우는 중이다.
돈 많고, 너그러운 변호사 친구가
모처럼 몸보신시켜준
랍스터, 빛나는 검은
껍질 속 피 묻은
내면에 담긴 꼬리 회를 먹고
남은 것을 싸달라며 모종의

시신을 수습한다. '국악은
잠이 잘 와.' 잠이 깨는 새벽에
듣는 국악은 탄생 이전
장송곡 같다. 정신이 들지 않고
길을 돌아서 오고
돌아 나오는 정신이 보인다. 예술의 전당
오페라극장을 보다가 한국예술
종합학교 건물 쪽으로
방향을 바꾸는 길이다.
걸음이고, 정신이다. 꿈도 생도
비몽사몽도 끝내는 잠 속,
서로의 육을 희롱하는
수작만 현실적이다. 생식기는
성을 모르고 온갖 쌍욕을 모르고
자타를 모르고 아무것도 모르면서
미친놈, 찍, 대고, 미친년, 짝, 대고,
씨팔년, 씨팔놈, 찍짝 싸는
개차반이고 마주 보는
얼굴이 가여운
시신을 수습한다. 또한 모종의. 강남
성모병원 1층 환자 전용 엘리베이터
입구에서 아내는
기다리는 환자보다
더 작아졌다. 섬뜩한

감량. 그때 생명은 거대한 에너지지만
오래된 부부인 아내와 나는
친숙해서 더 가여운
가랑이 바다. 짠맛과 오줌 냄새 나는,
맛과 냄새 뒤범벅된
그곳에 털 난 남녀가 아닌
오누이가 늙은 에덴동산에
택시 문을 열면 빈 옆자리가 보이고
문을 닫으면 그것을 품고 그대는
떠난다. 눈이 펑펑 내리고
돌이킬 수 없는
길이 내린다. 알함브라,

시간의 보석. 오래전 죽은 자
만나러 단체로 관광버스로 가는
아침 교통은 합정동로터리도
참신하지. 이빨 냄새 지독해도
참새처럼 재잘댈 수 있는 차창 밖으로
가장 아름다운 것은 교통의
풍경이다. 원고가 아니라,
쓰고자픈 내용이 끝없이 실종하는
꿈이다. 어차피 나는 자기소멸
중이다. 전화번호부를 아예 없앴다.
한 아이가,
동화가, 형상화하면서

사라진다. 어쩌면 좋니, '식물이,
식물이,' 형광등이 네모로 도려낸
구멍가게 안은 시간이 없고 바깥은
밤이 깊을수록 근처에 몰리는
업소 아가씨들이 쉴새없이
던질 1밀리만 찾고 쉴새없는 그
1밀리가 나는 아득하다. 크기는
그럴 리 없지만, 업소는 그 이상일까,
이하일까? 모종의 거리는?
27년 만에 27년 전 결혼 예물
불로바 시계를 다시 찼다.
시간은 그렇게 변한다.

시간은 오래된 거리가 서서히
변하는 것처럼 변하지 않는다. 오래된
거리에 오래된 비가
내리고 오래된 등이 젖을 뿐이다.
조명이 왁자한 방배동 카페 골목
입구는 조용하고 어둡고 피자집
장미의 숲은 문을 닫았고 문 앞에
아직 남은 피자 덩어리 석고
모형은 너무 커서 무양이
흉측하고 재건축 건물 현장
천막은 6·25보다 거대하게
헐벗었다. 어디서든

헐벗음은 치솟는다. 쭈뼛쭈뼛
톱니를 휘늘어트린
고무 커튼 밖으로 엉덩이를 내민
SUV 승합차 번호판을 가린
판떼기가 가파른
모텔 로망스, 반쯤 드러낸
불륜의 쾌락은 더 짜릿하고 건너편
cafè Double Bean은 사방을 두른
유리창이 아늑하고 물 좋은
실내를 드러내는
최신식 커피 전문점이다. 원래
아늑함은 물 좋은 것과
어울리지 않는다. 커피 내음
고급으로 진하다. 원래
최신과 고급은 어울리지 않는다.
진한 것은 유럽 제국 황가의
몰락이고, 그것이 고급이고
그래서 사람들은 커피에 철없는
흰 크림을 얹고 비엔나
커피라 부르지. 이것을 무엇이라
부를 것인가, 이 기분 좋은
무성한 아름다움을?
비 맞는 건강이 낯설 듯 이 말도 뭔가
이미 돌이킬 수 없는,

저질러진 말 같다. '무성한

기분 좋은 아름다움'으로

순서를 바꾸어도 마찬가지다. 너비도

무게도 이미 저질러진 일은 돌이킬 수 없다.

시간은 언제나 이미 저질러진

것처럼 변한다. 아니 변했다.

맨 처음의 상상력은

겁이었을까, '시'라는 명명 이전

비유도 겁이었을까?

로마인들은 참으로

다행스러웠다, 그리스인들의

고전적인 선례가. 그리스인들은

다행스러웠다 메소포타미아인들의

두려운 선례가. 있었던 그리스-로마가

사라져버린 중세의

시간은 얼마나 허방이었을까?

시간은 그렇게 변한다.

원인도 특징도, 행복지수도

길들인다, 낡은 처음의

아뜩함이 낯익은

유구로 되는, 낡은 장정보디 디

낡은 마진 와꾸의 1925년 판

THE

CONCISE

279

OXFORD DICTIONARY

Adapted by

H. W. and F. G. FOWLER

from

THE OXFORD

DICTIONARY

그 안에 옛것이라 더

날씬한 장평의 굵고 가는

Frankfort black, n. Fine black pigment

Used in copperplate engraving. 〔Germean town〕

그리고, 그보다 훨씬 젊었으나 장정이 고답의

학문으로 형편없이, 어이없이 두터운

CAMBRIDGE

AT THE UNIVERSITY PRESS

1966

A CONCISE

ANGLO-SAXON

DICTIONARY

그 안에 외양이 멀쩡하지만 모두 굵은

fyht-=feoht- 그 사이

삭기 직전의

장정이 믿을 수 없이 두터운

시간이다. 그래도 두 시간 사이

1936년 라루스 판 프랑스어 소사전보다는
휠 낫지. 손바닥에 쏙 들어오는,
두께가 예쁘고, 회색 클로스 장정이
은은한 빛을 흩뿌렸을, 그 안에
모든 글자가 깨알보다 작고
모세혈관보다 가늘었을
이 사전을 정말로 손에 쥐면 거친
감촉만 남고 손아귀 속으로
모조리 삭아들 것 같다. 하긴 이미
삭아버렸는지도. 단정한 종이를 덧대어
제목을 도드라트린 등만
버티고 서 있는지도. 하긴 '콘사이스'란
말도 그렇다. 그 말이 '사전'을 뜻하게 된

경위도 한국적으로는 그렇다. 서대문 사거리 뒤
화양극장도 지금의 녹색극장,
그 기둥만 버티고 서 있는지
모르고, 건너편 엄청 길게 누운
60년대 5층 납작건물 1층
사조참치집도 그렇다.
비가 내릴 때만 옛날이
옛날의 비로 젖는다. 그 바깥은
겉이고 겉이 찬란할 뿐이다.
뻔뻔스러울 뿐이다. 뇌 스캔으로
아이큐를 잰다고 재벌총수가

조폭을 동원한다고 신문에

대서특필된다고 대통령에

출마한다고 유명 연예인들은

설설 긴다고?

횟집 수조에 빽빽이 들어찬 칠성장어

도미 농어 광어 도다리, 아니고 들은

입증한다. 비좁을수록

바다 속보다

더 거룩한

원초를.

총천연색보다

더 멀쩡한

흑백의

권위를.

생명 자체의

무서운

장관은 비좁을수록 수풀처럼 우거지고

검은 수풀의

비유가 검게 우거진다.

아무리 거대해도

비대하지 않은,

말라비튼 죽음의 다이어트와

생명의

과잉이 식는

다방식 커피는 저 안에 없다.
하긴 눈망울이 퉁퉁
부어오르기는 했군. 때로
이해한다는 것이야말로 저렇게
가두는 것인지도. 자신의
강경을 저리 멀끔한 눈으로
도외시하는 것인지도. 오해는,
난해도, 오히려 흥미
진진하지. 동성애가 아니라
들고 나는
그리고 들게 하고 나게 하는
육체의 중세적 허방이 문제다.
따스한 날 아기자기한
소풍을 닮아가는 성묘가 아니라
그 과정을 닮아가는
무덤의 열과 열 사이
얇고 각이 예리한 시멘트 축대가 문제다.
죽음의 순간보다 더 가파르게
발라당 한 층 밑으로
머리를 부딪히면 아무래도
죽어서도 죽을 길을
찾을 수 없을 것 같다.
하루 만에 두 살을 먹고
제사음식으로 미리 생일상을 차리는

조선식 음력 12월 말일

내 출생일도 문제다. 음력의 양력

환산도 맞지 않고 아버지의 아들,

할아버지의 손자, 호적이 두 개라서

그중 하나는 강제 입영 황망 중에

사망신고를 했다. 뒤늦은 문제고

이중으로 문제다.

시간은 그렇게 변한다. 죽음은 사망을

신고해도 변하지 않는다. 새벽 5시

포장마차에서 삼겹살을 굽는다. 그

옛날 노찾사 사무실이 있던,

지금은 없는, 더 옛날식 자장면을 팔던,

지금은 팔지 않는, 산울림 소극장 앞

언덕길 밑을 칼집 내듯 내리닫이로

그어 내려간, 꾸불꾸불

이어지지 않고 삐뚤빼뚤 사라지는,

어지간한 기사로는 우회전

으로도 좌회전으로도 진입이 어려운

통과는 더 어려운 그 난코스 속에 카페

'키작은 자유인'은 있다.

전설보다 간편한 포스터

화면을 택한

온갖 혁명의 운동가들과 가수들의

목소리와 내용과 음반을

뭉뚱그리며 카페 '키작은 자유인'은 있다.
'그거 나 아냐?' 그렇게 물으니 주인
문부식은 답한다. '형은 배 나온
자유인이지.' 맞는 말이다. 그는 그 유명한
부산 미국문화원 방화사건 주범이고
그 경력으로는 드물게 논리가 깊은
지성인이고 그 경력으로는 희귀한
카페 주인이고 그렇게 카페는 적당히
멀쩡하고 적당히 퇴폐적이고 적당히
화려하고 적당히 서글프고 적당히
유쾌하고 밀실도 적당히 어둡고
적당히 닫혀 있고, 열려 있고 물이 좋다
기보다는 손님이 들끓지도 않는데
물 반 고기 반 쪽에 더 가깝다. 못다 한
얘기보다. 앞으로도, 못다 할 이야기가
더 많을 것임을 이제 안다는 듯이, 받아
들인다는 듯이.
카페 70 혹은 70-80은 그 건너편
산울림극장 쪽 다리 옆 건물
지하에 있다. 전에는 신촌 번화가 건물
2층에 있었다. 지하치고 천장이
너무 높다. 높은 벽을 빼곡 채운
그 시절 LP 음반들이 제 키를 키우며
제 몸에 새겨진 내용보다 더 높이

자라서 허하고, 짠할 즈음이면 나보다 더

배 나온 주인이 명품 음향 시설로 일품

기타 연주 실력을 살짝 내비친다. 그의

딴따라 시절 동료들이 가끔 자리를

메우고 화음은 기막히지만 그 사람들이

70, 80년대

바깥으로 출연한 적이 있는지

나는 모르고, 나의

반경도 경계도 여기쯤이 아닌가 싶고

그 안이라면 뮤지컬을 작곡하고 싶다는

그의 소원도 이뤄질 수 있다고

이뤄지게 하리라, 나는 자신하는 것이다.

새벽 5시 포장마차, 삼겹살을 굽는

것이다. 운동권 출신 중

착한 사람들은 모두

생업을 접고

선거판에 불려 갔다. 아마도

이번이 마지막일 것이다. 내 세대는

이후 남아나지 않을

것이다. 착한 생계가 보잘것없을 것이

명약관화한 시대, 문제는 착한 것은

선거판에서 별 도움이 되지 않는다. 착한

능력은 견디는 능력밖에 없고 선거판에서

견딘다는 것은 오로지 누추를

견디고, 패배까지 견딘다는
뜻이다. 그악스런 능력은 이미
그악스럽게 정치판(과 선거판은 다르다)에서
그악스럽거나 생계가 그악스러워
선거판에 뛰어들 리가 없지 않은가…… 이런
얘기는 그런
반경 안에서만 냉소가 아닐 수 있다. 간혹
언성이 높아질 수도 있다. 간혹
우격다짐에 불과할 수도 있다.
하지만 반경 바깥은
아무래도 나보다 먼저 폭력적이고 그게
위로가 되기도 하지만

근력이 떨어지면 인내력도 떨어진다. 화를
내면 술 마신 날보다 더
근육이 아프고, 안방보다
더 무의미해서 아늑한
웹하드 속에 나를 누이고 싶다. 그 속은
문을
밖에서 따나?
그 질문도 지우고 싶다. 써그랄.
장례를 치르고 우주신 밖으로
관을 떠나보내다니.
시신도 끔찍한 일 아닌가. 도대체
우주라는 게, 왜

몸속에 있지 않고
몸으로 있지 않고,
바깥에 있지, 난데없이, 왜
우리 삶의 전체가 우리 삶의 일부를
위협하는 거지? 왜
아무것도 모르는
죽음 속을 헤지르며
강요하는 거지, 소름이 돋으며
몸이 몸과
분리되는 두려움을? 지상의
장례식은 통곡도 없이 얼마나
시끄러운가, 몸이 몸속으로 갇히는
광경 하나만으로도? 왜
문화는 갖은 전쟁을 치르며
구태여 세계화하는
문화지? 왜 평창동 북악터널 통과 직전
북악호텔 대각선 건너편
2층을 닮은 언덕 위
포도주 전문점 이름이 굳이
'스위스'지? 왜 가난한
출판사와 더 가난한 사장과 더 가난한
라보엠이지?
번역거리가 여생보다 더 길게 줄 늘어선
소설의 중년과 고왔던 정강이에 아토피

피부가 소나무 껍질처럼
각질화한 노년과 '눈치 없는
유비'도 있다. 작가회의 명칭 변경
소위도 있다. 칠십대 남자의,
불륜의 기억과 이십대였던 여자의
이십대부터 따라다니는
추문도 있다. 이것들은 모두
내 반경 안에 있고, 내 것 같고
내 탓 같다. 잘된 사람은 내 덕
같지 않고 떨어진 사람만 내 탓
같다. 앞으로도 그럴 것이다. 앞으로도
그러기를, 그렇기를 바랄 것이다.
하긴 그 바람도 사치다.

최고급 부위 쇠고기보다
맛이 좋은, 입에 살살 녹는 두 당
5만 원짜리 참치회를 먹으며
생각한다, 12만 년 전 호모
사피엔스의 고독을. 직립의 호모
에렉투스는 아프리카에서
북으로 중유럽까지 동으로
중국까지 남으로 인도네시아까지
이어졌다. 외롭지 않았다. 그는
고독을 몰랐다. 직립
보행이 삶이고 죽음은 직립의 끝장

일 뿐, 쓰러짐일 뿐. 그는 걷고 걸음이
뭔지 모르고 죽고 죽음이 뭔지
모르고 걸었다. 그러나 호모
사피엔스. 그는 죽음을,
걸음을, 고독을 알고,
고독을 아는 눈에 비친 가족의
수는 10명 미만, 평생 동안 마주치는
다른 무리 수 또한 그 정도.
고독은 평생의 육이었다. 그는
9만 년 전 아프리카 남북단,
8만 년 전 인도와 6만 년 전 중국 남단,
4만 년 전 오스트레일리아와 3만
3천 년 전 그 해외로 번지고 그중
일부가 남아메리카에 달한다.
아프리카에서 계속 북향한다면
그는 5만 년 전 유럽에 닿고 중국 쪽은
1만4천 년 전 시베리아 끝에 이르고
그중 일부가 떨어져 북아메리카
대륙이 된다.
광활하다고?
막막도 해라. 죽음은
직립을 해체하지 않고
느닷없이 직립인간을
덮친다, 죽음이 느닷없이

직립을 덮친다.

얼마나 무서웠을까?

아직도

무겁기만 했을까? 설마.

오죽하면 신화보다

복잡한 신화의 가계도가

신화보다 더

먼저였을까?

명명보다

문법이

먼저였을까?

오감을 하나로 통일한

호루스의 눈은 아주 뒤늦은

그래서 귀여운

엄살 아니었을까? 요즈음

술자리 뒤끝은

귀천 없이

언제나 오가며

'그 집 앞'이다.

그것이 나의 경계고 반경이다.

'解니 脫이니

超니 越이니 뭐

그런 것 아니고,'

목단꽃

잎 진다. 붉은

생리혈

은 아니고

생리혈

듯듯

목단꽃

잎 졌다.

내음도 붉은

내음은

너무도 선명한

혼미

그 속에 너무도 선명한

목단꽃

내 잎으로

책상 위에

졌다. 내 중심이 내 안에

있지 않고 나의 바깥도

아니고 그냥

바깥에 있는 것 같은

편지가 온다, 멀리

있으니 너는 무겁지 않고

너를 향해 있으니 나는

무겁지 않고 그대를

만날 수 없다. 목단

꽃

잎 진다.

완쾌하고 첫

치매에 드는 어머니, 나도

얼마 안 있으면⋯⋯ 어머니는

정신이 희미하고 말짱한

정신처럼 막막한 것이

없는 인생은 살 만하고,

살아가기 마련이라는

생각. 그때가 좋았지, 결국은⋯⋯ 뭐

그런 얘기가 아니다. '아니 오히려

거꾸로지.'

생산력이 문화 수준을 높인다는

명제가 아니라 노동이

가치를 창조한다는,

도덕과 계산을 혼동한,

첫 단추가 문제였다.

돈이 문제다. 돈은 부도덕한 게

아니라 도덕을 모른다. 생은

생계의 돈이 언제나

소금씩 보자라 살눔스럽게

애달케달 이어진다. 그렇게만

이어진다. 이것이 더 엄격한

평균의

경제 위기고 경제 법칙이다. 양과

그 비슷한 가축과 개와

금속과 기름과 옷과 목걸이와

향수까지

표식하는

조가비 혹은 돌

모양이 차가운 표정과 손길을

지우고, 엄혹한

악보로

풀어지며 더 엄혹한

수메르,

도끼 자국의

쐐기문자가 나온다. 오로지

새까맣기 위해 함무라비

법전 석비가 새겨진다. '항상

기뻐하라. 쉬지 말고 기도하라.

범사에 감사하라' 이게

누구 소리지? '미친놈들.

갈수록 지들끼리만 알아먹는

말아먹는

개소리를 문자라고……' 이게 무슨

개소리지?

일상은 갈수록

가혹한 형식이 사소화하는

내용일 뿐이다. 목단꽃잎,
말라비틀어졌다.
벌써 마누라
팬티 같다. 그러나
목단꽃은 화끈하게 피고 화끈
하게 진다. 그 요란한
내음도 요란한 와중으로
사라진다.
화끈한 것은 슬픔뿐이다. 이럴
때는 목단이 아니고 모란이다.
이럴 때는
냄새가 아니고 늙은
기저귀다. 늙을수록 더
동그라미
모양이 흐트러지는
연륜이다. 아니,
거꾸론가? 더 연로하신
장모님 모시느라 시어머니를
못 모시고 아내는
무슨 까닭으로 내 앞에
목단
꽃잎을 던졌을까? '목단이
모란이지.' 그런가? 아
그렇구나. 그걸 몰랐네.

미안해 여보…… 뭐, 세검정

형네 집도 정리해놓으니 꽤

넓드만. 방이 우리 형편보다 더

넓고 무엇보다 우리는 아무래도

안방으로 모실 형편이 아니다. 뭐, 공기가

좋으니까. 조금 나아지시면

비탈도 운동하시기에 더

좋겠지. 몸은 좋아지시는데, 그게

더 문제다. 정신과 심리에서

예민한 감정이 지워지고 있다는 것. '뭐,

서운해하시는 것 같지는 않고……' 그게

문제다.

소리

문자는 언제부터

이 모든 것에 대한

반항이, 이메일로

항의 서한을 발송하는

수순이었을까?

수습이었을까?

오 위대한

욕망이여, 죽음

충동을 부르는

육이여. 젖은 육.

그 속에 불 그 속에

불꽃의,

단조롭지 않은

늙음이여. 헛되이 흐르는

눈물의 자장가여.

깜짝깜짝 플래시를 터트리는

장미꽃, 백합꽃

망울들이여. 웬

새까맣게 조그만

미인이여. 너의 딸꾹질로

안아다오 나를. 내 품 안의

새가 나를 안듯이. 혓바닥이

혓바닥으로 핥지 않고

혓바닥을 안듯 안아다오.

불러다오 사랑노래를

딱따구리 꺾어지는

테너성으로 나를

찢어다오, 갈기발기.

흩어다오, 피비린 황혼으로

스타바트마테르, 성모는

서 계시다. 그렇게

아픈 작별도 만나다오. 탄식은 노래

속으로 사라지고 노래는 노래

바깥으로 펼쳐진다. 상투스,

거룩하시다. 키리에 엘레이손, 주여

우리를 불쌍히 여기소서. 라크리모사,

오페르토리오, 눈물의

몸을 바치나이다. 레퀴엠,

죽은 자에게 영원한

안식을 주소서. 아데스테

피델레스, 믿는 자 오라. 가서

위로하라, 나의 백성을.

그리고

아뉴스

데이, 신의

어린 양의,

그 다음으로, 그 바깥으로

노래가 펼쳐진다. 속되고 속된

가사의

노래가 거룩하고 거룩하다.

음탕하고 음탕한

선율의

노래가 거룩하고 거룩하다.

세상은

정결한 노래의

몸이다.

혁명가는 눈물의

피난처가

아니다. 노래는

노래 속으로 노래의 해방을
이루며 노래 밖으로 노래의
세계를 일군다. 노래는 노래가
노래의 혁명이다.
가사는 느낀다, 의식이
마모되며 거룩해지는
몸, 경계가 흐려지는 황홀경의
제 몸을, 꿈틀대는 뒤섞임의
명징성을. 그것을 비쳐내며
노래는 작별도 만남도
부르지 않고,
아가씨도, 소나무도, 태양도
파도도 부르지 않고 노래는
죽음도 무덤도 안식도
부르지 않고 노래는 젊음도
사냥도 솔바람도 부르지 않고
노래는 엽색도 맹세도 질투도
부르지 않고 가장 무거운 비탄도
희열에 들뜬 감각,
떠나가는 감각 자체의
육화를,
부른다. 돌이켜보면
빛은 노래가 묻어나던
기억에 지나지 않는다.

하늘은 노래가 울려 퍼지던
광경에 지나지 않는다.
나무는 노래가 쉬어가던
흔적에 지나지 않는다.
조화는 노래가 숨을 고르던
연습에 지나지 않는다.
평화는 노래가 모처럼
자신의 목적지를 바라보던
눈빛에 지나지 않는다.
사랑은 노래가 노래를 부르던
육성에 지나지 않는다.
죽음은 먼 나라의
유년은 더 먼 나라의
노래에 지나지 않는다.
핵심은 노래가 흘리는
눈물에 지나지 않는다.
슬프다.
명명은
노래의
본능에 지나지 않는다.
슬프다. 인생은
노래의
하나의
영역에 지나지 않는다.

슬프다. 문법은 노래의
가장 낮은
형식에 지나지 않는다.
슬프다. 슬프다. 노래는
이 모든
가정과 과정의
응축에 지나지 않는다.
중력의
도레미파솔라시도,
그 안에 모차르트의
오죽하면 촐싹대는
Pa-pa-pa. 너는 그래야만,
그래야만 하느냐, 울고. 소리
문자는 어지러운
새 발자국만 찍고. 몸은
포스트모던하다.
슬프다. 노래는 음풍농월의
노래도 슬프다. 이탈리안
피자처럼
낭자하지도 않은 노래는.
아얌 아얌.
나도 찬성이다. 포지티브하기
힘든 세상이야. 의견은
꼬리를 무는

반대만 낳고 의견보다

덜 과격한 반대는 상상조차

못하지. 그래서는

반대로 쳐주지 않거든. 그건

의견도 알고 반대도 알고 있거든. 어떻게

보면 그것만 알고 있는지도. 그게

중도파, 삼자대결보다 더 근본적인

운명인지도. 그러니 맞아. 2007년

5월 9일, 수요일자 한국일보 중간 미다시

'잘 키운 축제 하나, 열 공장 안 부럽다' 맞지.

하지만 그건 원인의 결과 같지 않고

현기증 찬란한

나비의 축제 같지도 않고

막걸리 사발 난무하는

결과의 결과 같거든?

한국적인 효도관광의

노추가 한국적인 로큰롤에 맞추어

한국적으로 비틀거리는

묻지 마 나비거든? 나비들도 노래의

가장 아름다운

환영 중 하나에 지나지 않는다.

신명도 자칫하면

노래의 구태에 지나지 않는다.

시간은 그렇게 늙어 꼬부라진다.

신혼도, 단란 가족도, 갓 태어난 아이도
삽시간에 늙어 꼬부라진다. 그때는
세련된 여자 아나운서의
애교도 교양도
감동도 노래의
부정에 지나지 않는다. 이럴 때는 북한의
선군방송이 차라리 낫지. 남녀를 뛰어넘으며
우렁한 그 목소리는
감상적이지만 문제에 보다 솔직하다. 차라리
거룩한 줄넘기의
실패가 분명하고, 명징하다. 그것은 노래의
실패에 지나지 않는다. 작가주의 영화의
전당, 이라기보다는 Feature presentation film
시사회장으로 더 잘 알려진 광화문
CINECUBE, 출연배우 전원이 앙드레김
의상을 갖추어도 영화는 아직 노래의
화려한 외피에 지나지 않는다. 음악
얘기가 아니다. 노래가 음악의
생명을 내파하는 얘기다.
시간은 그렇게 변한다.
아뭏지도 않은
아니 느닷없는 노래의 느닷없는
음절이 느닷없이 심금을 울리는 얘기다.
눈물만이 눈물의 비루를

가난만이 가난의 천격을
벗는 얘기다.
육은 흩어지는 노래에 지나지 않는다.
피는 흩어지는 노래의
자취에 지나지 않고 자취는 노래의
영혼에 지나지 않는다.
헌책방은 펼쳐지던 노래의
편린에 지나지 않는다. 황혼은 몸부림치던
노래의 뒤풀이에 지나지 않는다. 약속은
노래의 무늬에 지나지 않는다. 감량은
열대
과일이 추위 속으로 무르익는 노래의
숨결에 지나지 않는다. 연주는 노래의
버릇에 지나지 않는다. 침묵은 노래의
완성에 지나지 않는다. 전율은 노래의
복고에 지나지 않는다. 생명은 노래의
연장에 지나지 않는다. 얼음은 노래의
역설에 지나지 않는다. 알〔卵〕은 노래의
작란에 지나지 않는다. 줄넘기는 노래의
예감에 지나지 않는다.
그리고
노래 속
아직 지나지 않은 것은 거룩하다. 거룩한
내파다. 귀신을

보았다고? 늙은 경비는 식물의
어둠에 지워지면서
유령처럼 인사한다. 아니 내가
유령 같다. 내가 죽음 속에
위치한 것 같다. 놀이터도
유년 속 같고 죽음 속 같다. 생계의
Family Mart도 실눈을 뜨고, 빠바방
택배 오토바이가 방정을 떨고 더 육중한
화물차가 지축을 균열시키며
질주해도 그렇다.
이따금씩 비가 내린다는
차이뿐이다. 산을 뚫고 터널이
난다는 차이뿐이다. 터널의
안팎이 있다는 차이뿐이다.
언어의
층위들이 있다는, 그보다 더 많은
그러나, 그럼에도 불구하고, 덧붙여, 여전히,
그렇다면, 또한, 접속부사들이 있다는 차이뿐이다.
소설, 소설가, 그리고 카페 소설
같은 명패를 달고 다니는 사람과
더 오래된 술집과 더 오래된
장르가 있다는 차이뿐이다.
이따금씩 비는 더 희미하게 내리고
터널은 이따금씩 더 깜깜하게 뚫린다.

그날

무슨 일이었을까?

부챗살로

막무가내 번져가는

언어는 소리와 뜻의

구조가 건축도 신전도 아니고

음악이라는 것. 바벨탑은 그것을

몰랐다는 얘기다. 예수 생애는 그

의인화라기보다는

결핍을 메우는 육체의

생애였다는 것. 그래서 수난이었다는 것.

그 후의 순교는 그것을 몰랐다는

얘기다. 그래서는 오뎅 떡볶이 포장마차와

감귤 바나나 파인애플 구르마가 대종을 이루는

지하철 당산역 하늘 계단 아래 늘어선

길거리 영세 상가에서도 피투성이

예수 생애는 저질러진다. 태양과 별보다

지구와 식물과 바다가 먼저 나오는

그보다 먼저 메소포타미아

에덴동산이 있는

창세기도, 저주도 계약도 희생 번제도

저질러진다. 내가 알기로 눈물과 홍수를

동일시한 것은 노래 속뿐이다.

아니, 노래 속이야말로 '눈물홍수'의

무지개라는 것. 그 후의 희망은 그것을
몰랐다는 얘기다. 이래서는 메소포타미아에서
이집트와 아프리카가, 소아시아와
유라시아만 생겨난다. 이름만 엽기적인
이민족들이 생겨난다. 이래서는 잡다한 것만
거룩할 수 있다. 잡다한 살생의 잡다한
피동성만 거룩하다. 최초로 살인한
첫아들 카인의 자손은 점차 조상을 모르고 최초로
피살된 그 동생 아벨은 아예 자손이 없다. 안녕
하세요…… 컴퓨터 언어는 소리가 없고, 그것은 이미
완전범죄와 다른 문제라는 얘기다.
오늘,
무슨 일이었을까? Exodus, 오늘도 죽음은
아무것도, 죽음조차 통일하지 않고
산 자들의 분란을 조성할 뿐이라는
얘기다. 살풀이 얼굴 화장이
두꺼운 추모의 밤. 화려는 살벌하다.
이래서는 오늘날 아브라함의 가나안도
모세의 이집트도 사담 후세인의
중동도 피비릴밖에 없다. 방황하는
광야가 에덴의 동산, 에덴의 동산이 비빌로니아
유수일밖에 없다. 이래서는
엘로힘, 모든 생명의 거룩함과 야훼, 계약의
의인화 혹은 시민화가 분리된다. 이래서는 은총과

두려움의 거룩한 줄넘기가

의식화할밖에 없다.

EXODUS,

그때 나는 도피 중이었다. 정확하게는

도바리, 기억은 사라지며 웬 여인의

세월과, 세월의 웬 여인과 살을 섞는다. 단어

사전이 편찬되는 허구의 기억. 생각나지 않는

그 여자는 생각나지 않는 그 출판사에 있을

것이다. 전화를 하면 불쑥 튀어나오는

목소리처럼 있을 것이다. 귀의 기억력은

뛰어나다. 20년 전 목소리를 20년 전 오늘의

목소리이게 한다. 그것은 육의

관계보다 총체적인

소리의 기억력이다. 그것을 모르는

예언은 내용만 초라하고 완고하다. 이래서야

'예수 신앙, 천국, 예수 불신, 지옥'을 외치는

미친년이 더 미친놈 같고 미친놈이 더

미친년 같은 오늘의 사태는 내일도 이어진다.

바빌로니아 유수 중

예수의 가계도, 은총과 두려움의

임신도 급조된다. 현대는 모든 것이

일인칭이고 모세의 일인칭은 야곱이지만

그가 비난한 동생 아론의 황금송아지

우상과 육체의 카니발과 처녀 희생은 申命의

사제화, 사제의 법제화로 이어질밖에 없다. 모세,
그도 이미 계명을 받았고 그 내용은 완벽한
의인화다. 월화수목금토의 노동보다
일요일의 휴식이 거룩하다는 것이
특히 그렇고, 그보다 먼저 그의
이집트에서 엘로힘, 두려움만 법제화한다.
정확히 말하면 계약의 은총이 신명을 낳고
두려움이 사제를 낳는다. 계명의 석판이 그렇게
부숴진다.
이래서는 법 안으로 더 많은 죄가
생겨날밖에 없다. 벌써 법 바깥의 그리스 로마
문명보다 더 오래된,

더 죄 많은 문화의
탄식도 메마른 살기만 등등하다.
새로운 신앙으로 지옥이 탄생한다.
천 년 전 속담과 전승이
천 년 후 역사 기록의
역사에 겹쳐지는
반복을
운명이라 부를밖에 없다.
모세의 홍해바다는 기저을 바리는 것이
두려움보다 못난 두려움의 소산이라는 뜻이고
바빌로니아
유수가 히브라이, 구약 성경의

내용과 형식 대강을 완성시킨다. 「욥기」는
가장 오래된 이야기 중 하나지만, 그 뒤를 잇는
페르시아의 핍박 아래 비로소 낡은
전승의 껍질을 벗는다.

신전은 파괴된다.

성물은 사라진다.

법과 글과 예언은
파도처럼 갈라진다. 가톨릭은 더, 개신교는
가지를 잘라낸 뒤에도 더,

경전은 갈라진다.

거룩함의, 은총이 아니라 스스로 어쩔 수 없는
의인화의, 은총이 아니라 스스로 어쩔 수 없는
육의, 은총이 아니라 스스로 어쩔 수 없는
의미조차 스스로
어쩔 수 없이 갈라진다.

만일 50명의 의로운 자가 있다면?
그 도시를 벌하지 않으리라. 만일 45명의
의로운 자? 그 도시를 벌하지
않으리라. 만일 40명의
의로운? 그 도시를 벌하지 않으리라. 만일
30명의? 벌하지 않으리라. 만일
20명? 벌하지 않으리라. 만일 10명
?

벌하지

않으리. 그러나 마침내 질문과 답변의
목소리는 한 사람이다. 알카에다
9·11테러 마음속 같다. 불타는
유황불을 돌아보면
안 되지. 남은 것은 소금기둥뿐이다.
두 딸과 근친상간, 그리고
야만족만 남는다. 이래서는 오리엔트의
가계가 서양만 남는다.
찬송가도 갈라지고, 갈라지는
노래는 노래
속이 없다.
뚱뚱한, 흔들리는,
뚱뚱하게 흔들리는
흑인 여가수의
간절한 육성만 내 귀에 간절하다.
이것은 과도하다. 왜냐면
두려움은 인간의 마음이되
은총은 거룩함의 마음이 아니다.
그리고 거룩함의 마음은
우리의 마음이 아니다.
가장 낮은 숨결보다 더 고요하게
소리도 모양도 색깔도 아닌 듯
그러나 스스로 어쩔 수 없이
번지는 파도의

무늬와 같이

그러나 스스로 어쩔 수 없이

가장 높은 포효보다 더 격정적으로

소리도 모양도 색깔도

오감도 아닌 듯

그러나 스스로 어쩔 수 없이

무늬 속으로

노래는 노래 속으로 펼쳐진다.

몸이 비유였던 것이 아니다.

비유가

몸이었던 것이다.

비유의 투쟁에 비하면

끔찍한 전쟁도 그야말로 끔찍하게

사소한 비유다.

노래는 그 얘기도 노래 속으로 펼치고

노래 속은 이중인격도 성찬의 포도주도

기분 좋고 빵도 그 안에 생크림이 달콤한

삼립빵이다. 돌이켜보면 가난은 별도로

그 자체 생을 살았으므로

딴에는 눈물겨운 것이다. 아버지는

두려움도 은총도 아니다. 자식보다

먼저 자기 몫의 혼동을 겪었을 뿐이다.

은총이라면 아버지는 동물보다 더

동물적이다. 두려움이라면 원시보다 더

원시적이다. 그래서 어머니가 필요하지만
어머니의 애정은
아버지보다 더 동물적이고, 거꾸로
의인화는 양 극단의
광신이다. 이쯤 되면 우리는
비유보다 비유에
결핍된 비유가 더 중요하다.
결핍이 결핍을 심화하는
여기서는 다행히
육의 비유가 육을 이루고 그것이
육을 능가한다.
여기서는 다행히 고통의
대리가 불가능하다. 여기서는
소리가 의미를 해체하고 의미 너머로
재구성하는 노래의 문법이 가능하다.
시간의 육화가 가능하다.
공간의 방향이 가능하다.
방향의 까닭이 가능하다. 자명했던
까닭이 비로소 자명해지며 옛날의
자명함도 뛰어넘는다.
영혼과 정신, 그리고 마음조차
문제될 건 없다. 이것들은 육체보다
그악스럽게 육체에 달라붙는다. 넋이
나갔다고? 어림없는 소리. 미친 것들은

더 악착스레 들러붙지. 그래서
육체가 환장하는 것인지 모른다.
그리고 여기서는 다행히
정신이 육체인지 육체가 정신인지
모르는 것이 아는 것 너머다.
숫자야말로 거룩함의
안쓰러운 의인화지만
블랙홀은 '숫자=영'의 등식을 닮듯이
유일신 신앙이 그나마 거룩함에 대한
선방이었듯이.
그에 비하면 그 전의 여러 신들 중
하나를 고르는 단일신교는 그 전의
여러 신들을 믿는 다신교보다 어설픈
지식이고 오늘날 여러 신들을
포용하는
에큐메니컬은 시건방진 지식이다.
평화도 의인화를
온전히 벗은 것은 아니다. 인간의 평화가
다른 생명의 학살이라는
생태학보다 더 근본적으로
거룩함은 스스로 어쩔 수 없지만
그 거룩함이 없는
평화는 나른함에 불과하다는 것을
인간이 알아버렸다는

점에서 그것은 그렇다. 그리고 '불과'의
지식은 엄연한 욕망이다. 그리고 엄연한
욕망은 어설플 수 없고, 시건방질 수 없지
않은가. 그렇게 시작된 노래들이
다시 그렇게 노래 속으로 펼쳐진다.
무언가 다스리듯
욕망은 화려하게, 진하게 펼쳐진다. 완벽한
어른의 완벽한
요람이 하루 종일 흔들린다.
비는 내리지 않고 유리창에
소금 녹듯 묻어난다. 예수의
발처럼

더럽고 귀한 소금이다.
그 옛날
소금은 비유가 아니다. 정말
오늘의 굵은 소금보다 더
그 옛날 예수의 발보다 더
더럽고 더 귀하다. 언젠가부터
비는 어깨 위로 내리지 않고
온몸으로 누워 온몸으로 맞는 비다.
매도 아니고 죄도 아닌
오늘날 팔레스타인 아비규환도 아닌 십자가
처형의 사소한 비유처럼
안다는 것은 무엇을 안다는 것일까?

진정한 육과 사소한 지식의
어긋남밖에 가능하지 않았다는 것, 그런
'형태'가 최선이었다는 것, 그 어긋남이
역사적으로 심화했다는 것, 그때 그 형태
라도 보았으면 좋았으리…… 그러나 그건
지금 생각이고 지금 가능한 생각이고
이중으로 늦은 생각일 뿐이라는 것, 이중의
쏠도 비유에 불과하다는 것, 그것을
안다는 것일까? 육이 육과
너무 가까웠으므로 그때는
난해도 기적도 지금과는 달리
조금은 말이 되었겠다는 것을

안다는 것일까? 나 에덴동산의
식사를 거쳐 왔다. 아파트 맨 꼭대기
맨 끝에 서면 아파트 동 전체를
기우뚱 넘어트릴 것 같은
내 몸무게는 이제 먼지보다 가볍다.
무게는 현기증이다. 남은 무겐지
줄어든 무겐지 모르고 무게만 어지럽다.
고소공포증도 있지만 그것보다는
그만큼 멀리 있다는
뜻에
더 가까워 보인다.
그것 또한 뜻의

형태 같다.

흐릿한 꿈속의 강도와 강간

그리고 간통 같다. 깨어나면 TV

엔터테인먼트는 정곡을 찌르지 않는

그 곁과 그 전 혹은 그 후의

흡족한 순간 같다.

1951년 후 57년 만에 남북과 북남철도

연결구간 열차 시험운행을 생중계하는

뉴스는 모처럼 싱싱하지만

선로를 따라 차창 밖으로 여태 늘어선

민가와 감추지 못한 군대 행색이 뒤섞인

조선 제일의 5월 녹음 절경이

차창 밖에서 앞으로 밀려오고 뒤로 달아나는

북남열차는 1983년 위대한 수령 김일성

동지께서 몸소 오르셨던 차다. 야지가

아니다. 6량의 북남열차는 투박하게,

느릿느릿, 단호하게 오고,

때이른 더위에 그 주변 풍광과

철로는 흐릿느릿 녹아나고, 내가 듣고 볼 수 있는

유일한 남북방송

신세대 아나운서는 무엇보다 50년이 낯설고

50년 동안 남한의 고생은 듣다듣다 지겨운

구세대 신세타령이고 북한의

참혹 또한 너무 지겨운 단골 메뉴고,

그의, 그녀의 과장된 감격의

상투성은 또한 모든 진정한 감동

화면 속에 상투화한다. 50년 만의

역사적 사건이 오전 11시 반쯤 시작되어 오후

3시 반쯤 끝나게 된 것이 다행이다. 최소한

공중파 일일연속극과 시청률이 비교되는

일상은 없을 것이다. 일상에 대한 모독도

이번만은 피할 수 있다. 이것도 야지가

아니다. 어쩌면 이것 또한 어긋난

비유의

사례일 수 있다. 문산역에서

납북자 가족이 벌인

기습 시위도 비유에 지나지 않는다.

더 지켜보지 않아도 금강산역을 출발

동해선으로 제진역까지 온 북남열차는

출발지로 되돌아갈 것이다. 그 시간이면

경의선 따라 북으로 올라갔던

남북열차로 돌아올 것이다. 마중은

이산가족이든, 구세대든, 신세대

연인들이든 여러모로 진지하게

도라산 전망대로 모인 이들한테 맡기면 된다.

이것도 야지는 아니다.

휴전선을 사이에 둔 남북과 북남열차 시범

운행은 51년 전, 휴전 이전 이곳에서의 남북

전쟁의 공방과

닮았으나 닮지 않았다.

닮지 않았으나, 닮았다.

여행은 TV 안에서도 역사적이고

유람은 팔도강산이었으나 또다시

비유가 어긋나고, 사태가 악화한다.

그렇구나. 나날이 새롭기는 하구나. 어제와

꼭 같은 오늘도, 방금 전과 똑같은 지금도

없다. 다만 그 의미의

비유가 너무 사소하다. 사소한

두려움도 없다. 고소공포증은 비만과

관계가 없다. 자서전을 쓸 때만 그런 생각이

난다는 것은 우리가 TV를 시청한다는

것이고 시청하지 않는다는 것이다. 신문도

끊고 싶지만 그렇게 되면 TV를 더 보게 될까봐

좀 그렇고 TV를 끊고 싶지만 그렇게 되면 아침

이 아니라 신문을 기다리는 꼴이 될까봐 좀

그렇고, 이봐, 예수. 뭐 하는 거냐?

지금 예수 하자는 거냐, 나는? 빚은 몰라도

신세 진 건 갚아야 한다는 거지. 이봐. 우리를

호시탐탐 노리는 것은

죽음이 아니고 사소한 추락이고

울화고, 그것이 자기경멸로

끝나지 않는다는 거다. 나이 먹는 일처럼

균형 잡기 힘든 것이 없다. 그래서
젊음은 서른 남짓에 제 목숨 끊기기를
바란다는 뜻인가?
그것이 기적인지 모른다. 요절 같은
소리. 그건 살아남은 자들의
울화고, 그 얘기가 아니고, 아무것도 모르는
열반은 더욱 아니고,
나는 모른다는 것을 너는 알아야 한다는
그러면서도, 아니 그렇게
음악이 고조되는
별수 없이 고조되지 않고
흡사 필연적인 형태로 고조되는
클라이맥스 얘긴가? 그러나
노래가 없는 음악은 너무 안이한
평화에 달한다. 목표가 진정한
죽음도 아니고 우리가 아는 죽음의
흉내라면
격정은 허망하고, 그래서 우리는
역사를 말하고, 역사는 갈수록
지루한 비유에 지나지 않고 죽음은
갈수록 수첩 속 전화번호부
죽음의 공란보다 크기가 작다.
하긴 그것만도 다행스런 비유인지 모른다.
죽음은 갈수록 마음은커녕

죽음밖에 아는 이
죽음밖에 아는 법
죽음밖에 아는 생명
죽음밖에 아는 삼라만상
없을지 모른다. 그것을 안다는 것이
유일한 죽음일지 모른다.
정말 헌책방이나 순례해야 할지 모른다.
노래 속으로 자신의 생명을
내파한 예수를 우리는
'오죽하면' 불쌍히 여길밖에 없을지 모른다.
누구에게나 있는 격동의
젊음이 누구에게나 그것밖에 없고 그
비유, 기껏해야 표상이 예수일지 모른다.

인생은 펼쳐지는 생을 껴안는 부분과
자서전을 쓰는 부분으로 나뉜다는
그래서 이어진다는 것을 보여준 것이
최소한도
예수인데도 우리는 노래를 부르지 않는다.
이래서는 노래를 부르지 않는
노래 속을 알 수 없고, 그 속이 될 수 없다.
그것만을 안다는 뜻일까? 그래서 어떤 때는
가난도 육체의
권위를 회복시키는
수단이라는 것일까?

재물도 육체의

권력을 타락시키는

목적이라는 것일까? 에덴의 식사는

육식과 초식을 구분하고 결합할

능력이 없는 행복한 생명의

포식이라는 뜻일까? 생명의

내파는 죄의식의 내파라는 뜻일까?

아니다. 생명은 거룩함보다 비천하다.

생명의 발전은 생명이 느끼는 만큼의

거룩함의

발전보다 비천하다. 성가는 음악의

노래의

노래 속

거룩함을 흉내낼 뿐이다. 흉내는

거룩함을 두려움보다 더 두렵게

흉내낸다. 흉내는 극단을 낳고 그렇게

양 극단이 서로 통하는 흉내는 두려움을

증오로 포식한다. 그게 에덴동산의

식사다. 오죽하면 갈비뼈에서

여자가 태어난다. 오죽하면 그것이 예수와

성모마리아,

교회를 예표한다. 오죽하면 피의 신비가

더 가혹한 피의

지옥보다 피비린

역사를 부른다. 오죽하면 거룩함이

울부짖는가. 죄가 무엇인지도 모르고, 주여,

저를 용서하소서, 제 죄를 피로 씻어

주소서, 절규하겠는가. 오죽하면

재림하겠는가. 오죽하면 신약

이야기가 구약

이야기의

해체겠는가. 음악은

노선투쟁 없이 진로를 바꾼다.

펼쳐진다. 노래는 격려를 시작한다.

그리고

노래 속은 거룩한

농담이다. 슬픔은 가장 인간적인

거룩한 농담이다. 선율과 가사는

비유와

다르게 어긋난다. 그렇게 모든

음악을 노래로 만든다. 그때

절망하는 것은 도리가 아니다.

망하는 것은 더더욱 도리가 아니다.

노래가 끝나는 것은 시간이지만

노래 속이 끝나는 것은 도리가 아니다.

손오공의 '오공'이

공의 깨달음이라면, 처음부터

이야기가 좀 허하지 않나? 하긴

공이 허공이고, 손오공은 삼장

법사의 해체고, 자주 환생하는

손오공만 불쌍하다. 툴툴거리지도 못하고

자주 등장하는

단어들만 불쌍하다. 음악도 가끔씩

제 몸을 부들부들 떨기는

하지. 그건 노래 바깥이 불쌍해서다.

안녕, 안녕히

작별만 요란하다. 모처럼 찾아온

뙤약볕 맨 정신은 안녕, 안녕히…… 작별

소리만 요란하다. 그게

노래 속

의 입구다. 황혼의

난파와도 다르지. 낯익은 현관에서

난데없이 깨닫는

죽음의 문턱과도 다르다. 노래 속은

소리가 육체라서 들리지 않는다.

육체가

귓바퀴 속

떨림판이라서 보이지 않는다.

떨림은 객체도

주체라서 스스로 떨리지 않는다.

떨림이 떨리지 않고 노래 속이

떨리는 노래 속이다.

헐렁하지 않으려
불길하게 흔들리는, 기분 좋은
떨리는 노래 속이다.

소리다. 노래 속이다.

XIV

다고베르트,

오늘도 걷는다마는 강물은 흘러

흘러 어디로 가나. 목욕을 하면 몸에서

밀 내음 난다. 밀가루도 아니고

빵도 아닌

고대 로마 시민 병사 주식으로

밀은 그 내음이 온갖 전쟁의

고린내를

품으면서 품는 육으로 씻어낸다.

믿을 수 없는

최초이자 마지막 초식문명의

전쟁 승리였다. 켈트인들은 육식으로

키가 크고 골격이 장대하다. 포도주를

게걸스레, 꿀꺽꿀꺽 마시던

그때보다 포도주가 더 맛있을 수는

없다. 배반감 느끼지 않는 이 시대

포도주 취향 또한 나는

믿을 수가 없다. 교통 통제의 인사동

석가탄신 연등행렬도. '저, 그 사람

여자예요.' 그 소리도 너무 섹시하다. 드라큘라는

루마니안가, 공산주의는? 호모 에렉투스는

326

길거리 썩은 시체

청소부가 되기 전에도 잡식성이다. 행방불명된

진화의 고리는

너무 더워서 환장한 것인지 모른다. 그게 더

낙관적인 추론이자

전망인지 모르지. 해진 살갗을 살포시

포도하는

연고 이름은 마데카솔, '쌈박하구만.'

근데 무좀약은 박박 긁어대는

나레비

가 뭐냐? 목욕을 하면 김이 푹푹 오르는

몸에서 식은 밀 내음 난다. 다고베르트,

로마 제국을 멸망시킨

야만인들을 다시 통일한

유럽이 다시 로마 교회에

복종하고 그래서 예수 수난

그리도 육식성이다. 죽음 이후

絶命이 아닌 絶明의,

암전의 시간이 있고 육체는 또 다른

치욕의 생애를 견뎌야 한다. 정리는

종합이 아니고 해체의 응축이다. 밥 딜런이

직접 부르는 「하드 레인」은 흐리멍덩하고,

그럴수록 어디에 있었니, 내 아들아 어디에

있었니, 내 딸들아, 부정이 더욱 슬프다. 그래.

지금 아버지들은 정말

아이들이 불쌍하다. 단조로운

반주는 더욱 슬프고 일찍 그치지 않으면

슬픔은 애비의

산발에 이를 것도 같다. 그렇게 민교협 20년

약사를 읽는다. 지나놓고 보면 감격의

정체는 슬픔과 감상의 혼합이고 감격은

감격의 반복이지만

감격은

육에 대한 사계의 고고하고 권위 있는

사유를 끝까지 고루하고 딱딱하게

논문화하지 않는다는

장점이 있다. 최소한 감격은

사고 뒷수습을 맡기는

실례를 범하지 않는다. 잠이 들어도 TV가

꺼지지 않는다. 연예인들은 잡담을 그치지

못한다. 잠은 무수히 번잡하고 엽기적인

지지부진한

공포의 밤이다. 한참을 지나서야

모든 것이 꺼지고

잠도 꺼지는 시대다. 민교협 20년 약사를

읽는다. 영웅은 죽고, 이건 딱히

돌아가신 분만 찍어서 얘기하는 것도

아니다. 프랑스혁명사 전공의

내 친구도 있고 오래된 선배들도
있고, 떠난 사람들도 있지만 할 말도 없지
않지만 딱히
그 애기도 아니다. 단체를 꾸려보면
결국은 이도 저도 표날 것이 없는
무명들이 단체를 꾸려오고
이어왔다. 중도, 실용처럼 너무 당연하고
꾸준하게 허망하고
반복적인
구호도 다시 없다. 그러나 왜 단체고
역사겠는가, 이 약사는
반복을 뒤집는
절창도 들려준다. 목차가

육을 입는다. 밥 딜런의 아들딸이 겪는
지옥을 막기 위해 일어선
아버지는 애비가 되고 단체와
아가들이 푸르른 청년에 달한다.
육체는 육체로, 정신은 정신으로
칼은 칼로, 붓은 붓으로
망하는
반복의 역사가 육화하고
육화가 반복을 극복한다. 그리고
무엇보다 이론의
반복은 그렇게만 극복된다. 파란만장

'우리 사회의 민주와 진보를 위해
지속적으로 활동하는 교수들의 자발적인
집단적 운동'
민교협은 가장 치열한
정신의
육체가 되었다. 예수가 그러지
않았듯 스스로 만세 부르지 않고
느낌표 없이도. 그렇군. 바로
이것이 정말 드문 사례군. 그렇지 않다면
인터넷을 이기는 것은 도해가 뛰어난
HACHETTE, 혹은 세계사 Chronology를
한목에 요령 있게 펼치는 OXFORD

'사전＋사전'밖에 없다. 그것도 CD로
나오니 문제다. 사전만 본다면야 종일
인터넷을 켜놓는 전기세보다 사전
값이 싸게 먹히고 활자도 더 눈에 잘 들어온다.
액정 화면은
해상도 조절이 되지 않고 민교협
20년 역사는
세상의
해상도처럼 읽힌다.
그렇게 나는 나와 화해한다.
너무
이른 것인지도 모른다. 1000~950년 BC.

동시 진행되는

서양과 동양의

역사는 늘 신기하게 어긋나고 어긋남이

늘 신비하게 겹치는 역사다. (노래 속은

그런 듯 그렇지 않고,

그렇지 않은 듯 그렇다.) 신문과 TV

해외토픽

란과 VJ 특공대 프로그램이 생기면

역사는 같은 차원으로 잡다하게

나열되고 흩어진다. 어디쯤 갈 것도

없다. 날짜 숫자에

연도를 켜켜이 쌓는 오늘의 역사는

아무 의미가 없다. (노래 속은 그렇지

않다.) 유럽에서 아라비아반도

향신료를 좇아 길이 열리고

페니키아인들이 동지중해 해변

무역소를 짓고 조금 더 동쪽에서 다윗 왕이

예루살렘을 수도로 정하고 더 더 동쪽

인도 갠지스 계곡에서 도시들이 생겨나고

더 더 더 동쪽 중국에서

강태공은 낚시를 접는다.

더 더 더 더 동쪽 오하이오와 미시시피

계곡에서 커다란 마운드 아래 무덤

부장품이 실한 아데나 문화가, 그 남쪽

안데스 산맥에서 차빈 문명이

일어난다. 기껏해야

서로 모르고 지냈을 이것들이

말이 50년이지

5만 년보다 더 멀게 지냈을

이것들이 오늘날

우리에게 남은

육화의 잔재다. 그 뒤로도 역사는

어긋난 것만 겹치고

육화한다.

노래 속은 그렇지 않다. 민교협 20년

약사, 그 온전한

노래 속을 읽는다.

내리는 비는

갈수록 희미하고

내 몸만

촉촉이 생생하다.

그것과 영혼

사이

꺾인

죽은

장미꽃

잎,

가시 몸

의 시취, 새빨간

내음만 물컹하다.

열정은

디아스포라,

흩어지고, 국가와 화해하는 가정의

신학은 그렇게 태어난다.

가정은 정통이다. 그 밖은 거친

황야다. 그러나 가장 따스한

섹스 속도 거친 황야다. 황야에서 외치는

소리는 여전히 황야에서 외치는

소리다. 그 속의

죽음 속에서도 죽음은

흩어짐에 지나지 않는다.

나만으로서 나인

너만으로서 너인

죽음이 없다. 죽음의

관계만 소란하다.

영역만 무성하다. 컴퓨터

자판을 털면 살비듬이 수북이

쌓이지 않아도 종말 이후다. 그것만으로도

끔찍함은 끔찍함의

한계를 벗는다.

좌절의 흥분은 그렇게

추하게만

가볍게만 가라앉는다. 비로소
사라진 것은 시체뿐일지라도
사라진 것이 혹시
거룩한 것일 수 있다.
거룩한 것이
혹시
사라진 것일 수 있다.
혹시는
혹시
거룩하게 사라진 것일 수 있다.
그것이 혹시 전파일 수 있으나
그것은 전파된 것일 수 없다.

그 전에
그것이 혹시 영향일 수 있으나
그것은 영향을 받거나
줄 수 없다.
소문이 거룩할 수 있으나,
소문은 거룩할 수 없다. 생애의
비유는 사랑을 능가하는 섹스의
순간보다 더 누추하다.
두루 광포한 세상을 닮으며
오는 소문이
이뤄지는 과정보다 더
육체적인 것도 아니다.

두루 흉측한 세상을 실처럼

잇는 가계가

가계의 가상현실보다 더

정신적인 것도 아니다.

갈라지는 이론이 이론의

갈래보다 더 이론적인 것도 아니다.

고층 아파트 고층에 기신기신 사는 여름

모기들의 귀찮고 성가신

지리멸렬한 가려움보다 더

고통스러운 것은 아니다. 더

군중적인 것도 아니다. 리무, 토타라,

타레이레, 카히카테아, 코헤코헤, 카우리,

푸카테아, 타와…… 온갖 뉴질랜드산

목재 샘플을 한가운데

스펙트럼 무늬로 박아놓은 아오테아로아,

막대자 끝은 굵고 굵힌 때로

새까맣고 뭉툭하다.

그것만으로도 사라짐은 사라짐의

한계를 벗고 안심한다. 목재가 푸른

나무의, 생명의

사라짐인 것보다 더

새까맣고 뭉툭하다. 오

노래는 이제 소리가 없고

이야기가 생애가 없고

침묵도 없다.

혹시

노래만 있다. 혹시 소문의

사라짐만 있다. 혹시

박해는 거대할수록

그 무엇이

사라진

몸인지 모른다. 최소한 그

개요인지 모른다. 그게 정말

代身의 고통이다. 언론은,

철학도 거룩함의 정반대가 있어야

한다는 듯이 논쟁적이다. '벌써'가

경악을, '이미'가 죄의식을

선행한다. 아니 강간한다. 강간을

능가하는 '벌써'와 '이미'가

있었다는 듯이. 하긴 그 덕에 우리는

옛날의 육체를

육체성으로 생각하지 않고 옛날의

육체성을 오늘의 육체로 생각한다.

다신교보다 더 흔들리는

법 너머로 흔들리는

매우 현대적인

자신의, 자신에 의한, 자신을 위한

생체실험을 생각한다. 나비도 없는

변형을 생각한다. 아주 사소하게
여우 같은 마누라도 토끼 같은 새끼들도
심상치 않고, 화려한 백화점의 더 요란한
세일도 동물원인 것이 동물적이지 않고
'동물적'도 동물적이지 않고 그냥
모든 것이 제 나름의 사라짐의
몸인 것 같고 흩어짐을 섞는 것 같고
그 모든 것이 비로소
수천 년의 안간힘 같다.
그리고
수천 년이 안간힘보다
더 눈물겨울 때 비로소

우리는 우리가 추방했으나
스스로 벗지 못했던 독재의
육체의
가난의
따스함의 권위를 벗을 수 있다. 그것은
비로소
모태 없는 변형이기도 하다.
육체는 아비를 찾을밖에 없고
아직 힝싱화가 두려움의
은폐라는 것을 아는 자,
느끼는 자의 아비는 편안한 타르수스
혹은 더 오래전 여리고의,

더 이른 문화이자 더 뒤늦은 문명의
겹침의,
흔들림 속으로 발길이 이어질밖에 없지만
비로소
누추하지만 메시아,
혹시 누추한 과거의
누추하지만
혹시
과거가 없는
명절보다 더 거룩한 명절의
소문의

죽음일 수 있다. 때는 계절의 여왕인 5월,
날씨는 목덜미에 빠직빠직 땀이 배는 날씨
였다. 런닝셔츠 목둘레로는
감당할 수 없고, 문지를수록
끈적끈적한 그것은 하필이면
인구센서스 중 태어난다. 아니, 오죽하면
인구보다 더 많은 센서스
조사를 탄생시키며 태어난다. 이때는
화려도 번창도
너무 뒤늦어 너무 더부룩하고
보임도 너무 무겁다. 일단
'들어가는 거야.' 들어가는 것은 언제나
과거를 벗고 들어가는 것이다. 군대식은

'아니고,' 날마다 순교는

순교자가 아닌 날마다의

순교고, 비로소 거룩하다.

이승이 받아들이지 않는 주검의

죽음은 죽음의

기적이다. 내내 손을 씻으며

생의 발음은 늘 어설프고, 모든 죽음은

우리들의 가장 시끄러운

장례식의 생애가 끝날 때에만

진정으로 애도된다.

혹시

장례식에서 가장 멀리 떨어진

애도가 죽음이다.

안온한 세상이 그렇게

사소한 소란으로 더 안온하고

우리는 그렇게 인터넷 검색창에서

날마다 사소한 소란의

이름을 찾는다.

이메일은 통신이 아니라 그 후의

안내장 같다. 미래는

고객에 지나지 않는다.

가르침의

배후와 전망을 믿지 않는

믿음은 무엇보다 스스로

헐벗기운다, 무성했던

소문을.

혹시

소문만 무성한

까닭을,

혹시

시체 주변을

붕붕대며 나는 파리 떼가

시커멓게 보이는 까닭을,

이런 헐벗음은 삭제하면서

헐벗는다, 스스로를 깎으며

광채를 발하는

면도날과 같이.

때로는

죽었다는 사실을 깨닫는

순간만 이어지고

그것을 우리가

삶이라 부르는 것인지 모른다.

그렇다 여화

때로는

뚱뚱이

여자 엉덩이

그

거웃의

탄생과

죽음보다 장엄하다.

웃음은 죽음보다 장엄하다.

어쨌든

에필로그는 광대.

죽음을 반복하는

그 앞에서는 음식도 굶주림도

굶주린 음식처럼

어처구니가 없다.

육체의 위엄도

처녀막의 추문도 어처구니가 없다.

욕정이 승화하는

사랑도 이야기도 이야기의

파탄도 어처구니가 없다.

서정은 난해하게나마

빛나지만

유머는 보기에만 편안할 뿐

포괄하기 위하여 제

몸무게를 버린다.

어쨌든

죽음이

반복하는

운명의

엄정의

에필로그는 광대.

똥통의

죽음은 장엄하다.

똥통에 빠져 죽은

죽음도 장엄하다.

미래에 대하여 모자란

미래를 향하여 모자란

미래를 위하여 모자란

2퍼센트도 장엄하다.

미래로서 모자란

2퍼센트

유머도 장엄하다. 그렇다 여화,

나의 『형제』.

결정적인 반복 아니

완벽한 반복 아니

완벽의 반복 아니

반복의 완벽.

거룩한 가면은 필경 연극

가면으로 바뀌지만

영원을 느끼는 것은 배꼽이다. 아직

안다는 것은 스스로 끔찍하다

는 것을 안다는

뜻을 지나지 않고

뜻은 뜻이 아닌

뜻 너머를 모른다. 본디

격렬한

울음의

외형은 그렇게 잦아든다. 본디

격렬한 몸의

외형이 죽음으로 잦아들듯이.

본디 사라진 노래의

외형이 새로운

선율을 입듯이.

끝까지 노래를

닮아가는 닮음의

외형이 노래의

노래 너머를 품듯이.

이제부터는 노래를 찾아 매일 밤마다

인터넷을 뒤지고 다니지 않아도

되겠다. 확실히

노래는 숨지 않는다. 그 반대도 아니다.

뒤집지도 않고 노래는 은폐

가 뒤집힌다.

냄새의 외형 너머

속살이 드러난다. 굉장한

것은 비로소

이미 지나간 기억이다.

아무리 순정한 눈물도

확대하면 잡티가 보인다. 새벽 바다호수
안개 속 떠 있는 섬들은 작고
거대하게 아름답다. 눈물이 더 이상
차오를 수 없다.
과하다는 것을 아는 까닭이다. 안개 걷히며
수풀 나무들이 검고 선명한
윤곽을 드러낸다. 손짓한다. 오라. 나를 넘어
민가로 가라. 죽음은
아름다움이 너무 과하다. 더 이상
머무를 수 없다는 뜻이다. 가자,
고래. 거대를

온순으로
착각하다니. 인간은,
의식은 얼마나 자기 위안적인가. 범고래의
혀와 입천장 사이에서 온갖
물고기와 새우들의
바다의
등이 일순 으깨진다.
잘근잘근 씹히지 않는
일순
젬멸만이 그나마 다행이라는 듯이.
소읍일수록 거리는
너무 늦거나 너무 이른 시대의
낙인을 먼지보다 가볍게 뒤집어쓴다. 바야흐로

'제철이지.' 게살이 올라 그 딱딱한 껍질
틈으로 비죽비죽 새나온다니까? 그래도
간장게장이든 고추장게장이든
갈기발기 갈라진 다리 수보다
더 숱하게, 낭자하게 찢어발기지
않고서는 제대로 먹었다고 할 수가 없다.
그 맛이 정말 중요한 것인지 모른다.
교통은 서울을 닮고, 서울보다 더 막히고
차창을 닫고 모차르트 피아노 협주곡
27번 2악장을 들으면
라르게토인데도 음악은
아침보다 더 상쾌하고 그 안에 디지털
소리의 형용이 보인다. 하긴

모차르트도, 알레그로뿐 아니라 모든
음악이,
모든 것이 명징으로 가는
계기일 뿐이다. 요는
명징이 드러내는
고통을
명징화하는
명징성은 무엇을
어떻게, 왜 드러내는가?
그렇게 우리는 자연을
디지털 소리처럼

사소하게 이기적으로

데불고 산다. 환경

'운동 같은 소리.' 생태도 자칫하면

거대와 온순을 혼동한다. 먹이사슬만큼

거룩한 환경도 없다.

요는

끔찍함의 의식하는 주체는

끔찍하게 의식하는 주체의

끔찍함을 의식하지 못한다.

그리고

의식하는 주체의

'못한다'는 '않는다'보다 더

무능하다. 슬픈 것은

그래서 슬픈 것이다. 바다호수는 그래서

아름다운 것이다. 안개 걷히며

드러나는 나무들은 그래서

선명히 검은 것이다. 가자,

오라, 그래서 거리의 낙인은

낙인이다.

겨우 고랜데

고래가 유연하다고?

수심 3킬로미터

심해어라면

수중 취재 촬영 카메라

조명은

어쩌라는 얘기냐.

어쩌자는 얘기냐. 제 몸으로 빛을 내는

어종들한테도

빛은 악몽이다. 인간

조명 빛은 더욱 악몽이다.

이거 무슨

유명 연예인의

일생 같다.

한열아

그날 우리는 교정에서 장례식을 치르고

너의 주검을 떠메고 여기, 시청 앞까지 왔다.

부르튼 발이 길을 부르고 길이 통곡을 부르고

통곡이 함성을, 함성이 민주주의를

민주주의가 미래 전망을 부르고

이곳에서 인산인해의 길은

찬란한 세상보다 더 넓고 깊어졌다. 너의 죽음은

낮게 낮게 가라앉으며

다시 부르튼 발의

길이 되었다. 너의 죽음으로

거룩함은 거룩함의

몸이다. 장엄한

정신도 거룩함의

의상에 지나지 않는다.
한열아
오늘 우리는 너의 교정 백양로에서
서울 시청 앞 광장까지
20년 동안을 다시 걸었다.
부르튼 발은 아물었다. 그날의 통곡과
함성은 낮게 낮게 가라앉았다. 세상은
밝고 맑고 명랑하지만, 그렇다,
한열아, 우리는 20년 동안
그날
너의 주검과 만났던 단 하루의
경로를 다 이루지 못했다.

너의 죽음으로
오늘
죽음은 스무 살 청춘의
나이를 먹는다.
너의 죽음으로 이 시대 청춘은
이리 밝고 맑고 명랑하다.

거룩한, 젊은
몸.
앞장서 죽은 거룩함은
앞장서 죽은 거룩함의
몸이다. 가난한

음식이 육체의
위엄을 드높인다.
거룩한,
젊은, 몸.
그 앞에서는 때로
희망도 비천하다. 육체의
추문에 지나지 않는다.
유머도 자본주의를 품고
파탄을 형상화하는 문학의
반복에 지나지 않는다.
먼 데서 날아온 시인의 급서 소식은
쓸쓸할수록 살벌하다. 모든

장례식은 죽음보다 초라하다. 방방곡곡을
결혼식도 아니고 초상집만 다녔으니 내게
전국은 걸레 같은 초상집 풍경들이
점점이 배긴 안개 섬들의 망망대해다.
합정동
사거리 교통표지판
'독막'은
동막 아니었나, 마포의 동쪽 새우젓 창고?
그러고 보니 새우젓 독–장고, 독막이
맞나? 하지만 굳이 사전을, 역사를
확인할 필요는 없다. 오류의
습관은 우연으로 숱하다. 철길만

이어진다. KTX를 타면 그것도
이어지지 않는다. 속도의
안팎이 다르고 산과 들과 논밭이
펼쳐지지 않고, 지나간다. 속도 속
도착은 다름이 어설프게 겹쳐
진다는 뜻이다. 역내는 어디고
똑같지. 철길이, 의자가, 승객이, 떠남과
도착이 따로따로, 동시에 있다. 종착역도
다르지 않을 것이다. 속도는 잠시 안심하지만
어설프고, 불안한 안심이다. 동마산병원 영안실
055-290-5044 발인 6. 13. 09:00. 7. 12(木) 18:00 출판문화
회관 채광석 20주기 추모식. 하긴 나도 술에

떡이 되어 너무 오래 자고 있으면 마누라가
가만히 귀기울여 내 숨소리 듣는다. 술 썩은 내가
펄쩍펄쩍 진동을 해도 상관이 없다. 혹시 이
내장 썩은 내는, 내가 죽은 거 아닌가,
나도 그것이 궁금하다. 20주기는 500만 원
지원받았다. 죽음도 기금 지원을 받는
시대는 행복한가. 장례식은 지원이 없다.
하긴 누구도, 설마 막대한 보험금도 아니고
장례지원금 받으려 죽지는 않는다. 영안실
아니라도 전화번호 숫자는
깜깜하고, 검은
소통이라서 영롱하다. 20주기 행사를 치르는

건물 이름도 깜깜하고, 검은

소통이라서 영롱하다. 행사 치를

예정도 검다.

소리의

종적이 보인다.

휴대폰

연락은 그 모든 것을 지워버릴 것이다.

동대구에서 내려 마산행 고속버스 터미널로

건너려는데 전경이 불심검문을 한다.

평생 검문검색을 당한 적 한 번도 없이

나는 내 삶 전체를 검문검색하는

시대로 넘어왔다. 죽음도 그렇게 넘어갔거나

넘어온 상태일 것이다. 죽음 자체가

검문검색일지도 모르지만 분명

죽음 속에는 검문검색이 없다.

마산행 고속버스 덜컹길이 비로소 시내

풍경을 펼친다. 펼쳐진다는 것은 덜컹

거린다는 뜻이다. 오래 걸리지

않으마, 오래 걸리지 않을 것이다. 차비는

갈수록 늘고 봉투 속 조의금

액수가 준다. 7만 원에서 5만 원으로,

다시 3만 원, 에이 그럴 수는 없지. 정말

장례비가 모자랄 판인데. 왜 조의금은

짝수가 이상하지, 삶은 짝지어 살아야 하지만

죽음은 여럿이 있어도

홀로라는 듯이? 죽음 속에 무슨 숫자가

있겠는가. 산 자들의 비유일 뿐이지. 하지만

숫자

개념은 죽음이다. 한 일 년 동안

명색 시인인 내가 시만 쓰니

마음도 비고

쌀독도 비고,

시도 제 내용을 비워낸다.

이것이 소리의

종적일까?

시외버스

TV에서는 '무한도전' 프로가 진행 중이다.

무한처럼 엉뚱하게 사소한 것도 사소하게

엉뚱한 것도 없지만, 연예인보다 압도적인

인기의 늙수그레 MC들이

정말 엉뚱하게 무한도전하는

이 프로 인기는 요즘 사소한 안방극장에서

최고고, 그 밑으로

여승무원 복장이 붉지 않고, 빨갛다. 맨발이

차고 손도 시리다. 시트콤 NG 프로그램도

인기지만 이건 좀 이상하다. 시트콤이 애당초

인생의 NG를 먹고사는 건데 무슨 NG의 NG?

그 밑으로 서울 세계 9위 금융 중심지……

1위는 런던…… 띠뉴스가 흘러간다. 무한도전이
도전할 수 없는 유일한 영역이다. 내 천식은
애타게 장마철을 기다리고 띠뉴스는
다음 주말부터 7월 초까지라고 일러준다. 요단강
건너가 만나리…… 문상 온 지역문인들과 밤새 술을
퍼마시고 함께 중앙문단을 씹고, 요단강 건너가
만나리, 그 전에 짜증나는 목사 장례식 설교를
서서 듣고 죽음이 이런 거라면 큰일 났다 싶고
장례식은 싸늘함이 지리멸렬했다. 마산역이
가까운 것은 다행이고 여섯 시간 반이 걸리겠지만
느린 만큼 값이 헐한 무궁화호, 입석 아닌
좌석이 있어 다행이다. 초조는 간사하게

느긋해진다. 덜컹, 철크덩, 기차바퀴 소리 들린다.
덜컹, 덜컹, 철크덩, 컬크덩, 기차
소리는 추억 너머 이야기의
계단을 쌓으며 펼친다. 창원에서 밀양까지 이름의
검음의 투명이 늘어난다. 비로소, 지도가
땅그림인 줄을 알겠다. 한자와 달리
景致란 낮의 경치가 아닌 것 같아. 밤의, 호수의
눈물이 흩어지는 안개를 머금으며 경치는
시작된다. 산과 문이 눈물의 이둠을 머금으며
시작된다.
멍청한 놈. 하관과 매장을 보고 올 일이지,
뒤늦게 무슨.

동창회관은 과거의

소리가

음악이 되는

시간이다. 오라, 벗들.

시간의

미완을 채우자. 건물은 미래의

뼈대로 선다. 그 길가

나무 잎새 하나도 추억의

몸으로 떤다.

오라, 벗들. 母枚의

학연은 배움의 인연.

그것을 보듬고, 뛰어넘는

전율을 이루자.

각인. 그 사람, 채광석이 20년 만에 돌아옵니다. 서로

반가워하고 함께 누리는 추모와 잔치의 장을 마련

했습니다. 부디 많은 분들 왕림하소서. 초청인 5. 22.

김상진 열사 추모사업회. 추모가 추모하는 잔치의

각인. 서울대학교 사범대학 친구와 후배 일동.

민주화를 열망하는

각인. cowtown@hanmail.net 소 닮고

곰 닮은 승철아, 작가회의에 이야기해서 아래

문안으로 초대장을 한 500장 만들어다오. 300장은

내가, 100장은 네가, 나머지 100장은 작가회의 우편

발송용으로 쓰면 되겠다. 사회 진행은 사인이더러

맡으라 했고, 노래 진행은 윤선애더러 맡으라

했다. 시절이 어수선하고 오해받기 쉬우니 연사들

미리 정할 것 없다. 그날 봐서 그냥 재밌게 가면

되겠지. 너하고 나는 물론, 시다바리고, 이른바

총진행. 각인. 연락처 : 민족문학작가회의(313-1486)

사무국장 김해자…… 이쯤 되면 죽음도

산문성이 명백하다. 산문성도

이쯤 되면 시보다 더 몽롱한 죽음의

해체를

각인한다. 그날 와서 20년 전 죽음의

장엄한 슬픔을 되새기는 자,

치매도 그런 치매가 없을 것 같다. (hp) 019-214-1902

승철아 메일 보냈다. 6월항쟁 20주년 기념시도

보냈고, 자세한 약력도 보냈다. 제발 이런

귀찮은 부탁, 다시는 하지 마라.

레닌도

바오로도 이런

비본질적인 일에 시달렸을 것 같다. 하지만

역사의 승자는 비본질적이다. 레닌은 너무 일찍

비본질을 벗었다. 지금 다시 붙어도

베드로는 바오로를 이기지 못할 것이다.

사무국장 출신인 YS를 대변인 출신의

DJ는 이기지 못할 것이다. 레닌도

인민주의자와 하느니 차라리 자본가와

연대하는 게 더 낫다고 했지만 실패의 교훈을
딛고 다시 시작해도 사회주의가 자본주의를
이기지 못할 것이다.
각인은 언제나 각인되지 않는 것한테 패한다.
입석 승객이 늘어난다. 입석은 무너진
이빨이 들어차기 시작한다. 무너지는 이빨처럼
서
있지. 나의 특수한 이빨에 대한 나의 최근 견해는
잘 먹고 푹 자는 것이 가장 좋다는 것이다. 각인은
각인될 뿐, 각인하지 않는다. 늦은 밤이나 새벽
이빨에 덕지덕지 묻어나고 끼어드는
삶은 계란보다는 날계란이 낫고 소금을
덜 먹게 되고 왠지 철분이 더 많을 것 같다. 죽음
이후 삶보다, 하느님 아버지와
그 아들과 삼위일체보다 가르침보다
계시보다 법보다, 그리고
그 상위인 믿음보다
문제는 전도고, 그 사명이 뜻하는
실무가 문제다. 나돌아다니는 것이 오죽
싫었으면 베드로가 아예 반석이겠는가,
반복하겠는가 수난 속,
두려움과 사랑의
등식을, 동일시하겠는가 피비린 전쟁과
반란과 학살과

거룩한 탄생의

환경의

각인을?

그렇게 변명의 뉘앙스는

달라지고, 시신의

음식도 사소화하고, 토요일 휴무 일요일은

'지옥이지.' 전화 한 통 걸려오지 않는다. 거룩한

실업의 '지옥이야.' 넘쳐나는 음식

쓰레기는 시신의 쓰레기의 쓰레기다.

국경일은 안방 TV 중계방송이 재미없고

보지 않고 평소의 그, 재미난 프로그램들이

괜히 한풀 꺾이고, 기쁜 소식들이 하릴없이

각자 기쁘고 사고 소식들이 하릴없이 각자 사고인

뉴스는 더 시들하다.

시대의 무덤만 있다. 이것은 노래 속 소리의

무덤과 관계가 없다. 소리의

종적이 없다. 그나마 너무 전면적이라

보이지 않고 느껴지지 않고, 이래서는

관용도 전쟁에 광분한다. 성의 과도한

탐닉도, 강령도 거세처럼 보일 수 있다.

누가 대통령이 되든 이 상태는 나아질

것 같지 않다. 운 좋게 대통령이 되더라도

불행한 정치인일 것 같다. 정치가, 국가 공동체가

더 해체되지만 그렇다고 해체가 완료될

것 같지 않다. 더 큰 문제는 이런 일이
오래전에 이미 있었던 것 같다는 거다.
시간이 더 해체되지만 그렇다고 해체가
완료될 것 같지는 않다. 시간의 탄압도
전면적이다. 다른 시간들이, 다른 주인공들이,
엑스트라까지 섞여든다. 결론은 시작도 끝도
없다. 애비 없는 후레자식. 이 명백한 모순이
모순처럼 느껴지지 않는다.
하여
크리스마스, 열려라 육체의 참깨. 열림은
무엇보다 야만적이다. 민주주의가 열림을
미래로 여는 날까지 훈족 추장 아틸라,
용병 오도아케르, 그리고 축구
용병 콤비 나드손과 에두에 이르는
뉘앙스가 바뀔 뿐이다.
지구는 중력도 원형이고, 소리인 뜻의
구문인 언어는 그것을 좇아 방사형으로
지구 표면 방방곡곡으로 뻗어나간다.
그것이
자연과 인체를, 인류와 실용을, 건축과
심리를, 사회와 과학을, 논리와 예술을, 수학과
재정을, 그리고 일상과 종교를 이룬다.
그것이
컴퓨터와 인공지능도 이룬다. 그리고

그러나

노래 속은 생명을 내파하면서 그 모든

연표를 능가하는 노래 속이다.

거룩함의 매개가 아니라

현현인 이름보다 더 거룩한

노래 속이다.

말씀의 거룩한 약속과 계약보다

더 거룩한 노래 속이다.

텅 비어 거룩한 성당보다

더 거룩한 소리

그 속의

더 거룩한 노래 속이다.

응집은 흔히 폭발하거나

이야기를 폭발시킨다. 구약의 여행을

응집하는 신약의

여행은 폭발하거나

폭발시킨다, 거대한, 끔찍한, 위대한

생체실험을. 끔찍하게 망가진 육체의

참혹을 육체인 채로 극복하는 육체의

위엄이

증거한다, 순결한 영혼을. 어처구니없을수록

비극적인 육체의

난해를, 그것을 능가하는 질문의

육을. 절망이 절망의

뼈대로 선다. 돋보기로 보면 난해한
운명보다 더 난해한 난해의
운명이 문제다. 몰락하는 펠로폰네소스
전쟁의 플라톤
이상은 처음부터 누더기 상태, 아니
식민지 헌신짝으로 버려진 상태의
이상이었는지 모른다. 이상의
응집도 폭발하거나 폭발시킨다. 제국이
이상은커녕 오로지 현실만을 품는
이야기의 역사를.
그리고
노래 속은 폭발이 없다. 노래 속은
그런 일도 거룩해진다. 피지배
약소민족의 살기등등한
이상도 거룩해진다.
이름 없는 밑바닥 부랑민들이
거룩한 이야기를 만들어내며
거룩한 민족으로 부상하는
이야기도 거룩해진다.
그 이야기가 세계사 전체를
흡수하며, 거대한 육체에
달하는 이야기도 거룩해진다.
돋보기를 들이대면 그 응집이
대신 고통 받는

폭발적인 이야기도 거룩해진다.

피그말리온과 미다스

전설이 뉴스로 되는

이야기도 거룩해진다.

영생과 대속을, 가르침의 미덕을 믿고

여러 민족의 공존을 바랐던

바리새인이 조금 더

사소하게 거룩해졌을 뿐이라는

이야기도 거룩해진다.

바빌론으로, 그리스로, 그 너머로

다시 북아프리카로, 스페인으로, 러시아로

그 너머로

디아스포라.

거룩함의 부재를 드러내는 거룩함의

방식을 오해하는

이야기도 거룩해진다.

향기로운

여리고.

기원전 9000년, 세계에서 가장

오래전부터 인간이 지속적으로 살아온

지금은 팔레스타인,

2만5천 명 인명이 아슬아슬

숨 쉬고 있는 곳.

태초의 문명이 처음부터 어긋나는

거룩한 이야기를 인간이 영영 백안시하는

이야기도 거룩해진다.

남세스런 부자지간도 더 남세스런

모자지간도 부담스런 사제지간도

뒤통수치는 배반도 더 뒤통수치는

회개도 이야기는 거룩해진다.

젊은 날의 방황도 과하지 않고

연애도 사랑도 서툴지 않고

기적도 쪽팔리지 않고 비유도 낯설지 않고

이야기는 거룩해진다. 죽음의 예언도 예언의

죽음도 이야기는 거룩해진다.

예수의

몸의

정체도

노래 속에서 비로소

노래 속이다.

비로소 거룩하다.

노래 속은 2퍼센트 모자란 노래 속이다.

직사각형까지만 있다.

의미도

정사각형에 이르면 의미가

없지. 원형은 그 너머다.

안주도 없이 술만 처먹으니

당근, 영양실조가 오지. 도가니탕 한 그릇 뚝딱이

거뜬하지만 돼지족발을 흐물흐물 먹으면
영양분이 온몸 천지사방으로 퍼지며 인체
해부도를 그린다. 삼빡한 쇠고기는 의외로 흐리
마리하고 혼탁한 돼지고기는 의외로 예리하다.
30년 동안 택시만 타고 살았는데,
헛살았다. 행선지를 물어보고 그냥 가면
승차 거부지만, 택시가 불을 켜고도 그냥 지나가는
건 무슨 피치 못할 사정이 있는 거란다. 미터기를
올려야 불이 꺼지고, 피치 못할 볼일도
손님 태운 걸로 친단다. 그걸 모르고, 쯧,
불 켠 택시 그냥 지나가면 니미씨팔,
니미씨팔 30년을 그래왔으니.

빙산의
일각도 따지고 보면 우리
생각이지. 자신을 떠받치는 몸체에 대한 빙산
일각의 느낌은 진정 두렵다. 밀물 때 다섯 개
썰물 때 여섯 개라는 오륙도, 섬이라니 당사자
한테는 웃기는 얘기다. 독도는 괭이갈매기들이
하도 똥을 싸대고 그 똥이 산성이라서 식물이
못 산다고, 독도의 몸체로서는 정말 가당찮은
얘기다. 물어물어 가보니
일산경찰서에서 우회전,
그리고 한 500미터쯤 가보니 정말
크롬바커라는 술집이 있는데, 오랜만에 술꾼 벗들

반갑기는 하지만, 너무 멀리 가서 그런가
생맥주 상표 그대로 상호를 정한 그 술집은
동화의 나라 수풀 속 마법의 집처럼
간판을 번득였으나 정사각형 너머
원형의 직전처럼 보이기도 했다.
이름도 흉악한 흉노 야만족이 갈수록 극대화하는
예수의
고통을 보는 눈 또한 그러하였을 것이다.
나날을 술주정으로 끝내는
우리들의 꼬락서니 또한 그러하였다.
직사각형에서 정사각형에 이르는
매장

그리고

동그라미

무덤.

미안하다. 별일도 없으면서 괜히 바쁜 척해야
할 것 같은
내 삶의 거품이 미안하다.
오늘은 내일의
거룩한
고고학이지만
오늘의 고고학이 내일의
고고학을 부를 뿐이다.
상여 소리는 애처롭게 죽음 속을 파고들지만

악착스레 노래 바깥으로 길을 내기도 한다.
그 길을 따라 우리는 돌아온다.
죽음의
고고학이 죽음의
고고학을 부를 뿐
노래 속은 깊어지지 않는다.
이발을 해야겠어. 온몸이 근질근질하군. 도무지
삼발이 통하지 않는
지긋지긋한 찜통더위다. 노래 속은
추위도 더위도 없지만
이미 더위 먹은 몸으로 들어갈 길이 없다.
들어갔단들 여전히 더울 것이니
들어갔다고 할 수도 없다. 왜냐면
노래 속은 추위도 더위도 없다. '첫 단추를'
잘못 낀 거지. 그렇다. 나는
도가 아닌 어긋남의
길을 찾고 있다.
창밖은 온갖 사물이 움직이지 않는다.
얼어붙은 것보다 더. 눌어붙은 것보다 더.
움직임을 내팽개친 이후의
기진맥진보다 더. 왜냐면
다하는 것도 움직임이다.
있을 것이 다 있고 보일 것이 다 보이는
창밖에서 노래의

바깥은 침묵의
아비규환이다.
햇살도 투명한 비명소리다.
시신이 미라로 바싹 마를 뿐
한 치의
어긋남도 없다.
썩은 냄새도 없다. 내가
상정할 수 있는
지옥은
여기까지다.
상상력이

물질적으로 메마르는 까닭이다.
머리를 빡빡 밀면
더 그럴 것 같다. 머리카락이 상상력을
펼치는 수풀의
장일 것 같다.
내가 꿀 수 있는
악몽은 여기까지다.
잠이 물질적으로 메마르는 까닭이다.
네 혀로 나를 적셔다오. 그러나
너의 혀도 메말랐다. 너무 메말라
슬픔도 없다. 서늘한
부재도 없다. 나의 독백은 여기까지다.
엘리, 엘리, 라마, 사박타니?

주여, 왜 나를 버리시나이까?

그러나

거룩함의 부재가

이토록 통렬하게 육체적으로

현존했던 적은 없었다.

예수가 하느님의 아들이자 하느님 자신인 것보다

더 근본적으로

거룩함은 거룩함을 버리지 않는다.

아니 거룩함은 어떤 행위의

주체가 아니다. 버림받는 객체도 아니다.

다만

엘리, 엘리, 라마, 사박타니.

부재와 현존이 이토록 통렬하게

가까운 적은 없었다.

현존과 부재가 이토록 통렬하게

먼 적은 없었다. 그 관계가 이토록

통렬하게 깊은 적은 없었다.

그리고

그 깊이가

이토록 통렬하게

어긋난 보종의

결과인 적은 없었다. 물론 이것도

거룩함의 의도는 아니다.

다만

엘리, 엘리, 라마, 사박타니.

인간이 상상할 수 있었던

거룩함의

부재의

최대치.

그 전모 또한 가장

치열하고 예리하다.

도무지 견디지 못하고

슬픔으로도 견디지 못하고

다만

가슴을 찢고 또 찢을 만큼 예리하다.

그러므로, 보라

저분이 너의 어머니다.

그러므로, 들으라. 아버지 하느님

저의 영혼을 하느님께 맡기나이다.

아버지, 저들을 용서하소서, 저들은 스스로

하는 일을 모르고 있나이다.

아메리카 토착 인디언 부족

하바수바아자는 애리조나 주 북서부

그랜드캐년에서 유일하게 계속 살았다.

800년 동안 살았고

800년 동안 같은 대가 살아온

착각이 당연할 정도로

800년 동안 변하지 않고 살았다. 봄 여름

계곡 농사를 짓고 가을 겨울 고원

사냥을 하는 유목민이지만

더 아름다운 자연의

착각은 800년을 거뜬히 하나의

공간으로 만든다.

부족 이름 '청록색 물의 사람들' 그대로

다양한 색깔의 강과 호수

풍광이 그들과 한 몸을 이룬다.

다른 한편 하바수 폭포는

800년 전 공포를

800년의 공포로 불러일으킨다.

거룩함의

부재의

대비의

현존이 이토록 아름다웠던

공간은 일찍이 없었다.

처음은 삶이다. 삶은 현재다.

현재는 처음이다. 그러나 '이곳'은 반복 혹은

순환이 아니다.

아름다움은 거룩함보다 더 거룩한 거룩함의

상처 없는

상흔인지 모른다.

부재 또한 제 혼자 부재하지 않는다.

어쨌거나 하바수바아자. 무지개가 육체를 닮고

육체가 무지개를 닮는

이야기는 분명 예수 이후 역사

이야기고, 그래서 더욱 감동적인

거룩한 줄넘기

이야기다.

본 것은 본 것이 아니고

보았다고 착각한 것이라는

생각이 들 때

그 생각이 마냥 허탈하지 않고

그냥

괜히

뿌듯할 때

저질러진 그 무엇을

거부하기 위해서가 아니고

받아들일 수 없는 것, 받아들이지 못한 것을

용납하기 위해서도 아니고

무엇이 무엇을 채우거나

비워내는지도 모르고

대신 채우거나 대신 비워내는지도 모르고

뿌듯함이 착각이 아니고

착각이 오히려

뿌듯함을

육화하는 착각일 때

우리의 무언가

상실을

상실의

성장으로 육화하는

착각이고 뿌듯함일 때

하여 연대기의

주소가 바뀔 때

기억나지 않지만 우리가 이미

너무 많은 것을 보아버렸다는

과거형은 과거형이 아니고

아슴푸레 묻어나는

생각도 과거형이 아니고

착각이고 뿌듯함일 때

연필은 거룩하게 움직인다.

솔솔 바람보다 더 미세하게

미끄러진다. 한 40년 전

아니 분명

그보다 전

가난한 시골이 빈민의 집보다 더 아늑하던

외할아버지 시절

내 마음속 아주 먼 곳 아주

가까운 곳에

수풀 우거진 속 아주 먼 곳 아주

가까운

과수원이 있고, 그 주인은

멀고도 가까운 나이다.

멀고도 가까운 친구다.

질투는 멀고 또렷하고 정은 가깝고 혼탁한

친구다. 여자가 아닌 것은

분명하지만 분명한 것은 거기까지다.

친구는 성별이 없다. 땀도 노동의 냄새도 없다.

꿈을 꾸면 그 과수원과 친구와

여행지도는 내 안에 있다. 매번 찾아가지만

매번 여행과 아니오, 낯선 확인만 이어질 뿐

찾을 수 없을 만치 친구는 내 안에 있다.

잠을 깨면 길을 떠나지 않아도 그 모든 것이

이 세상 주소 같지 않다는

생각이 분명하게 밀려온다.

그런데

제의는 그때의

분명함을 더 분명하게 저지르는

도끼 자국이다. 거룩함은

말끔히 씻겨나간 거룩함,

도끼 없는 도끼 자국이다.

모가지도 스스로 생각할 겨를이 없다.

이 나이에 지금도 가끔씩 생마늘을 통으로 씹는다.

보쌈용으로 먹으면 가끔은 기절을 면할 수 있다.

이빨 또 하나 뽑고 역시 임플란트 하지 않고

전열이 흐트러진 이빨들은 혀 감촉이 낯설고

혀는 흐트러진 전열을 되는대로 쓰다듬는다.

그런데

그중에 두 개는

매머드 앞니처럼 자란다.

한 개는 물론 세 개도 아니고 여러 개도 아니고

반드시 두 개가

퇴행성으로 자란다. 지금처럼 야한 시절에

'처녀'는 생식기보다 더 야하고

'숫처녀'는 털난 생식기보다 더 야하고

야한 시절에

그런데

성처녀가 정말, 거룩하게 느껴지는 것처럼.

물체의 상이 뚜렷하게 맺혀야 시력에 좋다는

전문가 자문은 맞는 말일까, 시력이 뭐 하러 부러

군이 구분을 한단 말인가? 분명하게 보려면 시력을

교정해야 한다. 그 말이 더 맞는 것 같다. 우리가

분명하게 보기를 원하는 것은

일순 현재의

시간도 공간도 없는

추상일 뿐

그 밖에는 분명하게 볼 수 없고

그러기를 원하지도 않는다.

그 말이 더 맞는 것 같다. 스스로 원하지 않는다는

사실도 모른다. 그 말이 더 맞는 것 같다.

대선은

있지도 않은

거룩함을

조롱하는

아니 대놓고 공개

학살하는 시간.

다가올수록

분명한 정치인들은 분명하게 우왕좌왕한다.

대선은 언제나 다가온다.

패배자 중에도 그것의 등을 본 사람이 없다.

그리고

패배를 맛보고도 등이 없는 자

분명한

우왕좌왕을 반복한다.

그렇다. 하물며 이런 시사에도

거룩함은

자신의 부재를 현존하는

식으로 드러난다. 물론 스스로

드러내지는 않는다. 거룩함은

스스로가 아니다. 거룩함이 품고 있는

부정은 본질적으로 이것 하나다. 그것이 거룩함의

제의다.

1867년부터 출간된 독일

레클람문고는 가장 작은 글씨, 가장 작은 판,

가장 얇은 두께, 가장 저렴한 가격을 모토로
제2차세계대전 이전 이미 7천5백 종에 달했다.
세계 최고 기록이다. 세계 각국
각 분야 명작 크기가 손바닥만하고 두께가 발톱만
하고 하드커버 딱종이가 낭창낭창하다. 제2차세계
대전 이후 본사는 동독으로 넘어갔다. 삼십몇 년 전
청계천 헌책방에서 내가 구입한 레클람문고
횔덜린 장시 『히페리온』은 1954년 서독
슈투트가르트 판이었다. 표지는 파스텔톤
노랑 바탕에 단정한 흘림체와 장을 키운
날씬한 고딕체가 한데 어울리며 제목과 저자와
출판사 이름을 이루었다. 스무 살 나이를 삭인

낭창낭창은 자칫 꺾일 듯 위태로웠지만 그 안에
본문 글씨는 깨알들이 제 몸을 끝까지
다이어트하면서 이루는
내용의 아름다움이 표지 장정보다 더 간절했다.
그렇게 나는 독일 패전의 등을 보았다. 그렇게
오래전 사라진 그 책은 여전히 나의 소장본이다.
몇 달 전 30년도 더 지난 후 헌책방에 들렀더니
반갑게도 1954년, 55년 레클람문고
4종이 꽂혀 있고
60년 넘은 세월에 파스텔톤은 더 희미하고
얇은 등이 벗겨져 낡은 거즈 드러나고
낭창낭창은 접었다 하면 꺾일 판이고

가격은 각 권 500원이고, 얼른 사들고

집에 와서 애지중지도 그런 애지중지가 없다.

늘어놓으면 세상의 부채가 펼쳐지고

세워놓으면 합쳐서 두께가 2센티미터도 안 되는

거즈 등이 표지 넷을 펼친 것보다

더 귀하고 귀하다.

이때

구하지 못한 그 옛날의 횔덜린

레클람문고는

표지의 그 괴팍한 횔덜린 세밀화 초상 아니더라도

40년 동안의 과수원 친구와

같은 것이다.

히페리온도 40년 동안의 과수원 친구와

같은 것이지만

더 오래되면 가장 튼튼한 표지가

삭아버린 본문 내용을

일순의 공간으로 응집할밖에

없으므로 응집할 수 있다. 얼마 후

레클람문고가 하드커버를 벗으면서

거룩함에 대한

이런 식의 논란 기회는 사라졌다.

그 후 9천 종을 넘어서지만

페이퍼백은 장정의 다른 요소들도

통일 너머 단일화했다.

하지만 이제 다행히, 가까스로, 비로소,

모차르트 피아노 소나타

음악 속이다. 어린 모차르트도 보인다.

XV

비다. 장마

비다.

오른쪽 팔뚝이 왼쪽

팔뚝을 움켜쥐는

손가락이 굵고, 아름다운

'오버'가 넘치지 않고 넘는다.

노래 속은

사회주의자,

무시 안 당하면 그만이다. 그게 원래

사회주의다.

어스름 저녁 설핏

낮잠에서 깨어나는 동안

아주 깨어나지는 않는 동안

두런대는 소리의

어머니는 뺨과 웃음이 붉고

젊고 이쁘다.

한창 시절 잘나가던

어머니다. 형은

집안의 기대를 한 몸에 받던

영악이 빛나던

형이다. 살아 있는

시들어가는
풀죽어가는
어른들의 한때
절정의 모습들은 모다 모여
두런댄다.
아버지는?
그중에도
유명은 다르다. 돌아가신
아버지의 절정은 약간은
빛바랬다. 죽음이 아니라
생은 그렇게 가혹하고,
가혹하게 아름답다.
어이가 없다.
살아 있는 나도 어이가 없다.
아버지의 죽음도 새삼 어이가 없다.
비가 그녀 몸의
일류를 벗겨내고 이류는 더
눈물겹다. 나도 눈물겨운
일개 남자다. 눈물겨운 것은 살아 있는 동안
벗겨낼 것이
많다는 뜻이다. 만년은 벗겨지는
문장이고 헐거운 군데군데
나사 빠진 문법이다. 절정들은 그 점을
강조하면서 두런댄다. 어머니도 두런대는

어머니 어른들의 절정이 있을 것이다. 형은
모르지. 아직은 돈 벌 기회가 남아 있다. 절정들은
그의 절정을
입 밖에 소리내지만 들리지 않고 소리,
내는 것만 보이고, 보려는 순간 눈이
떠지고 묻어나는 눈물에
눈물겨움이 벗겨지지 않는다.
비 온다, 옥상에 넌 빨래 걷으러
뛰는 아내 뒤를 따라 나도 뛰어 오른다.
아파트 옥상 비는 어깨가 아닌
등에 내린다. 곱사등이 맞는 비는 어깨가 맞는
비와 다르다. 곱사등이가 곱사등에
맞는 비는 더 거룩하게, 어깨보다 더
온전한 세상 전체를 적신다. (그래서 내게 내 곁의
한강은 꿈속의 축축한 성욕이라니까?) 그때 분명
나는 없었는데 더 풍부하게 있었던 것처럼
느껴지는
생은 더 불가해하게 풍부하고 곱사등에
내리는 비는 더 흥건하다. (그래서 죽음
이야말로 삶의 아름다운 성욕이라니까?)
고우영 역사
고전 만화는 역사에 대해 역사
복원적이다. 시사 때문이 아니다. 잡식이 시사를
능가하는 까닭.

장맛비 내리는 곱사등이

곱사등은 노래 속이다.

나의 환멸에는 느낌표가 없다. 환멸 또한

멸망이기 때문. 호랑이는

으르렁거리기 직전

혹은 직후

최소한 둘을 합한 기간 동안

호랑이가 호랑이를 뛰어넘는 호랑이다.

한 마리가 한 마리를 뛰어넘는 한 마리다.

우주는 한 마리다. 스스로 알기는커녕

느낄 필요조차 없다.

퀴악한

냄새가 육체를 은유하지 않고

응집한다. 생전 호랑이 구경도 못했을

강아지가 그 냄새에 네 다리를 후들거리며

오줌을 질질 싸는 이유다. 맹견은

더 꼴불견이지. 인위의

야성이 오도가도 못하고 컹컹 짖는

기괴한 비명소리다. 기괴한 비명소리는 기괴한

인간을 닮는다. 그것도 멀리 떨어진 나의

생각이다. 그게 내셔널지오그래픽의

가상현실이다. 세상에 동물의

왕국이라니. 동물은 역사가 없으므로

시대착오도 없다.

죄의식이 없으므로

대속이 있을 수 없다.

산양의 노래

그리스 비극은

그게 더 비극적이었는지 모른다.

한 장밖에 남지 않은

메모지였는지 모른다. 그 위에

오늘이 그날 같다고 쓴다.

우리 몸속 흐르는 전기가

끊어지면 원자의 육체도 사라진다. 전기가

이어졌다 끊어졌다 하는 것이듯 몸도

사라졌다 있었다 하는 것이라는 말은, 각자

따로따로 그럴까, 아니면 모두 한꺼번에 그럴까?

거룩함의

정체는 그런 것일지 모른다. 아는 척하는

탈만 없다면, 하고 모기가 내 몸의 가장

난감한 부분을 찌른다. 난감한 부분이란 가장

가렵고 가장 손이 미치기 힘든 곳이다. 그렇게도

오늘이 그날 같다.

장마는 도대체 어디로

사라진 거지? 날이 너무 더우니 물방울들이

중력으로도 내려오지 못하고

혀를 빼물고 늘어트리고

헥헥거리는 안개로 끝나버린다.

그렇게도 오늘이 그날 같다.

비가 오는 기색에도

모기들은 움직이지

않는다. 빗방울 파편에 맞아도

피 한 방울 없이

즉사고, 전사다.

옛날이야기다. 집모기들의

본성은 다르지. 집 안에는 빗방울이 떨어지지

않는다. 모기들은 그것을 알고 앎은

우리보다 완벽하다. 방은 빗방울 없는

방이다. 방 밖으로 나갈 생각도 없다.

그 생각은 우리보다 완벽하다. 우리는 누구나

생각하지. 위대한 선대는 위대한 세례 요한이고

우리 대는 초라하더라도 지저스

크라이스트이기를. 당대가 후대에게

잔인해지는 순간이다. 아침 5시면

FM 라디오에서 국악 방송이 진행되고

국악은 한국 고전 음악이고, 그게 신기하고

'신기한 고전'은 오늘도 나를 내내 어수선의

허방에 빠트린다. 그렇게 보면 서양의

당연한 고전도 그렇다.

실종자 휴대폰 신호음 울렸다. 사고기에

탑승한 한국인 관광객의 해외로밍 휴대폰에

신호음이 간다는 사실……

사고와 증발한 죽음과 밀림 속 앙코르와트
역사의 미스터리보다
'로밍'이 조간신문
미다시 활자를
2007년 6월 26일
날짜와 요일을 압도한다.
'로밍'은 도대체 지금이
어느 시대냐고 묻는다. 미래만 아는 이
'로밍'이
과거로만 가는 시간여행의
수상한 은유 같다.
죽음보다 더 과장된 죽은 자의
죽은 자보다 더 과장된 죽은 자 가족의
죽은 자 가족보다 더 과장된 그 주변의
그 주변보다 더 과장된 매스컴의
매스컴보다 더 과장된 문학의 슬픔을
'로밍'이 삭제하면서
유일하게 단 하나의 끈으로
잇는다.
그것도 신기한 고전이다.
오늘이 그날 같다.
그날 같은 날이 또 있을 것 같은 오늘이다.
부고 온다.
부고 또 온다.

낯익은 부고만 부고다. 부고는 상투적으로
오고 너무 상투적으로 와서 죽은 자 아니라
내가 기다렸다는 듯이 온다. 부고는 상투적으로
이어지고 너무 상투적이라 죽은 자 아니라
내게 이어지듯 이어진다. 최악의 이야기를
우리는 지나왔지만 그보다 더 낫단들
보탤 얘기는 없을 것이다. 오더라도 부고는
먼 데로 이어지고 여름 수박만 시취를
풍길 것이다. 그조차 TV 화면을 벗어나지
못할 것이다. TV 속에서는 탑승객 전원이
사망하지만 TV 속에서는 공식 발표가
미뤄진다. 무엇이 무서운가. TV 속은 TV 밖으로
부고하지 않고 부고를 현장중계할 뿐이다.
노래 속은 부고 속이다.
외상값 갚은 술집 속이다.
죽음의 '로밍'은 스피커
각도가 조금 다르지. 때로는
전파도 실종된다.
어수선하고, 바쁘고, 틀리고, 잘못되고, 짜증나고
표 파는 여자의 대민서비스는 강력한 미소의
철판 갑옷, 패스트푸드점에서 먹고 화장실에서
싸고, 출발과 도착 시간 전광판 급하고 입구와
출구, 개찰구와 나오는 곳 붐비는
그 와중

앉아서 기다리는 승객들이 뜸한 것도 아닌데
대합실은 한적하다.
롯데백화점 품속에 안긴
영등포 기차역.
'시보다 형편이 낫군.'
그 옛날 기차의 시커먼 뉘앙스 대신 대형 TV
화면 속 흑백의 김구 및 역사 다큐멘터리와
화려하게 투명한 자연친화 화장품 광고 문안
그 사이 난무하는
시보다 형편이 낫다.
8번 플랫폼에는 아직 기차가 들어오지 않았고
비로소 플랫폼이 눈에 보인다. 철길과 얼어붙은
자갈밭도 보인다. 대전이 옷을 벗고

한밭을 보여준다. 한국어 고유와 일반
명사의 비극도 보여준다. 영등포역에는 서울역 발
부산행 KTX가 정거하지 않고, 내 몸을 비껴가는
KTX 열차는 정말 거대하게 속도 자체를
구현한다. 새마을호를 타면 창밖 풍경의
빈자리는 녹슨 철강의 시대다. 한 몸으로 묶인
방음벽과 유리 오피스빌딩 지대를 지나면
더 변두리에서 화려는 노골적으로 음탕하고,
군데군데 풀밭이며 나무 숲,
자연도 그런 독종이 없다. 대전에 내리는
한밭은 없고 역 광장 갑자기 비가

쏠리고 사람들도 쏠린다.

긴박한 회색이다. 성모병원

영안실까지 쏠리는.

광주에서는 5월 광주의 마지막 영웅

윤한봉이 죽었지만 광주로 가지 않고

영등포역으로 돌아오니 비로소

비는 가벼운 수직으로 내리고 불 컨 택시가

나라비 서고 연인들이 수평으로 팔짱 끼고 걷는다.

초장부터

스스로

울컥,

무너지지 않는 음악은 없다.

깨어나면 창밖은 은회색 장맛비 질기고

아무리 호상일망정

흐림은 온통

스스로

울컥, 무너져 내린

결과로 보인다는 뜻이다.

흐림에 갇힌 흐림의

모두에 대한 모두의

문상이라는 얘기다.

모든 문상들은

귀가했다는 얘기다. 아니 이미

문상이 귀가였다는 뜻이다.

거룩함이 사라지는

죽음이 사라지는

세파의

자궁이 필요했다는 뜻이다.

성모는

세파의 자궁의

죽음이다. 문상이 아니다.

합리적인

경악이 지옥이다. 천국은 슬픔의 순수한

감수 속이다.

그게 감수성이다. 눈물은 아무 죄가 없다.

몸을 외로 꼬는 눈물도 죄가 없다. 사거리에서

헤어졌을 뿐이다. 크리스마스 캐럴 바깥만

소란할 뿐이다.

자연은

재난도

혈연과 지연이 없다. 지형과, 고난의

민족이 있을 뿐이다.

노래 속에는 지연과 혈연이 없다. 애국가

바깥이 요란꽝장할 뿐이다.

기념식이 지리할 뿐이다. 기념은

천국도 지옥도 아닌

노래 속이다. 우리는 그렇게

언제나 사거리에서 헤어진다. 사거리가

헤어짐이라서가 아니라
헤어짐이 사거리라서 헤어진다.
건물도 정류장도 택시도 새벽도
노래 속은 등장인물에 지나지 않는다.
장맛비는 저 아래 송화유치원 옥상
울긋불긋한 마법의 성에 경박하게
묻어나지만
더 아래
타이어들을 몇 개씩 얹어놓은
검은 타이어보다 더 어둠이 깊은
슬레이트 지붕집을 더 그윽하게
무겁게 안정시키기도 한다. 그 안의

가정은 가장 따스하리라.
무지개?
노.
너무 높은
높이의
비긋기는 위태로운 재앙이다.
달력의 약속 장소
메모는 멀고
원고 마감노 추천 마감노 멀고
여자 속도 멀고
빛은 가깝고 벼락은
빛보다 더 가깝다.

어둠에 젖은 세상이여

눈뜨지 말기를.

홍수진다 해도

설령 웅크린다 해도

스스로 젖는 아니

스스로 젖은

세상 속이기를.

굵은 흑백

목판화는 무엇을 묘사하든

그 무엇의

부재를 인화한다.

무엇과 그 무엇

사이도 인화한다.

그 부재도 인화한다.

밝은 실내장식 밤의 통유리창 밖

어둔 밤의 장맛비처럼

너무도 세밀한

칼질의

굵은

흑백 판화는.

IP : 192, 168, 10, 101에서 동일한 CD Space License
Key를 소유한 프로그램이 발견되었습니다.

확인

세월은 이빨 빠지듯

들락거리고
소리 속은 그 무엇을
그 무엇의 속으로
스미게 하는 노래 속이다.
그 밖은 밤의 무지개가
독버섯처럼 붉은
무성한 네온사인 교회 십자가뿐
거기서는 'dangerous해서
좋군.'
그 말을 도무지 안심하고
간절하게 할 수가 없다.
정말 꼭대기 13층 실내 베란다
새시를 끙끙 밀어도 아파트가
훌러덩
넘어가지 않을까?
그렇게 우리는 섹스를 한다.
여성의
갈비뼈는
좀더 미세하게
육체 속을 들여다보라는
육체 속으로 확대 심화하라는
뜻?
그렇게 노년의 우리는 섹스를 한다.
아름다움은 할수록 더러워지는

방식으로 자신을 지킨다.

그렇게 우리는 섹스를 한다.

얼굴은

늘 떠오르던

얼굴이 흐트러지며 떠오르는 얼굴이다.

얼굴은

1588-××××

멍청하게 어여쁜

발랄하게 반복적인

자문이 자답의 숫자를

완강하게 반복하는

명랑한 치매가 숫자를

완강한 기둥으로 세우며 숫자의

기능을 지우는

1588-××××

×를 숫자도 ꇺ도 아닌

0으로 만드는(원래 ꇺ이

숫자였던가? 추락 아니었어?)

그 앞

'대출은'의

억양을 닮은 얼굴이다.

그렇게 우리는 본처와 불륜의

섹스를 한다.

하루는 쪽팔리고, 하루는 기고만장하지

않을 수 없을까?

그렇게 우리는 섹스를 한다. 아무래도 난,

어쩔 수 없이, 뉴스 아니라도 TV보다

신문세대인가봐. '문자

세대겠지.' 그렇게 우리는 섹스를 한다.

헌책방만 싸돌아다닐 게 아니라

먹고살려면 번역을 해야지. 여보,

번역의 번역도 해야 한다. Esta bueno(좋아).

Muy alto, mucho alto, frigido(아주 높다, 더 높아, 추워).

Si(그래)? Muchas estrellas, y frio(별 많아, 그리고 추워).

Comprende, Señor(알아들어, 아저씨)? Las montañas,

los llanos(산맥, 평원). Esta es la casa sin tiempo, nada

(시간 없는 집, 아무것도 없어).* 아

무엇을 번역하든

죽음을 앞둔 유년의 기억은 이리

숭숭 뚫리며

널널한 것을. 초상 끝나니

결혼 시즌 몰려오는 게 눈에 보인다.

그렇게 우리는 섹스를 한다.

지상에 비가 아무리 쏟아져도

13층 꼭대기에서는 모든 것이

시작일 뿐이지. 다만

발 디딜 허공도 없이 그 속에

대가리를 처박고

아래를 보면 시작은 지상의 끝보다 더
종말적이다. 마구 떨어지는 물방울들의
아비규환이 보이고, 몸이 아비규환으로
젖고, 숱한 물방울들이, 내 몸도,
아비규환이다. 익사?
노. 아니. 정반대지. 익사는 검지만
저지름과 저질러짐의
구분만 아비규환이다. 이건
'결합의 아비규환이야.'
그렇게 우리는 섹스를 한다. 아,
정말. 장마가 이런 거지만. 온.
세상이 축축하고 이래도 되는 거야? 마누라
푸념은 생활의 푸념이다. 장마는 툭툭 끊어지며
물밀 듯 오지 않는다. 그건 홍수라 그런다.
60명이 넘는 대선 주자가 축의금
장사진을 이루고 200개 넘는 사진기자와
아날로그 카메라도 플래시를 터트리겠지만
그 밖은 누구나 낯선 손님이겠지만.
여자 안에서
차가운 異質的은 거룩하다.
남자 밖에서
더운 異質的은 거룩하다.
내가 남자니까 처녀의
차가움과 반가움의

안팎까지는 거룩할 것이다.

여자라면 총각과 축축함의

어감까지는 거룩할 것이다.

국경은 애당초 염려가 없다.

아무렴.

헌책방에서도

영생이 죽음의

死産이라는

점은

거룩하다.

노래 속은 노래가 없다.

'가진 놈이 더하더라니까?' '당연하지,'

그래서 가진 놈이다.

윤리를 따지자면 거룩함은

더 후안무치하다.

香庭은 인사동에 있고 인사동은 요즘 너무 멀고
그래서 더 향기롭다. 공화랑도 인사동인 모양인데
孔화랑이겠으나 분명 공화랑이고 그래서 찾지 못할
것이고 그래서 찾지 않을 것이다. 서울대는 상고
출신에 대선 3연패를 당할 것 같은 정치인들만의
모교고 나도 거기를 나왔지만 엔지니어하우스란
생소하므로 잊지 않고 무슨 억센 서투른 완강한
내색이 길로 뻗어 나를 인도할 것이다. 내일은 홍대
앞 '키작은 자유인', 그 여세를 몰아 모레는 향정,

그랬는데, 모레 합쳐 만나고 합쳐서 가자고? 젠장,
이런 약속은 슬프게, 내 한계와 한계 극복의
계획까지 망가트린다. 마감은 끝나지 않고, 끝나지
않은 마감을 질질 끄는 일의 전통적인
뼈를 깎는 즐거움을 나도 안다. 대면해야 할 여자는
너무 말짱한데도 바로 그만큼
아름다워서 무서운 여자다. 푸치니
「라보엠」은 그런대로 괜찮았지만 「나비부인」은
못 갈 것 같다. 동양이 서양에 단련된 것보다야
아직은 서양이 동양에 훨씬 서투르니까. GI. 애인
나비부인이라니.
새침하고 표독한 여간첩 김수임에 비하면
아무리 꾸며봐야 중년의
화장은 을씨년스럽다. 더군다나 나이의
흔적을 씻어내고 여체의
터럭을 깎아내고 그
육체의 투명만 구현한
압구정동에서.
심사료가 고료보다 많은 게
맞을 것 같기도 하다.
심사가 창작보다 더 힘들다. 후자는
세파 속을, 전자는 문학의 세파 속을
파헤친다. 실패한
이야기는 더 실패한 이야기다.

엿보는 게 아니라

들키는 것이다.

오지도 않은 날의 달력을

뜯어버리는 나는

죽음이 아닌

그 무엇을 앞당기고 싶은 것일까?

그러면서도

과천이 여기서 어딘데

오후 2시면 정말 꼭두새벽인데

주민등록증, 통장 사본까지

들고 떠나는 것일까?

물음표가, 두 개씩이나!

그럴 때 따라붙는

느낌표는 죽음이 아닌 그 무엇을

떨쳐내고 싶은 것일까? (이런.)

시보다 짧은 것은 울음이다.

울음의 예감이 아니라

과정이 아니라 이야기가 아니라 울음의

끝이 아니라

울음이 스스로 울음을 느끼는 울음이다.

그때만큼은 거룩함도

스스로 어쩔 수가 없다.

푹푹 찔밖에 없다.

후안무치가 감소된다 약간은.

취직이 급해 동분서주하던

아들놈은 어제 술이 과하고

기가 허하여 꿈과 현실을

이어가며 혼동했다고 스스로

쇼크를 먹었다. '애야 그건

이어진 게 아니고 끊어진 거지. 필름이.'

이어짐과 끊어짐 사이가 앞으로

너의 길이니 그만하면 되었다.

가장 말짱한

어머니가 죽어도

내 곁에 있을 테니 되었다.

달력을 바꾼다. 지나간 달력도 미래처럼

공백이다. 그렇게 우리는 섹스를 한다. 도깨비처럼

깨끗한 섹스를 한다.

내가 버린 달력의

미래 칸은 필름처럼

끊어져, 이어진다. 역시

자식 이기는 부모 없다. 그보다는

전염 같지. 당사자보다 더 여려지는,

억울할 수도 없는.

현악기는 내 기억의

어느 부위를 뜯는가, 기억을

기억하는 손가락도 없이? 그것이

끊어지겠는가, 이어지겠는가?

끊어짐이겠는가, 이어짐이겠는가?

버리는 달력과 새 달력 사이

결혼도 문상이고 결혼식도 문상이다.

때로는 훨씬 어린

아이들도 돌아간다.

결혼식도 문상도

어색하게 돌아간다. 내 꿈은 갈수록

육체가, 눈물이 이별이 천박해진다.

그러나 돌아가는 것은 누구나

무엇이든 세상의 구도를

바로잡기 위해서가 아니라

바로잡으며 돌아가는 것이다.

그렇게 바로잡을밖에 없는 것이다.

그렇지 않으면 우리는 그것이

있는지조차 모른다.

늦지 않은 e-mail

답장은 없다. 죽음은 이빨 빠진 자리지만

그렇게 또한 앓던 이빨이

빠지기도 한다. 그래서 매일의 황혼은 매일의

청혼이 아니다. 슬픔은 스스로 과도하게

요란할밖에 없다.

어색하게 돌아간 아이는

어색하게 돌아갈밖에 없었을 것이다.

그리고 어색한 슬픔은

너무 커서 어색한 슬픔이다. 어색한
슬픔은 존재가
왜곡되는 슬픔이다. 구석진 곳 자그마한
동네 하나 제자리에 있지 않다. 자세한
약도도 찢어진다. 귀여운 앙탈도 기묘한
비명처럼 들린다. 온전한 것은
황혼으로부터 다시 온전하다. 회복은
밤으로부터 회복이 아니다. 정반대다. 빛이
있으라. 빛은 내가 내 몸을 연주하는 데
가장 거추장스러운 살갗이다.
돌아가는 것은 세상의
구도가 돌아가는 것이다. 우리는 오랜만에
죽음을 만나는 게 아니다. 죽음은 어제도
내일도
오늘도 오랜만이고, 그래서 우리는 그때마다
생은 길다고 착각한다. 種의 서열은 착각의
선명함의
그것인지 모른다. 그렇게 너는 깔깔대고,
한없이 섹시하다.
달리 궁금할 것도 없다. 우리는
육체가 썩는 소리를 살아서
반 넘어 듣는다. 그리고 그 너머로는
죽은 육체도 듣지
못하지, 그것도 산 사람 몫이다. 회복의

육체가 내는 소리는 다시 그 너머다.

안녕하세요? 안녕하지 못하다.

괜찮으세요? 괜찮지 못하다.

안녕하지 못하세요? 안녕하다.

괜찮지 않으세요? 괜찮다.

근처처럼 먼 곳이 없다. 흥분한

넓적다리

살은

울지 않으려 제 몸을 떠는 것이다.

메아리는 울지 않으려 울려

퍼지는 것이다.

울음은 울지 않으려 제 얼굴을

일그러뜨리는 것이다.

음악은 울지 않으려

악기를 입는 것이다.

목소리도 악기를 입는 것이다. 아멘.

아멘은 울지 않으려

대답을 여는 것이다. 호스티아스.

몸은 울지 않기 위해

제 몸을 바치는 것이다. 낮은

몸이 더 낮은 몸을 부르며

솟구친다. 솟구침이 펼쳐진다.

남녀가 아닌 접촉의

면적을 넓히기 위하여.

슬픔의

뼈대는 말짱하다.

말짱한 것은 말짱해서 너무

슬프지.

흐르지 않는

붙박이 슬픔이다. 나머지는

흐르는 것은

발음만 요란하다.

하여 음악은 다시

붙박이로 흐른다. 처음부터

종말을 품으며. 아침의 서늘한

저녁,

처음의

鎭魂을 알리는 모든 것이 약간은

심상치 않게 시작된다. 난 그래서

시작이 좋고 약간이 좋아. 쓸데없이 무섭지 않거든.

쓸데없이 무서우면 정말 무서운

마음의 광경을 마음 스스로 망각한다.

너무 빤히 쳐다보는

부엉이가 제 눈 속을 망각하듯이.

나를 기억하지 말아다오.

유언이 망각을 망각하듯이.

감상의 고전을 위하여 우리는 옛날 노래의

창법을 예찬한다.

잠자리비행기라니,

저리 비틀

방향이 어지러운

잠자리는 비행이다,

비행기가 아니다.

잠자리도 비행이다.

비행기가 아니다.

그건 까마득히 먼 옛날이야기다.

욕조 위 투명한 물이

벌레처럼 기어간다.

검다.

욕조 위

그래도 투명한 물이

그리고

검은 벌레처럼 이어간다.

그래도 투명한 물이.

숯처녀 몸

활활 탄다.

그대와 사랑은 화가의

체온이 묻은 그림을

선물받는 것 같다. 숨결과

살결도 묻은

작곡가의 악보도 전해진다.

여운은 그렇게 묻어난다.

더 이상

소설을 읽는 것 같지는 않다.

낯익은 것이 다소 낯설고

낯설은 것이 다소 낯익다.

'다소'는 그렇게 묻어난다.

그대와

날마다 사랑은

질겁하는 소프라노 고성 같지는 않다.

기쁨 속에도

희비는 교차된다.

기쁨이 깊어갈수록 희비의

교차도 깊어간다. 그대와

날마다 사랑은.

목탄화는 무엇을 그려도

사라진 옛날

동네의

여운 같다.

사라짐만큼 생생한 것이

있으랴, 목탄화는 그렇게

마을이 사라져 동네가 되는 고요의

탄성을 발한다.

총천연색은 경악한다.

화가 이름도 여운이다. 문광부

차관을 지낸 사람이 대장을 맡고 있는

강서구청도 정다운 동네다.

푸짐하기로 유명한 강서복집도 생각나지만

사라져 정다운 동네다.

서울대학교 메아리 창립 30주년 기념 음악회

초대장은

그렇게 오는 초대장이면 좋겠다.

겸재 정선은 아무래도

좀

'튀지.' 眞景이란 게 원래 그러기 쉽지만.

어느새 비가 그친

그런 맛이 없다.

육박이 육박인 나이에

어느새 도달한 그런 맛이 없다.

노래 속은 육성도 옷을 벗는다. 지문이

묻어난다. 노래의

육성이 그리 진한 까닭이다. 지문이

묻어나지 않는다.

겸재가 보았다는 강서구 가양동 이마트 뒤

허준박물관 옥상

강 긴너 궁산.

비를 맞으며 200년 동안의

고압 전선과 아파트의

문물이 지워진다. 그것도 잠깐

山水가 지워진다. 산수의

지문만 화폭에 묻어나고

그것조차 지워진다.

돌과 풀과 흙으로, 친환경으로 꾸민 옥상의

자연은 모두 사라지고

얼굴이 뻥 뚫린

대민봉사 사진 촬영용

허준과 의녀 목각 인형만 남아

그 유치함이 기괴하다.

실내의 모든

로고가 그것을 닮아 유치하고 기괴하다.

하기사 모든

정치의

대민봉사는 유치하게 기괴하다.

영화「매트릭스」와 상큼발랄

섹시 광고에 열광하는 아이들도 정작

그것을 대민봉사로 쳐줄 것 같지 않다.

이리

말짱한 가을하늘

가로 활엽수들의

키가 훌쩍 자라는

듯한

이리 말짱한 가을하늘인데

내가

휘청,

거리지 않고

무엇이,

누가,

희끗

보였다.

아하,

도처 是日,

이 아니라

정작

아버지 제사를 놓쳤다.

내 인생이 아직도

정리가 안 된다. 그게

검다는 거구나. 나머지는

PC방도 독도참치도

저리 누추하게

멀쩡한데.

살아 있는 물고기를 물 없이

24시간

생존시기는 기술을 발견했다고?

미친놈.

그렇게도

살아 있어도 살아 있달 게 없고

싶으냐.

그렇게도

살려주세요 아니 죽여주세요 아니

싱싱하세요 하고

싶으냐.

살려서 뭐 하겠다고

살아서 뭐 하겠다고

싶으냐.

하긴,

물고기는 망막 빛깔 찬란할 뿐

생은 깜깜하고

물고기의 죽음이 인간의

생인지 모른다.

브라보.

죽음의 생명이

활개 치는 브라보.

뜨거운 숭늉과 차가운 식혜

맛이

있는 게 다행이다. 무미건조할수록

어리석지 않은.

수정과는 영악해서

죽음까지 톡 쏜다. 음악의

광채는 그렇게 태어나지만

노래 속은 광채 속이다.

죄는 있다. 우리를 용서해주소서, 부르

짖지만, 용서해줄 주체가 없다.
그럴밖에 없다. 우리가 우리를
불쌍히 여길밖에 없다. 그렇게
마지막으로
거룩할밖에 없다. 신의
어린 양이
모르는 것은 죄가 아니라 신이다. 그렇게
마지막으로 우리는 거룩할밖에 없다.
꿈이 있는 죽음보다
꿈이 없는 죽음보다도
필름이 끊어진 시간이
있을 수 있다는 것을 우리가 아는 것이
다행이다. 다행히 그곳은 사도세자의

뒤주 속이 아니다. 그곳은 노래 속이다.
소리 이쁘게 소리를 내는
입이 있는 노래 속이다. 모르는 것 너머
모르는 것도 모른다는 것을
아는 다행이다. 입은 소리 없이 오무린
소리를 내는
섹시한 입이다. 입 맞추지 않아도 공간의
입맞춤 같은 입이다. 얼굴은 미모도
상관없이 그 속으로
빨려드는 노래 속이다. 비명도 상관없이
그 속으로 빨려드는 노래 속이다.

가장 광채로운 것은

비명이지. 그렇게 음악의 바깥이

노래 속으로 기울이는

귀가 빨려드는 노래 속이다. 식물의

호흡이 빨려드는 동물의 으르렁이

빨려드는 인간의 언어가 빨려드는 음악의

벗은 몸이 빨려드는 노래 속이다.

죽은 자에게 가장

어울리는 것은 음식이다. 음식은

잔치 음식도

죽은 자와 산 자 사이 가장 자연스럽다.

나눔도 만남도 자연스럽다.

죽은 자가 내고 산 자가 먹는 것이

가장 자연스럽다.

자연의 죽음인

음식은.

죽은 자에게 가장

부자연스러운 것은 공식이고

애국가고 묵념이고 사회자다. 그것이 민속적인

진리다. 혁명의

장례식은 늘 민속을 장례하지만

울음은 늘 민속 쪽으로 가라앉는다.

그리고 노래 속은 장례식이 아니고

민속도 아니고

눈물 속이다. 노래의,

노래하는

까닭 속이다. 더 젊은 기억으로 더 늙은

날을 상상할 뿐,

거꾸로 할 수 없는,

상상과 기억을 혼동할밖에 없는

까닭 속이다.

잊혀진 시간의 조각들이 모이며 시간 너머

총체를 이루는

출렁이는 이별 연습의

미래인 노래 속이다.

강간의 폭력으로 해체된

구멍이 누워 있던

바닥은 내가 아니지만

어째

낯익다.

이 세상 것 같지 않은

코뿔소 낯익다.

예수

늙은 살이 빠지다 남은

뱃살이 짓무른

땀띠 분.

그것도 짓물러 소금물.

가려움 다스린다.

성모마리아
아내도 늙은 살이 빠지다 남은
젖무덤 아래
땀띠 분
어린아이 화냥 냄새
노래 속
웬 호강이다. 호호.
웬 호강이다. 하하.
마지막
로맨스그레이가 그렇게 오고
치매도 그렇게 온다. 아내는 매일 바뀌는
애인이다. 아내한테 나도 그럴 것이다.
노래 속
번호 조작 자물쇠를 달고
확인이 필요 없는
가출이 자유롭다. 잃어버릴 열쇠
고리가 없는 방황이 자유롭다.
상실이 없는
노래 속. 지문 인식은 곤란하지. 손가락을
잘릴 수 있다. 지문은 사라지지
않는다는 거. 눈동자는 끔찍하지. 눈동자는
감을 수 없다는 거. 얼굴은 아뜩하지. 얼굴은
가망이 없다. 아파트를 팔면 두 아들 전세
장가보내고 천년

무덤의 신라 경주에서 만년도 보낼
돈이 대충 되겠다. 개인
주택은 곤란하지. 집사 정원사는
대저택에만 필요한 것이 아니다. 그래서는 만년
평생이 여행일 수 없다. 그 여행은
시간이 길을 내지 않고
길이 시간을 낼 것이다.
그 속으로 여생이
은퇴할 것이다.
예수
성모마리아
로맨스그레이.

413

똑 떨어지는
노래 속.
한여름 정오 지나
창문 지나 안방의
쨍쨍한 뙤약볕에
푹푹 찌는 실내온도에
낮잠.
꿈을 꾸는 내 눈의
TV 속에는 총천연색도 애매한
이상한 나라 영화
필름이 돌고
그것을 보는 꿈 바깥

내 눈의

망막이 햇살보다 투명한

노래 속이다.

꿈을 꾸는 내 귀의

이야기는 속에는 윤곽도 애매한

이야기가 흐르고 그것을 듣는

꿈 바깥 내 귀의

고막이 소리보다 투명한

노래 속이다.

꿈속에는 아직 코가 없고

꿈 바깥으로

나와야만 사과 냄새가 있는

노래 속이다.

파경 속 총체다.

노래 속이다.

그게 나의 피서다.

범죄가 더 추악한 범죄로 드러나는.

현장이 더 세밀한 현장으로 드러나는.

살인이 더 끔찍한 살인으로 드러나는.

절벽이 더 가파른 절벽으로 드러나는.

사랑이 더 위험한 사랑으로 드러나는.

전쟁이 더 꾸준한 전쟁으로 드러나는.

미립자가 더 불안한 미립자로

평화가 더 허술한 평화로 드러나는.

꽃이 더 육욕적인 꽃으로, 새가 더 잔학한 새로,
물고기가 더 음흉한 물고기로, 알이 더 피비린
알로, 근육이 더 조야한 근육으로, 원만이 더
불길한 원만으로, 안팎이 더 통렬한 안팎으로,
황혼이 더 난자된 황혼으로, 언어가 더 내파된
언어로, 구약이 더 악몽의 구약으로, 신약이 더
난해한 신약으로, 헌책방이 더 펼쳐지는
헌책방으로 드러난다.
얼음이 더 균열의 얼음으로, 음식이 더 죽음의
음식으로, 고독이 더 경악의 고독으로,
살생이 더 감량의 살생으로, 직전과 직후가
더 단절의
직전과 직후로 드러난다.

침묵이 더 함몰의 침묵으로 전율이 더 푸르른
전율로 드러난다.
히라가나 가타가나가 더 입을 오므린
히라가나 가타가나로 드러난다.
理가 더 낡은 理로, 氣가 더 발칙한 氣로
禮가 더 뼈대의 禮로, 道가 더 가상현실의 道로
드러난다.
가슴 아픈 변절은 없다.
화냥질도 없다.
줄넘기가 더 거룩한
줄넘기로 드러나는

노래 속이다.

꾸물대는 아침의 公私는 더 꾸물거린다. 더
꾸물거려도 좋다.

주최측은 이미 할 일을 다 한 것이다.

주제 속에서 이미 변주의 변주가 변주를
능가하는 노래 속이다.

질탕하다는 것은 그런 뜻이다. 아내의
서랍 속에는 다 써버린 통장들이 수북하다. 안 쓰는
선물로 받은 5만 원대 미만 손가방과
시늉 보석들도 수북하다. 모든 것을 재고
정리하면 안 쓰는 낡은 백지 같고 안 쓰는 비싼
펜촉 만년필 같을 것이다. 내 서랍 속에는

Woofa, CD pickup, AMP RelAy 등 품목에 공급대가
3십5만0천0백0십0일 원에 이르는 오디오 서비스
센터 영수증과 지나간 편지, 지나간 사진, 지나간
시계, 지나간 포터블, 지나간 메가바이트 이동식
드라이브, 가끔 쓰는 사무공구와 스카치 테이프,
둘째가 500원 동전으로 건져 올린, 한 번 쓰면 대개
망가지는, 그래서 쓰지 않고 아껴두는 원산지 중국
라이터들, 저질러진 계약서들과 인주와 도장과
쓰지 않는 크레디트 카드, 가장 자주 쓰는 손톱–발톱
깎기가 있지만,

이것을 더 줄이면

30년 넘게 오로지 발 무게로 허옇게 움푹 패인

책상 나무 걸대의 그

반도 안 남은 허리에 비할 수 있을까? 책상 위

컴퓨터 모니터와 본체와 전래식 필기도구와

사전과 돋보기와 담뱃갑과 검은 스피커 옆 영양제,

쓸데없는 노고처럼 쓸데없는 것도 없다. 쓸데없는

노고도 그렇게

묻어난 자리의 기적을 낳는

노래 속이다.

오늘도 심사보다 행사가 많고 장원 상금보다

심사료가 많고 심사료보다 회식비가 더 많고

회식비보다 수습비가 더 많은

사례는 이어진다.

그러나, 그러니,

그랬잖아? 유머도 이어지는 노래 속이다.

귀가로 이어지지 않는

길도 길의 유머를 잃지 않는 노래 속이다.

비명도 어느새

축축한 세상의

자리로 묻어나는

장맛비다. 이번엔 와야겠어, 아니

이번에는 꼭 가라고. 시도 때도 없이

달력과 수첩도 없이 스케줄도 없이

날짜와 약속뿐인

'폭발적'은 그

후유증에 지나지 않는

노래 속이다.

가기 전에 미리 얼마나 많은 각오를 해야

무사히, 아니 무심하게 끝날까 미리 노심

초사하는, 노심초사가 이미 예정된 파국을

정당화하는,

와중의

노래 속이다. 가는 곳이 꽤 낯서니

운전기사는 분명 GPS 길 안내

도우미를 사용할 것이다. 40년 가까이

주로 택시를 이용하지만,

그놈을 따라가는 운전기사가 평소보다

더 빨리 가는 것을 난 겪은 적이 없고

좌회전 우회전 기계음 여자 목소리에

길은 완만을 잃고 각으로, 더 자주 꺾이고

시간도 꺾이니, 평상시 가격으로

거리가 끝나는

경험도 드물다. 그러나, 와중이 아니라

이 자체도

노래 속이 묻어난

노고는 묻어나는

노래 속이다.

비 내리면 그 속으로 길 아득하고

안개는 더욱 아득하지만 그것은

내가 축축해지는 길이기도 하다. 빠져
나갈 수 없다는 생각도 축축해지는
노래 속이다.
첫사랑 그 여자,
30년 넘게 내 몸을
귀담아듣지 않았으니
앞으로 또 30년 넘게
내 몸의 여운을
귀담아듣지 않으려나보다 그렇게
미리 생각하는 노래 속이다.
100그램 혹은 아직도 근으로 썰어 파는
쇠고기 꽃등심
부위가 때로는 소 한 마리보다
총체적인
살이다.

13층에는 어지간한 비도 내색이 없어
우산 가지러 다시 엘리베이터 오르는
일이 많다. 집에는 버려도 좋은
우산이 많다. 놀랍게도, 지우산도 있다.
비 온 뒤끝 아파트 정원 울타리 정자
식물들은 내게 짙푸른 언어의
물을 준다. 비 온 뒤끝 사람들은
내비게이션도 없이 우산 쓰고
드문드문하고 평소보다 더

생생하다. 종아리가 톡톡 튀는
물방울이다. 나는 몽롱하게
젖을란다. 경어는 경어를
경어한다. 당신이 없으니 이제
한정의 '뿐'도 없다. 운문의
詞章도 산문의 賢良도 인간 따위
없어도 된다. 그대는 당신이 아니고
그대 곁에서 더 몽롱하게 흐를란다.
그대에게는
빠지는 것이 흐르는 것이다. 그대는
흐르는 것이 빠지는 것이다. 약삭
빠르지. 글이 3~4행 잘나가면
그럴 리가 없다. 내 글을 내가 베끼거나
아니면 남의 글을? 그럴 때 인터넷
검색엔진은 편한 알리바이다.
아니면
몽롱은 치매의 반복 아닌가.
존칭도 관혼상제의 한강 철교도
몽롱이고 반복 아닌가.
비 내리는 수풀 속이지만 분명
여전히 옆으로 새는
이수교차로
빠져나가면 으악.
죽음도 경악하는

사당동 국립묘지다.

초등학교 이전은 정말 자연이 감각의

글이었을까. 물은 죽음이 쓰는

작문이었을까. Image는 논리였을까. 어른의

손은 질투였을까. 여성의 생리

이전 물은 정말

소리였을까. 자연과 강과 바다로

흐르지 않고

제 안의 그날의

예감을 모으며 스며드는?

모성 이전 여성은 정말

소리였을까.

비 내리는

보신탕집은 한산하다. 여닫이문을

두 번 지나는

실내의 실내

개는 사람이 먹다 남은 것을 먹고

개고기는 사람고기와 비슷하고

유사한 효과는 치료가 빠르고

정력이 강하고

보신탕집은 새마을운동 지난 대도시 변두리

수세식 변소를 아직은

비누 냄새 화사한 시악시

며느리처럼 들여놓은

보신탕집은. 왜 문인들을 좋아한다는 자는

하나같이 옛날에,

독하지도 않고

유식하지도 않고

돈도 없고

무슨 배짱인지 얼짱도 아니고 하나같이

고우영 삼국지 조조가 말하듯

한다면 하다가 망하는 자들

'뿐이지?'

조조가 없으니

도륙당할 일도 없고.

비가 내리면 열무냉면, 소내장탕, 냉모밀

간판도 비에 젖는다.

닫힌 문도 비에 젖는다.

문을 닫는다.

'팔당 상수원 물이 1,800만 톤인데 말이죠.'

안다 알어. 단 이틀이면 서울특별시

인구가 그걸 다 마셔버리지. 그걸 다시

춘천댐, 무슨 댐 물이 채우지.

아연

물속이다.

물고기 속이다.

비누 냄새 가장 마지막으로

씻겨 내린다.

식물의

언어만 남는다.

사라지는 황혼도

사라져버리다. 소스라치는 저녁도

이제는 사라져버리다.

죽음의

내부순환로

속이다. 매일 범퍼 교통사고에

꺾이는 듯

이렇게 후들거리는

두 다리로

걸어갈 수 있을까?

망가지는 것은 그 다음이다.

죽음은 죽음의

내부순환로.

주유소는 세상에서 제일 높은

건물이다. 지붕이 높고

그 위로 곧장 하늘이다.

분명한

화장실이 있다.

그래서가 아니라

주유소는 모종의

온전한 문명이고 모종의 온전한

세계고 완성이고 모종의

완성이라서 모종의 끝이다.

가출, 청소년, 아르바이트도 있다.

없으면 안 될 것 같다.

고단하지 않으면 안 된다.

그렇다, 나는

여전히 마각을 보고

있는 것이다. 길은 멀다.

우여곡절도 없다.

오고 있는 사람은 올수록 물질이 된다.

오는 물질은 혹여

울지 마라.

그게 더 낫단다. 아니 눈물로 해체된

육체가 물질이다.

그것만 해도 우리가 노래를 부르는

까닭은 된다.

일산에 가면

초가집 사거리라는 지명이 있다. 서울 강남

뱅뱅 사거리 현기증이 비로소 진정되는

곳이다.

노래는 육체보다

물질적으로 영롱하다.

그건 복사와

다르지. 물질이 얼마나 질적인지를

이상하게도 우리는 모른다.

각각의 악기는 각자의 생으로
소리를 내는 것이다. 그리고
각자 인생의
목소리는 이상하게도 악기를 닮아간다.
육체 전체가 둥둥 떠오르는
뜨지는 못하고 괴로운
술 속이다. 수목장이 유행하는 건
'이기적이야.'
하지만 그건 죽은 자의
'이기적'이고 산 자의 '공적'이다. 삶과 죽음은
그렇게도 나뉜다. 검은 옷을 입은 미끈한
사십대 무용 미인들을 줄줄이 뒤세우고
수목장을 택한 늙은 무용

평론가도 있다. 그렇게
추문이 죽음과 삶을 나누기도 한다. 삶의
추문은 죽음보다 더 반질반질하고 죽음의
추문은 삶보다 더 남세스럽다. 나눔은
그렇게 복잡해지고
복잡이 감각화한다. 그것만 해도 우리가 노래를
부르는 까닭은 된다.
부르는 것은 정말 무언가를 부르는 것이지만
노래는 스스로를 부르지 않고
스스로 부른다. 그것만 해도 노래가
불리는 까닭은 된다. 네가 모자라서

그렇거나 내가 모자라서 그렇다는

시비가 없다. 비교하는 순간 비교당하는

울화도 없다. 하긴 1차 때 적어준 e-mail 주소와

2차 때 적어준 e-mail 주소가 다른 사람도 있다.

3차 때 써준 e-mail 주소는 또 다르다. 이것마저

틀리면 통신을 아예 포기해야 한다. 다행히

3차 주소는 틀리지 않았다. 그건 3차가 맞았다는

뜻이 아니라 도대체 몇 차에 맞을지 알 수 없고

세 번 만에 맞는다는 보장도 없고 도대체

로또복권 같다는 뜻이다. 하긴,

애당초

대마초 상상력이 지어낸

인터넷 속이다. 이 모든 것이

나의 반경을

벗어난 일이고, 벗어난

까닭이다.

짜증나는군. 장마 끝나고

바싹바싹 마르는

빨래처럼.

흠씬 매맞은

깔끔한 뒤끝이 아니라

세탁기 물속

와중의 기억을 머금은 채.

컴퓨터 하드의

바이러스 Cleaning

이 아니라

둔중함 속으로

다운처럼.

실비에 더 거대하고 완강해지는

시멘트 빌딩처럼.

삶이 죽음에 비해

만년 이류인 듯한

그러면서도

그러므로

더 악착같이 삶의

손아귀의

몸무게를 늘리는

운명처럼.

감각이 결국은

의인화 감각으로

낙착되는

뻔해서 더 슬픈

결국 혹은 결론처럼.

목욕물을 받는

애매하고 뭉뚱하고 사소하게

긴박한 시간처럼. (이건 틈인가, 공간인가?)

씻어내야 하는 것이

이토록 많은 슬픔처럼.

프로필 좋아하지 마라, 실루엣

윤곽만

검음이 예리할 뿐

얼굴은

옆면인지 앞면인지도 불분명하다.

하여

대화의 형식,

우리가 어디서 왔는지 많이 알고 있지만

결국은 알 수 없는 일이다. 우리가 어디로

가는지 많이 알고 있지 않지만 결국은 알 수

있다는 뜻이다.

수목장.

태초의 귀가 제 귀 속을 들여다보는

태초의 눈이 제 눈 속을 들여다보는

소리가 바람을 입고

풀과 나무와 수풀과 짐승의

육을 입고 우리 육신의

과정이 생략된 수목장.

비 오지 않아도 죽음의

발은 축축하다.

육신 지나 정신의 과정도 지나

150억 광년의 미래가 지상의

광경으로 펼쳐지는 수목장.

각자의 차원이

파르르 떠는
죽은 자와 산 자 새로운
슬픔이여 새로운 눈과
귀만 남으라, 수목장.
때론 대화도 무덤의 형식이다.

* 고고학자 로렌 아이슬리의 자서전 『그 모든 낯선 시간들』 중 젊은 시절 맥시코 인디언과 떠듬떠듬 말 트는 대목 편집.

XVI

노래 속은 거울 속과 다르다. 차게 식힌
환타 오란씨 맛이 진하게 묻어난다.
생명이 내파하는
분내도 묻어난다. 우스꽝스러운 것이 가장
슬프고, 거꾸로도 마찬가지다. 그것이
그렇게 아름다울 수가 없다. 낮은
성부는 얼마나 그렇게 낮은가. 높은
성부는 얼마나 그렇게 높은가. 틈새는
얼마나 그렇게 찢어지며 깊은가. 얼굴을
찡그리는 목소리는 얼마나 그렇게
찡그리는가. 타락은 얼마나 그렇게 타락,
추락은 얼마나 그렇게 추락, 철렁은 얼마나
그렇게 철렁하는가. 오래된 노래 속은
노래 속도 낡지 않는다. 노래 속의 노래 속
여러 겹이 두껍지 않다. 그 바깥 시간이
갈수록 투명할 뿐이다. 먹고 마시는 것도 먹고
마시는 것이 아니고 여자를 파는 것도 여자를
파는 것이 아니다. 때론 시끄런 대화도
무덤 속이다. 지루해도 그렇고 안온해도
그렇다. 지루해서 그렇고 안온해서 그렇다.
노래 속은 멀리 달아난다. 정지한 나의

환경이다. 포옹은 얼마나 멀리 가는가. 우울의
모양은 아름답다. 침 튀는 발음이 하나도 없다.
그 사정이 영영 이어질 것 같다. '같다'가
문제지만 음악이 음악을 닮아가는
모양이 음악보다 아름다울 것 같다. 정말 문제
지만 모든 수상한 ㅅ이 아다지오 ㅇ으로
마모된다. (쌍ㅅ도) SALEM 박하 담배 맛이
정말 말도 안 되게
건강에 좋다는 말이
옳을 수 있다. 거북이
슬금슬금
제 목을 내미는
광경을 눈물 없이 바라볼 수 있다.
읽지 않은 e-mail의
발신자 수신자도
억울하지 않을 수 있다.
거꾸로
간혹
울음소리도 어울린다.
울음소리가 어울린다.
울음소리의
여자도 어울린다.
휘파람의
남자도 어울린다.

(이들이 모두 어디서 나왔지?)

등장 이전

퇴장도 어울린다.

등퇴장이 어울리는 것도 어울린다.

모든 백지는 백지로 깊어지면서 백지가

아니다. 별이 빛나고 밤이 새까맣게

뒤틀리는 인간적이다. 뒤틀린 선율은

비비 꼬이는 목청이 아니다. 아름다움의

노고는 가라앉기 위해 치솟는다. 미친년도

마찬가지다. 살갗을 꼬집으면 확대되는

살거죽이 세포 모양을 닮아가는

노고도 아름답고 그 곁에 황혼은 저물지

않고, 다만, 홍건함이 갈수록 희박해지는

황혼이다. 그 곁에

갈라지는 미래의 탁음도 도란거린다.

치솟는

참상이 영롱하다. '감히

감히 내 딸과 결혼할 생각을 하다니.'

아버지는 말을 도살하고 가죽을 벗겨

햇볕에 말리고, 말린 가죽이 딸을 둘둘

말아 안고 날고, 둘둘 말린 딸은 누에로

변하고 말을 닮은 누에가 머리를 좌우로

흔들고, 그때마다 가늘고 하얗고 반짝이는

실을 입으로 내뿜고, 비단 탄생 중국설화

아버지와 딸 사이

여자와 짐승 사이

성욕의

참상이 영롱하다.

아프리카 신화

뱀이 무지개를 닮거나 거꾸로거나

참상의

역전이 영롱하다.

살아 있는 동안 즐기라, 그 말의

참상도 영롱하다.

세우는 것은 참상이 아니라

영롱이라는

씩씩함도 영롱하다.

자유의 계량은

불가능하다는

계량도 영롱하고, 그것은 계량할 수 없다. 계량은

계량을, 그 전망을 계량할 수 없다.

죽음을 계량할 수 없는 것보다

더 높은 차원에서 그것은 그렇다.

하나의 소리가 벌써 여러 명의 여러 겹으로

여러 명 여러 겹이 벌써 또 다른 차원의

하나의 소리로

펼쳐지는 광경은 앞뒤가 없다.

그 전에

광경이 죽거나 산 광경이라면
소리는 살아 있는 광경이다. 아니
살아 있음의 광경이다.
생명의 내파인
소리의 광경은
살아 있음의 제곱이다.
그러나, 그리고
모든 광경은 제 나름의
소리를 품고 있다.
이야기도 소리를 품고 있다. 아니
이야기는 소리의 생애를 품고 있다.
오늘의 햄릿도 내일은 맥베스가 되는
참상도 영롱하다.
모든 시작은 참상의 시작이라는
오래된 인연의
폐결핵 묻어나는
편지봉투
전언도 더 옛날
소녀를 향해 영롱하다. 정말
수줍은 옛날이구나.
탄성도 영롱하다. 가족사진은
오래될수록 분명하고 유전자는
더 분명하게
슬픔이 영롱하다. 도무지 누구인지

모르는 엽서의

애매한 내용은 더 영롱하다.

캐나다 토론토에서 왔다. Quebec, TREMBLANT

풍경은 전혀 녹슬지 않았다. 문장은 한국어가

영어를 받아들이는

화가의 그것보다 더 나아갔지만

영화의 그것에는 아직 못 미친다.

노래 속

무용은 다름 아닌

소리가 육체로 되는 무용이다. 구분되지

않는다. 그것이 영롱하다. 계보가 더

아름다운 무용이다. 그것이 영롱하다. 감각이

감각의 몸을 능가한다. 그것도 영롱하다.

감각이 마침내 비린내의

몸을 능가한다. 그것도 영롱하다. 흐린 감각이

흐린 감격을 절제하지 않는 감격이 영롱하다.

노래 속은 늙은 아내 몸의 통로보다 좁고 아이

들이 뛰어노는 실내보다 넓다. 그렇게 노래

속도 가벼운 발로 온 세상을 뛰어놀고 그렇게

온 세상이 건반을 두드리는

손가락

보이지 않고 영롱하다.

아름다운 소녀는 아름다웠던 그 자리에

남아 있다. 그렇게 한 겹 벗으며 그녀는

드러난 다른 겹으로, 우리가 모르는
어른으로 자라나는 것이다. 그렇게 소녀는
수많은 겹으로 남아 있지만 우리는 남아 있는
겹의 과정을 보거나 아름다운 겹 하나만을
보거나 둘 중 하나다. 하나만은 자기
만의 단 하나다. 숱하고 숱한 단 하나다.
소녀와 우리 사이 겹침은 하나도 없다.
노래 속은
아름다움의 계량을
허물면서 노래 속의
세계를 건설한다. 그렇게 노래 속은
음표로, 이야기로 짓지만 음표로 이야기로
이루어진 세계가 아니다.
이야기가 제 몸 너머로 더
상상하는 것이 다름 아닌
음표다.
음표가 제 몸속으로 더
상징하는 것이 다름 아닌
이야기다.
그런 세계다. 생의, 그리고 영생의 가상현실
세계가 아니라 생명보다 더 생생한 생명 내파
세계다.
때론 거룩한
줄넘기 다음의 더 거룩한

장난기처럼. 그 다음의 더 거룩한
농담처럼. 그 다음의 더 거룩한
폭소의
임자 없음처럼. 그 다음의 더 거룩한
포르노의
등장인물 없음처럼.
그래도 채우지 않고 계속 비워내는
노래 속
세계다.
노래들이 비로소 평안을 찾는 노래 속이다.
노래 밖은 노래 속으로 달려 들린다. 침묵이
가장 훌륭한 음악이지만 노래 속은 침묵의
노래 속이다. 밀려오는 생은 아무리
벅차더라도 숨죽이며 밀려온다. 그 뒤로
또 그 뒤로 밀려오는 생은 더욱 벅차고
그럴수록 더욱 숨을 죽인다. 그대도 그렇게
밀려오는 것이다. 자연의 비유가 비로소
음악의
은유로 전화한다. 발걸음이 걸어온다. 인간의
비유가 비로소
역사 너머를 은유하고 감성이 비로소
의인화 너머를 가리킨다. 소리가 비로소
생명의
전망을 제 안에 품는다. 바람을 안고 전선이

잉잉대는 소리도
소리 속으로 새삼스럽다. 누구의
무엇의 몸이든
몸은 그렇게 제 몸을
가누는 것이다. 새록새록 돋아나거나
피어나는 것은 무엇이든
그렇게 돋아나거나 피어나는
것이다. 노래 속은 음악의
허튼짓에 휘둘리지 않는다. 여자여
남자여 섹스 너머로, 그렇게 가고,
그렇게 오라. 오르가슴조차 오르가슴 속으로

새삼스럽다. 누구의
무엇의 음악이든
음악은 그렇게 제 몸을 추스르는
것이다 세상의, 노래 속으로. 노래의
반복의
망신살 없는 노래 속으로
새삼스러운 것은 그렇게 새삼스러운 것이다.
그렇게 몸은 누구의, 무엇의 몸이든
새삼스러운 몸의
것이다. 그렇게 몸은 새삼스럽게 몸을
바치는 것이다.
냉장된 날계란의
생명처럼 싸늘하게.

그것이 없다면 열광하는 찬송가의
이유도 없다. 찬송, 찬송, 찬송,
할밖에 없다. 고름의 우유를 마실밖에
없고, 우리가
온난화 아니라도 빙하시대를
그리워할 그리움의
이유밖에 없다. 환호가 그냥 환호하고
절망이 그냥 절망하고 악몽이 그냥 악몽하고
길길이 뛰는 것이 그냥 길길이 뛰는
그
격차의
화려가 그냥 화려한 게 아닌가

그런 생각이 들 때가 있다. 가사가 분명해지고
선율이 분명해지고 분명의
불협화가 가시적으로
분명해질 때가 있다.
지구 자전축이 내 몸을 뒤흔들 때,
그 흔들림을 분쇄할
유일한 슬픔의 때가 있다.
파괴가 그냥 파괴하고, 참사는 더군다나 그냥
참사하고, 새로움은
상상도 할 수 없을 때가 있다.
낮게 낮게 가라앉는 음악이
노래 속을 지우는 게 아닌가

그런 생각이 들 때가 있다. 몸은 감각의
알리바이일 뿐 아닐까, 그런 생각. 감각은
너무 관념적 아닐까, 그런 생각. 음악도
음악을 듣는 나도 전기의 일종 아닐까, 그런 생각.
나도 음악도
더 나아가야 한다. 나도 음악도 다름 아닌
끊어진 전기다. 노래 속은 다름 아닌
암전이다. 그리고 암전의 노래 속이다.
영감은 낡은 말이다. 없다. 볼 수 없고
들을 수 없는 명명의
감각이 나를 사로잡는다. 그게
마각을
보았다는
것일까? 그러나
결과의
냄새가 지워진다.
냄새라는
결과도 지워진다.
냄새는 시작이 아니라
결과라는 사실도 지워진다.
없는 것은 공손하기도 하다. 없음으로
공손하기 전에 없으므로 공손하다.
졸음을 닮은, 대상 없는 고마움으로 공손하다.
행복이 스스로 모자를 벗고 행복이라는

말은 자아 없이 헐벗는다. 개성은 끝내
私有를 벗는다. 자유가 필연을 필연이
자유를 끝내 벗고, 두 알몸의 합침이
자유를 자유의 음악으로, 필연을 필연의
노래 속으로 전화한다. 스스로
정신분열하는 영롱한
정신분열만 인격보다 더 총체적인
다중인격이다. 뚜렷하게 구분되고
예각적으로 결합하는
슬픔은 무엇보다 총체에 달하지 못한 자의
무엇보다 총체에 달하려는
슬픔으로 영롱하다. 노래 속은

덕지덕지 흐르는 눈물도,
장맛비도, 음악도 가시적으로
반영해주는 노래 속이다. 오셔요. 어서.
오셔요, 섹시하다. 죽음의 인사도. 오셔요,
어서. 그렇게 나는 너를 불러도 된다. 오셔요,
썩지 않는 것만 오셔요. 섞으면 썩고 남은 것만
오셔요. 노래 속은 후줄근한 죽음의 부패도
가시적으로 반영해주는 쨍하는 노래 속이다.
음악으로 흐르는 죽음과 죽음으로 흐르는
음악도 가시적으로 반영해주는,
안팎의 결합이 위태로운 소립자 뭉치 덩어리
로서 나

의 마음

의 사랑노래

銘

의 노래 속이다.

오셔요, 어서, 오셔요.

속이 비칠 때까지 얇은

망을 던지듯

나의 남자가 말한다.

오셔요, 어서, 오셔요.

사전처럼 깨알 같은

또한 선명한

깨를 뿌리듯

나의 여자가 말한다.

오셔요, 어서, 오셔요.

나의 여자의 섹슈얼리티에

色의

자해가 없다.

백주대낮으로 멀쩡하고

투명하다.

오셔요, 어서, 오셔요.

나의 남자의 섹슈얼리티에

空의

자폐가 없다.

밤의 향기는 하늘에서 짙고

내려올수록 천박하다.

오셔요, 어서, 오셔요.

나의 여자가 말한다.

그녀 Image의

색에

자해가 없다.

오셔요, 어서, 오셔요.

나의 남자가 말한다.

그의 색즉시공

건물에

의식의

자해가 없다.

오셔요, 어서, 오셔요.

나의 남녀가 말한다.

감성의 자해도 없다.

자해의

시늉에 자해가 없다.

오셔요, 어서, 오셔요.

나의 남자가 나의 여자에게

말한다, 우리는 이미 서로를

통과하지 않았느냐.

오셔요, 어서, 오셔요.

나의 남녀가 너의 남녀에게 말한다.

새빨갛게

응집하는 그대여.

투명하게

번지는 그대여.

오셔요, 어서, 오셔요.

너의 남녀가 나의 남녀에게 말한다.

그림 한 장 남듯

사라지는 그대여.

톡톡 튈수록

자해가 없다.

오셔요, 어서, 오셔요.

미래는 그렇게

오셔요, 어서, 오셔요.

스페니쉬 금박

검은 부채의

바람은 더 검고 더 시원하다.

쌍방의

희롱에 자해가 없다. 오셔요, 어서,

오셔요. 쌍방의 과실

치상이 없다. 과실

치사는 있을지

'몰라.' 오셔요, 어서, 오셔요.

슬몃,

협주곡이 5중주로

투명할 때까지 맑아지는

노래 속 사랑의

방충망이

오래되어 사그락거리고

섀시가 과감하게 꺾여 있을지

'모르지.' 오셔요, 어서, 오셔요.

색광이라기보다는

색마와 같이.

구멍이 더 열린

구멍을 잊지 않는

더 열린 구멍이 더 열린

구멍으로, 아름다움의

거대한 입구로 다가가는,

자칫, 쌍방의

사라짐.

오셔요, 어서, 오셔요.

슬몃 어느 날, 전통에

자해가 어언 사라지듯이

사라져

있듯이.

e-mail 보낸 날짜 07-07-21

받은 날찌 07 07 23 〔10:52〕

오셔요, 어서, 오셔요.

개미들이 풀잎에 발린

꿀을 파먹은 走肖爲王

남곤, 심정의
때이른 사악도 뒤늦게 섹시하다.
상형과 표의
문자의 고루한 음탕도 뒤늦게 섹시하다,
노래 속.
등 뒤에서 덮치는 신세대를
업는
앞 세대
음악의
동작도 섹시한
펼침으로 드러나는
노래 속.

펼쳐지는 것이 펼쳐질 뿐
흐르지 않는
노래 속.
이어지는 것이 이어질 뿐
흐르지 않는, 노래 속.
Sanctus, Sanctus, Sanctus
노래 속 육체는 거룩한
육체의
소리, 소리인
노래 속.
마침내
육체 너머 더 육체적인

말짱한

환하디환한

소리의

Benedictus, Benedictus, Benedictus

육체가 절규 없는 절정의

소리에 달하는

노래 속. 음악의 겹침이 내용의

음악에 달하는

예수

육체 속, 그

노래 속.

살아 있다는

진혼곡

보다 더 비극적으로 아름다운

노래 속.

오셔요, 어서, 오셔요. 노래 속이 노래 속에게

말한다, 세상을 반영하지요, 먼 옛날처럼.

노래 속이 노래 속에게, 답한다. 우리는

늘 미래에 있어요. 질문이 대답에게 말한다,

흐르는 것이 우리를, 대답이 질문에게 말한다,

펼쳐지는 것이 우리들, 실문이 답한다,

드러내지요, 대답이 답한다.

그렇지요. 설거지하는 아침의

진혼곡 아직 끝나지 않고

노래 속, 그

반영 속, 그

결과 속, 그

과거의 미래 속, 그

거울 속, 그

노래 속이다.

충혈도 아름다운 노래 속이다.

참을 수 없는 울음이

내 몸을 느리디느린 기악으로

만드는 때가 있다.

참을 수 없는 분노가 그 기악의

천을

갈기발기 찢어버리고 그, 상처가,

참을 수 없는 아픔이

내 몸을 현악기로 만드는

때가 있다. 참을 수 없는

슬픔이 그 현악기를 보이지 않는 악기의

손가락으로 만드는

때가 있다.

참을 수 없는 슬픔은 다시 참을 수 없는

울음을 낳는다.

과하다, 과하다, 과하다, 그러나

Lento, Lento, Lento,

진노와 참회의

혼돈을 닮은 느린 속도의
음악은 슬픔의 종이 되어 더 슬플밖에
없는 방식으로 슬픔을 위로한다.
그것을 쓰다듬는 노래 속이다.
가혹하다, 가혹하다, 가혹은 쓰라리다, 그러나
Largo, Largo, Largo
은총과 하품의
혼돈을 닮은 조금 덜 느린 속도의
음악은 절망의 종이 되어 더 절망할밖에
없는 방식으로 절망을 위로한다.
그것을 다시 위로하는 노래 속이다.
그럴 리가 없다, 불가하다, 그럴 리가 없다
그러나

Tranquillo Cantabile, Tranquillo Cantabile,
속도가 음악의
모양을 닮는 속도의
음악은 경악의 종이 되어 더 경악할밖에
없는 방식으로 경악을 위로한다.
그 가슴을 쓸어내리는 노래 속이다.
오죽하면 슬픔의 색깔이 슬픔을
압도한다. 음악은 에로틱할밖에
없는 방식으로 그 사정을
승화한다. 그, 육화인
노래 속이다. 오죽하면

Sostenuto, Sostenuto, Sostenuto,

속도와 유지의

혼동을 닮은

갈비뼈가 음악의 몸 밖으로

튀어나온다. 그

흉측함의

골격의

모양의

형식의

윤곽의

線들의

평면들의

以前 육체를 닮은 以後 육체의

예감을 물화하는 노래 속이다.

교회소나타

삽입이 대합창 미사곡의

세계를 능가하는 노래 속.

하긴

노래 속도

중년이

끝장나지 않고

조용히

끝나

간다는

노래 속.

몸이 시들어가면 내 몸 속에

강장 혹은 성인병 예방용

CONCENTRATE

소프트겔 하루 1회 한 알

혹은 3회 각 두 알씩 뱃속에서

녹지 않고 내 두 눈에 보인다.

기괴하게 투명한

목소리도 보인다. 미숫가루를 타서

차게 마시는

시간도 기괴한 시간이다.

노래 속은 그,

기괴를 새로움으로 전화하는

노래 속이다. 그,

그늘을 수습하는

노래 속이다. 눕고 싶은 시신도 파고 싶은

무덤도 헤매고 싶은 어둠도 없다.

거리 풍경은 끝까지

아름답더라도 내 마음의

풍경화가 아니다. 내 마음이 내 마음을

어루만지는

마음이 연민을 낳는다. 고통은

진작부터 깊고 아름다웠다.

나의 고통은 진작부터 그 안에서

그 맛을

음미하는 고통이었다.

나의 말도 자책이 아니라

만끽을 위해서다. 그 안으로, 그 맛

속으로 더 들어가기 위해서다. 음악의

소리를 얼마나 더 키워야

내용도 모르는 그

안으로 들어갈 수 있을까?

아니

그런데

왜

무슨

확인을 위해 그

안으로?

무엇을 건너뛰었기에? 무슨

거룩한

줄넘기가 아니라

건너뜀?

건너뛰지 못한 징검다리였던 것을 알고

건너뛰지 못할 징검다리였던 것을 알고

이제

건너뛰지 못하는 징검다리인 것을 알고 앞으로

건너뛰지 못할 징검다리일 것을 알고

무엇보다

건너뛸 수도 필요도 없는 것을

아는 거룩함의

더 거룩한

건너뜀, 더는

안전도 안정도 보장할 수 없는?

무슨

APOLOGY?

컴퓨터는 벌써 주인 떠난 눈을

녹색과 적색

두 눈으로 뜬다. 자세히 보면 적색

눈은 하드 눈이고

떴다 감았다 하고

두 눈이 아니라

세 눈의 세계다.

더 자세히 들여다보면

죽음이란 게

어딘가 이 녀석과 가장 닮았을 것 같다. 그런데

그게

컴퓨터 운용 체제의

인터넷 세계 때문인지

세 눈의 세계 때문인지

아직은 모르겠다. 둘 다인지도 모르겠다는

생각은 죽음보다 멀다. 내 몸에서

수밀도 슬라이스처럼

흐물흐물한

단계가 생략되기를 나는 최소한 바라겠다.

달디단 것도 몸에 좋지 않고.

수분도 몸을 끝없이 썩힐 뿐

끝내 생명에 민활하고

죽음에 서툴다.

그런

노래 속이다.

설핏 낮잠 속으로

스며든

잊었으나 잊혀지지 않았기에

어렴풋 젊은

낯익음의

끝자락으로 스며든

어렴풋 선율이 낮잠의

느낌만 분명하고 윤곽이 없는

시간의

시간적

평면에 꼼짝없이

투명 유리창으로 갇히고

그 위에 햇살 반짝이는,

같은 평면에 꼼짝없이

투명 유리창으로 열리고

그 위에 햇살 반짝이는, 그

유리창이 시간의

평면을 겨우

가르고 겨우

반사하고 겨우

심화하는

꼼짝없이 그렇게 하는

시간이 시간으로 낮잠이

낮잠으로 완성되는

일순과 광경.

일순의 광경.

'일순＝광경.'

그런

노래 속이다.

깨어나면 그 선율의

낯익음과 낯섦 사이는 얼마나

뼈아프게 먼가. 이미 시든

눈물 속으로 깨어나는 이미 늙은

시간들은 너무 늙어 소용도 없는

뇌수술 마취 속을 헤매듯

을씨년도 어렴풋한

중얼거림, 그

회복하는

노래 속이다.

노래 밖 회복은 여전히 칭얼거린다.

노래가 노래를 치유하는 노래 속이다.
感傷이 感傷을 치유하지 않고
哀傷이 哀傷을 치유하는 노래 속이다.
愛傷은
아니지.
愛喪이다.
그것만으로도 생은 너무 출렁거린다.
그게 에로티시즘이지만
때로 음악, 특히
현악기 음악은
그보다 더 큰 폭으로 출렁거린다. 기쁨의
고통소리가 음악 밖으로 뛰쳐
나올 정도로. 흡사 잔인한 운명의
모습으로 잔인한 운명을
향하는 것처럼. 하지만 그것은 대개
음악의
사소한 운명으로 끝난다. 기껏해야
70년대하고도 목조와 복고
풍으로 허름한 술집
아마추어 기타 연주처럼
반가운 운명으로 끝난다. 기발한,
아니 기발하지 않은
우연조차 없다. 아니 재수 없는
우연조차 없다. 만남의

필연은 삽시간에 낡고 낡는다. 만취와 구토의
발걸음이 그 길을 따라 귀가한다. 집은
만취 속에 분명히 귀가하지만 깨어나보면
분명한 집이 그리 엉뚱할 수가 없다.
그리고 생뚱맞을 수가 없다. 이 집에서 이
안방에서 이 이불 속에서 20년 동안
내가 사랑을 나누고 애를 낳고 이 소파와
서양식 응접실에서 키운 것이
사실일까?
그런
노래 속이다.
유구할밖에 없는 노래 속이다. 나날의
슬픔이 나날의
새로움인
광포한 메모도 깨끗한
메모지도
한 점
남아 있지 않은
노래 속.
바람 분다. 사막 모래
먼지바람 안방까지 거세게 분다.
차도르를 쓰고 이슬람사원에
잠입하는 식으로 깜짝 예배를 보고
버스를 전세 내어 더 위험한 곳으로

향하며 탈레반에 납치된 대한민국 기독교도
소식은 전세계 TV에서 긴박하고 국내 TV는
모처럼 미디어 위력이 증명되고 전세계가
주목하는 것에 흥분하지만
인터넷은 광신도 지지부진한
스캔들이 난무한다. 협상도 처형도
스캔들 때문에 지지부진하고
스캔들로 지지부진하다.
지리멸렬하다. 탈레반 과격파는 물론
온건파 이슬람 사이트 중에도
처형을 요구하는 경우가 있단다. 대한민국
네티즌 사이에도 그런 주장이 있단들
나는 놀라지 않겠다. 별의별 종자가 다 있는
네티즌 현상이 어제오늘 일은 아니니까. 광신
기독교도 소행은 패씸하다기에는 너무도
어이가 없고 어처구니가 없지만 그것은
거룩함을 먹고살거나
거룩함으로 먹고사는
모든 종교에 어느 정도씩은 해당된다.
물론 그들은 이렇게 끝나고 싶지 않겠지만
가족과 생명의 소중함을
조금은 거룩하게 깨닫겠지만
나도 이렇게, 이런, 거룩함의
의인화의 끝간 데인 하느님 아버지

테러를 분쇄하는

유격대장

소꿉장난, 불장난으로 끝나고 싶지 않다.

그냥 뜬소문으로 끝나길 바란다.

하지만 그게 사실이라도

그들도 거룩함의

최악이지만

증거는 된다.

웃어얄지 울어얄지

어느 쪽이든 그것으로 그냥

무너져 내려야 할지 참으로

환장할 노릇이지만

거룩함의 증거가

아닌 것은 없다. 기절초풍도

예외가 아니다.

태초의

말씀이 아니라

거룩한

말씀은 애초부터

목소리의

음악으로

남고 싶은

바람을

(거룩함을 포함한)

어느 누구든 알아들을 수

있을 만큼만

말씀이기를

바랐던 말씀이었는지 모른다.

그러기에는 내 말이 너무 길어졌지만

그래서 더욱

그렇게 끝나고 싶다.

그런

노래 속.

어쨌거나 장마가 끝나기 전

모든 일이 끝날 것이다. 장마 뒤에도

TV는 여전히 지리멸렬하게 비극적이거나

풀려난 자들의

마녀사냥에 나서겠지만. 적어도

'거룩한 줄넘기'를 쓰는 나와는

상관없는 일이다.

그런

잔당이 남은 듯한

노래 속이다.

우중충하지 않고 슬프지 않고

울렁울렁할 수 있는

한 여인의

한 여인이라는

노래가 지나갔고, 다시 돌아오지 않을 것이다.

그것은 자명하고 자명한 것은
슬프지 않게 자명하다. 지나간
노래는 그래서 지나간
슬픔이 아직도 발길을 머뭇거린다.
발길만 머뭇거린다.
슬픔은 그것도 모르는 슬픔이다.
수자원공사 물사랑 백일장 심사 때
얻어온
지우개는 지우다 만 지우개 하나
새 지우개 하나가 남았다. 심사위원이
네 명이었으니 두 개 더 있을 텐데
뒤풀이 때 다시 하나씩 남은 심사위원이
챙겼을 것이다. 어떤 것은 때로 작업 현장에서
벗어나야 비로소 제 몫의 아름다움을
뽐낸다. 한 번 쓰고 버리는 빨강, 파랑 검정의
사인펜과 유성펜, 연필과 샤프 등 심사용
필기도구를 그냥 버리느니 아예 심사 작가들에게
필통 한 통씩으로 챙겨주면 작가들도
귀히 쓰지 않겠느냐, 도구들도
그때 더 빛나지 않겠느냐 했던 나의
제안은 받아들여졌겠지만, 확인도 실천도
세월이 물처럼 애매하다. 공무원들에게 내일도
아니고 내주도, 내달도 아니고, 내년의
더군다나 일 년에 한 번뿐인 행사란 정말

꿈같이 단선적이고 일 년마다 느닷없고,
연례적으로 너무 바쁘고 딴 생각할 겨를이
없는 세월이 아닌가. 게다가 내가 살아 있으리라는
보장이 애매하다.
지우다 만 모서리가 약간 닳았을 뿐
두 지우개는 흡사 야금야금 벗겨 먹는
아이스크림 포장지에 앙증맞게 담겼고,
아이스크림보다 더 뽀얗고 하얀 고무는
수자원공사 물 같고, 파랑색 포장은 맞춤으로
꽉 끼는
하늘 같다. 그래서 더 앙증맞고, 그래서 더
하늘 사물함에 담긴 온 천지 수자원 같다.
도시는 낭만적이 아니라 내가 사는 곳이라
좋다. 거친 것들이 때론 미사곡처럼
속살거림과 합창을 번갈은다.
지우개는 너무 반듯한 직사각형
육면체고 해외를 겨냥한 일제의
파랑 포장지에 다시 흰 고무색
디자인으로 쓴
HIGH QUALITY
FOAM
ERASER
문양은 히라가나 가타가나
사이를 아우르는 정중동의

게이샤 춤이다.

웬만한 엄지보다 폭이 더 넓고 길이가 더 긴

지우개는 아무리 보아도 지문이 쭈글쭈글한

엄지보다 예쁘고

혹자는 엄지손톱을 떠올리겠으나

손톱에는 니코틴 때가 지워지지 않고

지우개는 한 번도 지워져본 적이

없는 지우개다. 얼핏 지워본 고무가 더

새하얀 지우개다. 그,

디자인이다. 포장지 오른쪽 3분의 1을 차지하는

검정이

앙증을 완성한다.

그 흔한 상형의 표의, 혹은 표의의

상형문자 하나 없다. 이 지우개는

내 생애가 끝날 때까지 다

닳지도 않을 것이다.

어떤 음악도 스스로 열리는

아침을 다시 열지 못한다.

여자의

살갗

색깔이

정갈보다 더 꽉 차게 하얀

이 고무지우개

색깔도

약간, 그것도 얼핏

바뀔 뿐이다.

복잡한 세상을

단순화하는

게으른

관념의 폭력을 나는 바라지 않았다.

빈, 검은, 쓰레기봉투가

바람에 몸과 아가리를

동시에 벌리는 것도 거룩함의

증거다. 거룩함은 미미하고 희박하고 그,

증거는 세상 일상 도처 존재다.

때늦은 사랑니는

연유도, 목적도, 방향도, 입장도 없이

그냥 흔들리는

중년을 삽시간, 하릴없어 다행인

노년으로 실어 나른다.

시체만 먹으며 하이에나는

스스로 비열함도 모르고 모든 세기의

청소부 노릇이라도

했지. 비열하게 게으른, 그러므로

턱없이 힘이 센 근육질로

근대를 비판하는, 그러면서

진보를 개망신시키는

근대 이전 회귀론을 나는 거룩함의

이름으로 바라지 않았다.

거룩함은 고도한 세속의

수준을 반영하는 거룩함이다. 반영해주는

거룩함은 아니다.

그렇다, 친구.

친하다는 것은 오래다는 것의

학연과 지연이고, 배반하지 않는다는 것은

그러기에는 세상이 너무 복잡하고 만남의

폭이 너무 깊고 의견이 너무 다양하다는

것이다.

열 받게도 되었으나

내 안의

친구.

이렇게 끝내는 게 아니다.

더 낮은 목소리가 더 단순한

소리는 아니다.

둥그렇게 꽉 찬

20년 전

그러나 세상은 소요 중이고 내 마음이 덩달아

더 소요 중이던 그때

헌걸찬 중년 소설가 金周榮이 있고 더 힌걸찬 그의

대하 역사소설이 있고 그 안에

너무 고요한 그의 무슨 재단 출판사

실내에

석고보드로 단정하게 칸막이한

커다란 유리창이 더 고요한

나의 실내가 있었다.

돌이켜보면 당시 내 일 년 남짓한

세월은 그가 마련해준

유리

상자를 닮은 기억이다.

그의 소설은 장대한 역사의

벌판 속이지만

돌이켜보면 나의 모든

좋았던 시절은

유리상자 속이다.

이렇게 끝내는 게 아니다.

그런

노래 속.

hseung@iroje.com (hp) 011-263-0623

세계여행이 잦아 통화보다 불통이 더 많은

건축가 승효상의

현대식 사무실 이로제는 군데군데

시멘트 벽돌이 그대로 드러나지만 자칫,

한 발짝, 계단 바로 옆이나 엉뚱한 곳에

낭떠러지가

바퀴벌레처럼 숨어 있다. 예술적으로

'긴장해야지.' 그렇지 아무리 유명하단들,

아니 유명할수록 사무실이 애들
구경거리는 아니니까. 그리고
어른의 건축가에게
낭떠러지는 낯설지만 늘 품고 다녀야 할
새로움과 운명을 동일시하는 어떤
상징 너머 기호다. 마루가 집필실인
우리 집에는 다행히 애가 없지만
낭떠러지도 없다. 이게 무슨, 가당찮은
황당한 비교? 그렇게 화가 임옥상과
농담을 한다. 우리는 머리가 아프기에는
너무 나쁜 거 아닐까? 아니 너무 나쁜 머리를 너무
아픈 머리로 아는 것 아닐까?

마감일은 최대한 늦춰주고 원고는 그 사정을
알고 마감을 지키는 것은 물론 날짜를 최대한
당겨주고 서로 그런 배려의 사정을 알고 그러는
것이 신뢰의
예의 아닐까. 그런데 그렇지
'않지.' 마감일을 당겨 잡고 원고가
마감일을 어기는 것이 피차 예술과
작업에 대한 자부심의
예의라고 생각하지. 이건 머리가 나쁜 건가,
아픈 건가, 그냥
작품은 안 되고
간섭만 되고, 그게 성가시지만

없으면 외롭고

골치만 아픈 건가? 하긴

같은 가사에다 음악을 그것도 한 시간에 달하는

작품을 여러 곡 붙이다보면 음악의

치매에 달하기도 하겠네. '짧은 가사일수록'

더 그런 거 아니겠어?

그런

하이든과 모차르트를 아는 그,

사이도 아는

노래 속.

수줍음이

오히려 추하고

그렇다기보다는 언밸런스하고

다행히

자그맣다는

인상이 그 모든 것을 커버하는

추함을 언밸런스 정도로

완화한 것도 실은 그것이었다는, 이라는

점을

뒤늦게 깨닫는

그 깨달음도 언밸런스하다가

자그맣고 편안해지는

이상한 아름다움이 있다.

내가 그녀를 부르지만

만나면 그녀가 나를 불러서

내가 여기에 앉아 있는 것 같은

그래서 내가 아직

지상에 남아 있는 것 같은

할 일도 없이

하릴없이 간절한

남자도 여자도 아닌 것은 물론

그 명명의

흔적도 씻긴 듯,

뒤늦게, 서서히, 자그맣게 편안하게

씻은 듯

이상한 아름다움이 있다.

'선생님'의

어감과도 미세하게, 그러나

천양지차로 다른 아름다움이 있다.

망고나 다른 풍성한 열대과일들의

과육의

육즙은 얼핏 그곳

원주민들의 식량

대용으로 섭취되었다는

영양학과 일맥상통하지만 '우선,'

냉장고를 제외해야 한다. 시원한 아니

이빨 시리도록 차가운 맛을 제거하면

일상이 꽤나 슬픈

제국주의론이 탄생한다. 어쨌거나

늙어서 더 시원한

마누라와 더 시원한

콩국수 먹는 여름.

장마는 아직 깨끗이 물러나지

않은 생태지만

미사곡을 이어들으면

Dona Nobis Pacem

안식이 안식의 거처로 되는

그런

노래 속.

곧이어

Kyrie

경악의 명징한 얼굴을

그대로 닮은, 그

닮음으로 치솟는

높이도 없이 끔찍함의

명징성만으로 치솟는

그런 노래 속.

그 뒤로

Gloria

휘황찬란이

과도하게 당연한

도처

폭발적이고도 싶다.

여럿이 만나도 피차

그만저만하게 늙은

관계도 너무 멀지 않고 그렇다고

너무 가깝지도 않고 그냥

그만저만하게 늙은

약속 시들하고 만남은 물론 만남의

결과도 미리 시들시들한

것을 미리 알고 만나는

대학동창들

만날

시간이

되었다. 엄중하다.

예언자를 알아주는 예언자의

고향은 없다고?

예수.

세상이 최고를 받아들일 리 없고(왜냐면 역사니까)

최고라는

객관의 착각(왜냐면 누구나 주관의 키보다 크지

못하다. 그 안에서 다른 누구든 그렇다), 은

불쌍하다, 오늘의

예수, 오늘이라는

예수, 세상을

깎아내리지 말고

낭떠러지로도

깎아내리지 말고

그 위로 두려운

슬픔의 키를 더 키워야 한다. 그것만이

최고의

가상현실을 적셔낸다. 그것만이

현실인지 모른다. 어떤 곳에는

시간도 정하지 않고 그냥

틀 때부터 끌 때까지 마구

수돗물을 쏘아대는

비데가 있다. 강도를 높이면 비데는 항문의

관장에 이른다. 정해진 시간도 없지만 정해진

내용물도 없다. 그래서 관장은 계속된다. 비데

보다 강력한 관장이 비데보다 더 오래, 영원히

지속되고 그치지 않으면

내용물은 아직 남아 있다. 그곳에서

만나리라. 대학동창들. 된똥 뚝뚝

끊어내듯, 내지 못하듯. 이제껏 유종의

미란 걸 맛본 적이 없다. 마지막 유종의

미라는 것이 있을 리도 없다. 누구처럼

기타 등등도 없다. 노래 속은 기타 등등이

아니다.

이럴 수가,

이런,

죽으려야 죽을 수가 없다.
이제 와서,
죽으려 했는데,
죽을 수가 없구나. 예수. 그런
탄식도 있다.
낮잠은
이미
그 속에
텅 빈
어둠의 교실.
기억의 공간을
빛의
각도로 세운다.

아무것도 없고
낮잠 밖만 있다.
낮잠이 낮잠 밖으로
끝없이 이어진다.
시간 밖으로 이어진다. 그런,
다시 시작할밖에 없는
빛나는 처형도 있다.
아직
오십견도 오지 않았다.
갈 길 멀다.
오늘의

잔해가

그리 질서정연할 수가 없다.

질서정연이

그리 질서정연한

처형일 수가 없다.

가끔은 눈물도 글썽거린다.

언제나

연속극은 가장 낮은 곳에서

눈물을

강제하지,

가망 없는 눈물의

참상도 강제한다.

그 후

몸은

욱신욱신 쑤셔온다.

몸이여. 눈물보다 더

정직한 몸.

제5원소의 22세기 속

아니더라도

아파트 빌딩들을 잇는

고가는

여기서도 하나, 둘, 셋,

그 위로

자동차는

여기서도 열하나, 열둘, 열셋,

다만

여기서도 너무 멀어

색깔은 구분되지 않는군.

말살되는군.

영화 옆 영화

속에서도 현실은 말살된다. '그건,'

당연한 거 아냐?

내가 발 딛고 있는 이 발 딛음은

사실일까?

그게 중요한 사실이라는

사실이

사실일까? 때로 음악은

싸리비처럼 싸늘하고

메마르게 내 가슴을 쓸고

지나간다.

비명이 섞이지 않은

음악도 그렇다.

때론 비명을 지르는 평화도 있다.

'때론'이 비명을 지르는

명사일 때가 있다. 영영 그러지

못할 것 같은

피아노 소리가 명징한

아둔처럼 들린다.

아는 노래를 통해서만 가창력이
증명된다는 것은 슬픈 일이다.
염원의 완성된 모습을 염원이
볼 수 있다는 것은 더 슬픈 일이다.
오, 환희의 노래, 그러나 환희의
노래!
늙음이 위안이 되지 않는
때가 있다. 오죽하면 필생의
작품을 쓰겠는가, 예감이 더 허망한
예감을 낳을 것을
알면서도?
욱신거림이
갑옷처럼 느껴질
때가 있다. 어제의
일은 돌이킬 수 없을 것이다.
그렇게 말하면 미래도
돌이킬 수 없다는
뜻이 된다. 괜찮다 요즈음은
장마 끝나고 닥칠 더위가
걱정이지만 그사이 중복 지나고
말복만 남을 것이고 그 전에
입추가 들어서 있다.
달력이 갑옷처럼
느껴질 때가 있다. 오지 않은

달력까지 떼어내는

행위가 갑옷처럼 느껴질 때가 있다. 사람들은

으레 점심약속에서 나를 제외하고

저녁약속에서도 제외하고 3차, 4차

악다구니 술자리 허튼소리

청소부로만 부르는 것 같다.

술을 아예 끊지 않을 바에야

한 두세 차쯤 접어주는

그게 더 올바로 늙는 형식이기는 하다.

문제는 악다구니가 이제는

울분은 물론

원인과 결과의 시대를 초월한다.

악다구니와 초월의

등식은 올바로 늙는 형식이 아니다.

옳게 늙는다는 것은 아름다운

하모니가 잦아들 듯 잦아드는 것 아닌가.

선율보다 아름다운

말이 되어가는 것 아닌가.

술과 섹스, 그리고

아름다움을 생각하면

모든 것이 정신과 육체

사이를 흐른다.

세상과 세상의

역사를

오페라 세계 속으로

여는

여백 같은 소리.

모든 말은 결핍이므로

여백을 거느리고 여백이 다시

더 드넓은 여백을 거느린다.

그렇게 보면 모든 말은 흑백의

여백이다.

대중화 같은 소리.

모든 말은 사물의 대중화고

대중화는 사물이 아니고

동작이다. 그렇게 보면

모든 말은 대중화로 저질러진다.

인터넷

브라우징도 이젠 그만두어야겠다.

그놈의

광고 때문에

지치지 않았는데도 지친

시늉을 하는

아빠가 되기는 싫다. 하긴

아빠라는 말도 어색한, 혹시 음탕한

나이다. 둘째아들놈도 아저씨

취급을 당하는 눈치다.

그런

노래 속.

모르는 노래가 더 감동적인

그보다

그것을 모르던 세월이 더 감동적인,

그보다

내가 모르는 그 세월이 더 감동적인,

그보다

막연히

세월 자체가 감동적인

때가 있다.

남녀가 함께 부른다는 사실조차

몰랐던 노래의

남녀 이중창이 더 감동적인

때가 있다.

그때 모든 소리가 이중창으로 들린다.

이중창의 소리다.

아니

그게 아니다. 그게 아니다.

아직도

노래 속으로 들지 않고

그 겉을 맴도는

노래

소리가

펼치는

광경이 있다.

비극적보다 더 낮게

비극적인

입구로 들어가는

울음의

빛나는

금관악기의

거대한

웅크림을 깊게 파고드는

더 낮은

소용돌이

속으로 번지는

울음의

울음 속

끝없는

확장.

아,

노을.

평생

여인 하나

몸 전체를

몸 전체로

울려

놓았구나.

그런

노래 속.

사랑노래
補遺

生,

수줍은 그대 입이 열리는 소리는 어느새 살의
떨림, 떨리는 소리는 벌써 누군지 모르고 코끝에
진한 내음 더욱 아득하고 아예 스스로 육화하는
소리,

그 불안한

電氣의 과정을 우리는 사랑이라고 부른다.

눈물은 겹겹이 쌓여간다. 이별이 아니라 불안의
액화를 위해. 다시 한번 스스로 육화하는
소리,

그 불안한

임신의 과정을 우리는 사랑이라고 부른다.

하긴 그것만으로도 사랑은 성공하였다 하겠다.

너무도 미세한 확률이 더 불안하다.

그대는 더 불안할 것이다.

수중을 수도 없이 헤엄치는 검은 물고기 떼가

수없이 사라지며 태어난다. 세포의, 번개,

거대한 삽시간, 태어나며 사라지는

번쩍임. 그것을 우리는 사랑이라고 부른다.

이별도 하기 전에 그것을 사랑이라고 부른다.

혀는 맛이 없고 그러므로 냄새가 없고 그러므로

끈적거리지 않는다. 다만 부드럽게
녹일 뿐이다, 자신의 혀를. 미끄러진 듯 딴 데서
입술보다 약간만 더 아이스크림처럼 묻어난다.
이런 실종을 우리는 사랑이라고 부른다.
사라진 영혼의
흔적은 붉지 않고 새빨갛다.
적나라하지는 않다. 이러한 색의 죽음보다 더
정교한 혼미를 우리는 사랑이라고 부른다.
손바닥이 온통 엎질러져 전신을 투명하게
저지른다. 귀에 문대지 않고는 발바닥의 그
어색한 몸통을 둘 곳이 없다. 그,
간지러움의
파탄을 우리는 사랑이라고 부른다.

그대가 내 안으로 들어올 때 나는 그대 속으로
길을 떠난다. 뒤집으면 그대도 그럴 것이다.
체위의
곡예가 있기 훨씬 전에도 그것은 그렇다.
체위는
현실적 떠남의 육체적 가상현실로 끝나는
이 불능의
섹스의
도무지 웃음이라고는 없는
키득거리지도 않는 몰아적
푸념을 우리는 사랑이라고 부른다.

하긴 그것만으로도 사랑은 무덤을 가볍게,
벗는다. 아니 사랑은 깊을수록
얕디얕은 무덤이다. 섹스를 하기 전부터
우리가 허우적대는 것은
그 때문이다. 섹스 중에도
우리가 더 깊은 슬픔을 기대하는 것은
그 때문이다. 더 황홀한 가난을
탐닉하는 것은 그 때문이다.
내 눈이 네 눈의, 네 눈이 내 눈의
이면에 경악한다. 그건 네 눈 속
내 눈이고, 내 눈 속 네 눈이다.
경악은 원래 그런 것이다.

소스라치게 놀라기도 전에
우리는 더 몰두한다. 실체를
찾기도 전에 두 몸이 뒤섞여
제 몸을 구분하지 않는다. 구분하지
못한다. 구분하지 못하므로 구분하지
않는다. 뿌리를 찾기도 전에
네 성기는 나의 얼굴이, 내 성기는 너의
뒤범벅이 되어, 다시 경악한다.
비극적으로 인식하기도 전에
혼동한다. 혼동하기 위해 경악하지
않는다. 경악하기 위해 혼동하지 않는다.
소리의

참상을 피하며 경악한다. 경악

하지 않는다. 혼동한다. 혼동하지 않는다.

의식은 혼동한다. 의식은 혼동이다. 안팎이

없으니 내 안의 너도 네 안의 나도 없다.

그렇다.

이러한 맹목의

공공성을 우리는 사랑이라고 부른다.

처형을 당하기도 전에.

하긴 그것만으로도 사랑은

사생활은 원래 그 다음이었다는

오래된 증명을 위한

모종의 얼개를 서두른다.

자고로 사라진

육체는 그렇게 사라졌다는

증명을 위한.

소리는 기울인다 소리의

귀를.

흐느끼기

직전이라는 뜻이다.

흐느끼는 소리는 귀가

가장 큰 소리다.

제 귀가 그렇게 큰 것을 스스로

몰랐던 소리기도 하다.

실눈을 파르르

감거나 뜨고
몸을 모두
잠그고
소리의 귀가 귀의 세상을, 흐느낌의
육체를 여는
보다 섬세한 이 맹목을
우리는 사랑이라고 부른다.
정말
흐느끼기도 전에.
그것은 정체 모르고 다만
생생할 뿐이지만
영혼보다 더 구체적이고 영혼보다 더
아름답다.
정체 없음의 더 애매모호한
바깥에서
다리가 조금 더 열린다.
셀 수 있다는 듯
반쯤 더 열린다.
이야기도 열린다.
비로소 우리는
사생활의
윤곽을 그린다.
죽음을 알기도 전에.
이 그리운, 서러운

동작을 우리는
사랑이라고 부른다.
그것만으로도 사랑은 세상에 아름다운
의미를 부여한다. 아직은 연마도 마모도
충분치 않고 다소 각진
이
모양을 우리는 명명이라고 부른다.
양팔은 꼼짝없이, 더 벌릴 수가 없다.
다 벌렸기 때문이다.
양팔은 꼼짝없이, 더 조일 수가 없다.
다 조였기 때문이다.
총량이 총체를

능가하는
이 자발적인
최대한의 감옥을 우리는 사랑이라고 부른다.
그것만으로도 사랑은 죽음에 가 닿는다.
더 중요하게, 그리고 거꾸로
죽음의 형식을 능가한다. 그리고
죽음의 내용은 불멸이다. 시간의 팔도
황진이, 펼쳐지는 세월 속에 숨어
꼼짝없이. 더 벌릴 수가 없고, 조일 수가 없다.
붉은색으로 번지다, 아니
빨간색으로 번지다.
그 밖에서 공간의 달빛도

붉지 않고 새빨간

피를 흘리다. 물고기는, 식물은, 동물은

짐승은 네 몸 안에? 내 몸 안에? 네 몸과

내 몸이 그 안에? 이토록 진화적인

몸의 몸속을 우리는 사랑이라고 부른다.

그것만으로도 사랑은 우리를 가시나무,

식물적으로 아름다운, 으르렁 이빨,

동물적으로 아름다운, 몸살, 미생물적으로

아름다운, 연체동물, 절정으로 아름다운

사람으로 만들어준다. 여자가 그렇게

아름다운 여자고 남자가 그렇게 아름다운

남자다. 그

사람이 이루

만진다, 코피 터지는 향, 어둠의 항아리를.

키운다, 어둠의 벽을. 쓰다듬는다, 나무의

껍질인 눈물을. 번개의 거꾸로인

피뢰침이 구석구석을 짜릿

짜릿 찌른다. 간혹 커피도 마신다. 식탁

위에서는 하지 않는다. 그래도 커피는

중단이 아니다. 커피는 휴식의 섹스다.

입도 없는

내 몸속으로 따스하게 진하게

고동색으로 번지는 것이 네게로

번지는 것 같은. 설마, 너도 그렇겠지?

모든 것이 수포로 돌아갈망정

딱 한 번 묻고 싶은.

딱 한 번 너는 여자, 나는 남자.

그러고 싶은.

정말 딱 한 번

하고 싶은.

그렇게 침묵의 벽을 키우고 싶은.

비가 되어 내리고 싶은

마구 쏟아지고 싶은

깊고 고요한 우물로

그만 정지하고 싶은.

그러나 식탁에서는 할 수

'없지.' 그건 마지막 경계다. 식탁은

자연적으로 인위적이다.

새 한 마리 날지 않는다. 우리 집

식탁에는 차라리 작업 마스크를 쓴

대문짝만하게 시커먼

철강 노동자 사진으로

배경막을 쳐놓았다. 욕망은 무엇보다

검음을 침범하지 못한다. 애들이

틈틈이 들락거리며 실거시들 하는 것은

괜찮겠지. 아직 뭘

몰라야 한다는 것이

관건이다.

말이 많군.

집중을 해야지, 집중.

누구냐, 어떤 년, 어떤 놈이야, 너 죽을래?

끝까지 참아내는

고통이든 열락이든 열락의 고통이든

끝까지 참아내는, 모든 것이

끝난 뒤에도 끝까지 참아내는

얼굴의 표정, 그

후회 혹은 희생의

부조리를

우리는 사랑이라고 부른다.

시간이 과거와 미래로

동시에 거듭나는

현재의 몸의 지리멸렬을

우리는 사랑이라고 부른다. 어떤

自慰도 방향도 없이 동물성도

식물성도 마구 흩어지려는 그,

잔영의 순간을 우리는 사랑이라 부르고

그렇게 불쌍하게도

인간적으로 뜨는

해를 맞는다. 텅 빈 성기가

팽창의 극에 달한다. 바람 한 점 불지 않는다.

붉은 충혈일 뿐

임종의

꽃 한 송이 피지 않는다. 아니
개념도 없다.
공허의
예감도 없다.
이 뒤늦은
하릴없는
unhappy
ending의
절정을
우리는 사랑이라고 부른다.
전희가 반복되는
후회도 이어진다.
눈물이 겨웁기도

전에.
육체가
저질러지기도
전에.
영혼이
상처 받기도
전에.
보는 것이
사라지기도 전에.
최초의 소리가 탄생하기도
전에.

그러나 이런 생의

섹스를 위해

우리는 태어났다.

욕망은 다시 무덤처럼 네 위에 엎드린다.

다행이다.

老,

노오란 현기증도 자세히 보면

갈수록 색에서 소리로 기울어진다.

노안이 환청을 더

키우지. 그게 여전히 노란색인지

이제는 볼 수 없지만

현기증인지는 들을 수 있다.

상상일망정 들을 수 있다.

시력과 함께 생의

장면도 희미해지고

귀의, 그 동굴 내부인

상상력에 제 몸을 아낌없이 맡긴다.

생의 노년은 그렇게 에로틱하다.

스스로 상상할 수 없지만,

정말

상상할 수 없을 정도다.

수박 속은 시뻘건 거며 파먹는 거며

아직 민망하지만

눈보라는 아직 소란의
기미가 묻어나지만
밤은 명징한
소리다. 病보다 老가 먼저라니
획수의 이치도 안 맞고
안 맞는
소리가 명징하다. 따그닥 따그닥
이빨이 말발굽 소리를 내기도 하고 그 밑에
젊은 부부
그짓 소리,
'이것들' 소리보다 더할 것도 없다.
이대로 계속된다면(병이 문제긴 하군. 옛말
틀린 거 하나 없어) 나의 시신도
명징할 수 있을까, 매춘도? 그렇지 않다면
죽음의 명징은 요원할 것 같다. 죽음도 그냥
썩어문드러지는
일밖에 안 될 것 같다. 그렇다면 굳이
죽음이란 게 있을 필요가 없다.
사랑이라는 生의 소리에서
사랑이라는 老의 소리,
사랑이라는 病의 소리,
사랑이라는 死의 소리,
그중 젤 좋은 마지막
소리에 이를 이유가 없다.

모과차에도 가래 끓는,

늙은 손바닥에 더 늙은 손금이 그어진

꼭두각시일밖에 없다. 죽음은 슬픔의

격자가 아니다. 시간이 공간을

끌어안고 공간이 제 몸에 시간의

누선을 얼음

구멍 내주는

소리가 죽음이다. 그 소리의

비밀이 사후다. 그렇게 밤하늘에

별은 총총 반짝인다. 왔다갔다하지도

않고 제자리서 반짝인다. 낯선 내 몸의

몸과 낯섦이 모두 명징하다. 그것을 마구

할퀴어대는

손톱은 아직 낯익음이 명징하고

그게 개운찮다. 당신이라는

어감과 같이. 사닥다리와 삼베옷

사이와 같이.

복도는 수평선을

명징하게 뒤집는다.

그 위를 기는 달팽이도

명징하게 뒤집는다, 축축한 길과

마른 걸음의

흔적을.

꽃잎,

비리다, 명징하다.

2007년 7월 27일 오늘

1987년 11월 16일 가요무대

효도특집 방송을 보고 있다. 가장 점잖은
사회자 김동건은 아직 쌩쌩하다. 김정구도
죽지 않고 창법이 성성하게 늙었다. 그때도
옛날의, 흘러간 노래다. 명징하다. 백마강
달밤에 물새가 울어 꿈꾸는 백마강은
43년도 곡이다. 효도상을 받은 며느리와
그 시어미가 초청되었는데 노인은 사회자
질문에 동문서답이다. 명징하다. 노래하자
꽃서울 춤추는 꽃서울 아카시아 숲속으로
서울씨스터즈가 노래한다. 왜, 양쪽의
더 예쁘고 더 늘씬하고, 춤동작도 더
야리야리한 두 아가씨는 사라지고?
명징하다. 끝까지 남은 억척의 뚱보
방울이가 원래 리드싱어였나? 상 받은 며느리
신청곡으로 안다성, 사랑이 메아리칠 때
어, 정말 안다성이다. 낮잠 마누라를
깨운다. 정말, 안다성이네. 바람이 불면
산 위에 올라 노래를, 늙었다, 늙음의
비브라토가 명징하다. 부르리라, 그대 창까지
건넌방 장모님도 보시라 그래. 장모님은
우시겠네. 달 밝은 밤은 호수에 나가 조용히

88올림픽 이전

최루탄과 화염병 냄새 우중충하던

흑백의 시절.

그것 아니라도 그때라면 그 방송

보았을 리 없다. 옛날의 더 옛날이

명징하다. 묻지도 말라 내일 날은

내가 부모 되어서 알아보리라, 이 가사의

나이는 도대체 몇 살일까?

현인이 노숙하게 꺾어 부르는 비 내리는

고모령 중간 반주가 오빠생각이었던가?

아닌가? 눈 녹은 삼팔선으로 시작되는

노래였던가? 오늘도 오늘의 흘러간

가요무대는 보지 않지만, KBS Prime 채널

시청자 의견을 받습니다. www.kbsn.co.kr

화면을 가로로 반쯤 차지한 흰 바탕

자막 광고는 꼴불견이지만

시간은 명징하다. '우리'라는

말은 미니멀의 육체. 침묵은 더 그렇다. 사랑의

침묵은 더 그렇다. '만약'은 정반대 쪽으로 그렇다.

황홀은 더 그렇다. 가야금으로 연주하는 캐논

변주곡은 흔들림도 명징하다. 우리는

물방울 속에 있고 그대가 내게 건넨

음악 앤솔로지는 우리 사이 죽음이라는

벽이 보이는 것 같다. 아름다운 음악이다.

조금만 판을 엎고 싶다.

죽음이 소리의

완성이라는

소리는 여전히

옳지 않다. 죽음 속이 소리의,

소리 속의 완성이라는

소리 또한 옳지 않다. 그렇지만

죽음에 가까워지면 사정이 달라질 것 같다.

죽음과 섹스 사이도 그럴 것 같다.

뜨고 지는

체계를

조금만 고치고 싶다.

표정은 언제나

실제보다 조금 더

일그러진 표정을 짓는다.

이제

설렘이 설레지 않고

멍징하다. 어쩌자고 그리

감정은 탁했단 말인가. 왜

명명이 아니라 호명이었던가.

바람은 아직도 습하게 분다. 깃털은

날갯죽지보다 더 축축하다. 죽을 날이

오면 부채도 멍징하다. 곡선도 자신의

애를 끊고, 끊음에는 곡선이 없다. 잊지

못하는 순간은 그렇지 않은 시간보다 턱없이
더 과장되고, 우리는 그것을 영원이라 부른다.
배고픔도 명징하다. 태아의 소리, 소리가
태아로 성장하는 소리, 그 직전의 소리.
소리를 머금는 명징의 소리. 태아의 연인은
꽃을 온통 뒤집은
붉은 여자. 아직 빛도 없이 붉은, 울음의 몸도 없이 붉은,
사방 천지도 없이 붉은 여자. 아직은 편지도 흐르는
강물도 없이 붉은 여자의 태아도 붉은
여자가 연인이다. 서로를 탐하는 안팎의
비극도 안이 안을 탐하는 땀내도 밖이 밖을
탐하는 희극도 분내의 간절이 명징하다.

값이 쌀수록 진하게 묻어나는
분내는 얼마나 슬픈가. 대중적이기 위해
천박한 여자, 이제 값싼 분내를 풍기지
않는다. 분내를 거세한 분노의
거세가, 사리처럼 명징한 밤이다.
흩어지는 것들이 더 명징하게 흩어지는 밤이다.
사라지는 것은 더 흩어진다는
사실이 더 명징하게 흩어지는 밤이다. 그것을
우리가 어리석게도 영원의,
어리석게도 상징이라 일컫는 밤이다.
몸 갖고 호들갑 떨 거 없다. 커피 한 모금을
마시면서 몸은

온몸으로, 시간도 공간도 없이 명징하다. 호들갑이
호들갑을 떨며 모를 뿐이다. 몸은 고뇌와 방황을
모른다. 앎이 알 뿐이다. 이것을 우리는 어리석게도
청춘이라고 부른다. 나이도 없는
젊음은 도처에서 쏟아진다. 쏟아붓는 이도 없이.
엎질러진 코피의 주어는 엎질러진 코피라는 듯이.
죽음은 열려 있는
옛 애인의 집이라는 듯이. 호명은 주어도 없이
온갖 자연을 거느린다. 그것을 우리는
사랑이라고 부른다. 영혼은 그렇게 자신의
육체에 대해 무책임하고 폭력적이다. 그렇게
민주주의는

방만한 육체가 비웃듯 꿈꾸는 소산이다.
주어도 없는
그리움을 벗는 소산이다. 서로 닮은 경험이
그 후
서로를 닮아가는
과정을 우리는 그리움이라 부른다.
그래서 슬픔은 명징하다. 그대보다 더
은밀하게 아름다운 그대
속살을 드러내고 싶다. 그렇게
우울은 쉴새없이 뒤집힌다. 명징하다.
주어가 없다면 그게 Jack the Ripper인지도
모르지. 다행히 그가 죽인 사람 수는

복수고, 여자 창녀들이고 다행히
그는 가장 현대적으로 악명 높은 별명의
주어 중 하나가 되었다.
젊음의 사태는 악화한다. 노년과
음모이론과 전설이 없다면 그는
너무 명징한 젊음의 사례가 된다. 노년은
보기와 달리
위협받기보다 위로하며 달래는 시간이다.
더러운 사랑이 명징한 시간이다.
닦아도 닦아도 지울 수 없는
더러운 사랑이 명징한 시간이다.
장미는 차라리
문장을 환하게
부숴버리지. 붉은 장미도 너무 환해서
붉지 않은
문법은
환하게 작살나는 현기증의
현기증 나는 집이다. 그 집은
무너졌다는 풍문과
무너진다는 풍문과
무너질 것이라는 풍문과
사뭇 다르게 무너진, 무너지는, 무너질 집이다.
두 눈과 외눈의 표정이 사뭇 다르듯이.
눈썹의 시선이 눈과 사뭇 다르듯이.

문득, 팩스로,

노년이 오듯이. 팩스는 언제나 이미 와 있다.

아무리 오래 기다린들 팩스는 정해진

속도와 순서로 들어오며 종이 한 장을

채운다. 아무리 빠르단들 기다림은 순서를

내내 지켜보지 않는 기다림이다. 속도와 순서가

없는 기다림은 언제나 그것들보다 길게

이어진다. 팩스는

아직 오지 않았거나 언제나 이미

와 있다. 입 안에 시큼한 트림으로. 몸의

내장의 지방자치가 명징해지는 시간이다.

사랑의 지방자치가 명징하게 해체되는 시간, 그

딱딱한 뼈가 뼈끼리 부딪쳐

명징한 미안,

명징하게 아픈 시간이다. 옛날이 바로

눈앞에 어여쁜 시간이다. 이제까지의

모든 나의

모든 집, 낡지 않은 집들이다.

잘 있거라, 나날이 나날과 작별하기도 전에

잘 있거라, 노년이 노년과 작별하기도 전에

잘 있거라, 그게 사랑이기도 전에

시인은 진실로 출렁이는 절망이고 싶었으나

사람들은 절망의 화려한 장식만 탐한다.

그는 죽고 사람들은 죽음의 장식만 탐한다.

아 그는 정말 절망적이다. 돌이켜보면
더 그렇겠으나 잘 있거라, 돌이켜보는
집이여 나의 모든 집.
돌이켜보는 일이 다시
집으로 되기 전에.
잘 있거라, 그 말도 집으로 되기 전에.
내게 슬픔은 미라의 다른 이름이다. 이름은 정말
공즉시색 색즉시공
의 다른 이름이구나.
이렇게 우리는 노년의
사랑보다 명징한 섹스를 한다.

病은 죽음 앞에 겁도 없이 흐리고 겁도 없이
죽음 앞에 아픈 병이다. 아픈 병은 비유도
너무 어설프게 아픈 병이다. 때로는 죽음이
안절부절한다. 마지막 앞에 마지막들이
수도 없이 끝도 없이 도열하며 죽음을 호명
하는 병이다. 연애시에는 안 보이던 시인의
가치가 육화한다. 육화는 기승을 부린다. 그
내용은 숱하지만 틀은 같고, 깊어 보이는
것이 얕고 얕아 보이는 것이 깊다. 하지만
의외가 없다. 우리가 병의 사랑보다
명징한
섹스를 하기 때문에.

우리나라 참

'억척스러워,' 이 조그만 나라에서

세계 1등 엄청 많잖아? 마요네즈, 맥심,

반도체, 유조선, 판매 점유율 1위는

수도 없잖아. 그거, 악착스레,

2등에 만족한 결과

아닐까? 미국 따라잡을 생각 애초에 접고, 일본

제조업 따라잡을 생각 별로 없는 결과, 나쁠

것도 없는 결과 아닐까. 전쟁을 일으키지

않잖는가. 물류와 동남아 관광과 졸부 파티와

외국인 노동자 구타와, 악다구니로 물대포

소요는 평화롭지 않은가. 1등이 되고 싶다는

편견을 버려야 민족을 버릴 수 있다. 늘그막

사랑니는 전동칫솔을 대도 냄새가 남는다.

하긴 35년 전 대학 2년인가 3년인가 그해

풍미하던 서정주, 김수영, 김지하, 김민기들

그들을 엉성하게 모조한 조각들이 상식적인

속담과 한데 어울리며 감상의 누더기를 기우는

내 첫 작품, 쪽팔릴수록 그 속에 짝사랑

'珍아'는 더 부끄럽고 그럴수록 더 환하게

빛남이 육체적이기는 하다. 그 육필이 하필

어감도 하드커버도 오래되었지만

어여쁜

WALTER

DE LA

MARE

시선집 내지에 쓰여 있어 더욱 그렇고 그 유명한
T. S. Eliot이 편집자로 일하다 공동대표로 승진한
그 사실 하나만으로 충분한 권위를 인정받는
그래서 여러모로 똥배짱이고 여러모로 그래서는
안 되지만 그래도 되는

FABER AND FABER LIMITED

판이라 더욱 그렇다. 육필은 글씨가 꼬불꼬불
비틀배틀해서 그것은 더욱 그렇다. 정말 육체야
말로 결핍이라는 생각이 든다. 영혼은 쓸데없이
충만하다. 까마득한 고등학교 후배들의
100주년 기념 청탁이 아직도, 뒤늦게 오고
나는 이렇게 쓴다. 다 좋은데, 저는 문예반
아닌 도서반 출신이라. 뭐 인원이 겹치기는
했지만, 저는 도서반만 한 케이스라. 다른 걸로
보탬이 되면 좋겠네요. 축시도 좋고(지랄)
문학대담도 좋고(더 지랄), 요즘 문학한다는
청년들 보면 기특하거든요(더더욱 지랄).
더군다나 후배라니까(갈수록 지랄). 물론

괄호 안은 그때 아닌 지금 생각이고, 따져보면
나의 진심도 아니다. 사랑노래
원전의 굴레를 나는 언제나 벗을 수 있을까?
활자 크기가 훨씬 더 작아지지
않고서는 불가능할 것 같은데, 활자가
이대로 영영 더 작아지지는 않을 것 같다.
하긴 그것도 가시적일 뿐이다. 사랑노래는
굴레를 벗지 못하는 사랑노래다.
굴레를 벗지 못하므로 사랑노래다.
굴레를 벗지 않으므로 사랑노래다.
면봉이 닿기 직전 귀지는 더 간지럽다.
주어도 없이 몸이 몸을 떨기 때문이다.

1차도 2차도 3차까지도 탈 없이 마시다가
4차 끝에 아니나 다를까 엄한 선배와 엄한
전라도 시비로 가냘픈 주먹 한 방을 날린
자주 그러다가 주로 맞는다는 소문도 있는
그래서 미안한지 그 뒤로 엄한 내게 연락이
없는 高某한테서 高某
책이 왔다. 서명이 없으니 딱히 그가 보내지
않았을 수 있고 그가 군이 서명을 하지
않았을 수도 있다. 나는 그게 더 편하고
그 점을 그가 안다. 하지만 그건 상관이 없다.
책이 왔다. '말들의 풍경.' 신문
연재했던 글이고 내가 좋아했던 연재라

목차를 내용으로 내용을 목차로

때우는 식으로 대충 건성 읽을밖에 없는데

그 전에

그 앞에

이런 헌사가 있다.

나를 세상 속으로 이끌어주는,

내 든든한 누이, 京姫, 洞映에게.

그는 언어학자고, 언론인이고, 문학인이고

그의 누이 이름은 너무 착해서 어지럽고

가슴 아프다.

그런데

그 전에

그의 새로운 e-mail 주소가

MISSHONGKONG@naver.com

이다. 이런 발상을, 더군다나

기발이 세계적으로 난무하는 naver,

ID 작명의 전쟁터에서 기발을

깨는 발상을 쟁취하다니.

그 전에는

aromachiㄴ가 뭔가, 무지 고상했는데.

오늘날 시비와 떨어져 살려면

누구나 조금씩

딴따라가 될밖에 없다는 것을

그도 수긍한 것일까? 곧, 연락이 올 것도 같다.

그가 미안한지 연락도 못하는 동안
엄하게 맞았던 그 선배는 정말 엄하게
나한테 사과를 했다. 다음날 두 번씩이나.
사실 그는 나보다 더 본격적인 딴따라다.
연락이 오면 좋을 것도 같다. 하긴
그것 아니라도 高某의 최초 공격은
애정을 표시하는 다소 을씨년스런
엽기의 방법이라는 설도 있기는 하다. 이른바
그의 '오바질'이다.
이메일을 먼저 날린 적이 한 번도 없고
답장도 희귀한 내 버릇이지만
이번엔 한번 해봐?

놔두지 뭐. 미스 홍콩과
할 것도 아닌데. 존댓말로
할 것도 아닌데. 막차는
막차를 탈 수 없다. 그렇지 않단들
타지 마라, 자칫 돌아오지 않는다.
아니다. 아침이 되도록 가장 숨가쁘게
고래처럼 달려오므로 막차는 막차다.
내 몸 안으로 달려올 수
없으므로 막차는 막차다. 아니면 내가
막차므로 막차는 막차고 어쨌든 내 속에
있지 않으므로 막차는 막차다. 그것이
나를 슬프게 한다. 그렇게 막차를 탄다.

끊어지지 않는 것만 이어지고 그

만큼만 우리는 사는 것이다. 죽음은

그토록 자명하다. 물의 뼈대는 그토록

검다. 검음의 뼈대는 그토록 명징한

소리다. 그해 여름 장맛비가 드러내던

그녀, 젊은 나보다 훨씬 더 싱그럽던 살,

이제는 오래되어, 더 싱그러운 소리다.

나풀나풀 하얗게 뜨는 만면의 웃음, 소리다.

아직도 반응하는 속옷의 육체의, 소리다.

내 육신을 썩게 하는, 그것만이 썩지 않는

소리, 상처의 소리다. 뒤늦은 포옹이 꽤나

길길이 뛰는 소리다.

깻잎은

톡 쏘는

죽음의 맛.

냄새라면 시신이지만 모양이라면

죽음의 맛.

죽음은 전통 음식의

묵은 김치 맛.

삶은 돼지고기와 더 톡 쏘는, '사쿤' 홍어 살의

삼합

은 과하지.

감각은 죽음이다. 허겁지겁도 없는

감각은

끊어지지 않는 것만 이어지고
그만큼만 우리는
살았다고, 산다고 하는
죽음은 이토록 자명하다.
장례식이야말로 가장 슬픈
가상현실이다. 그것을 우리는
제의라 부른다.
오래된 듯한
물
김치 맛.
들추어
보기도 전에.
속 시원하게 내 안의
동물이 아닌
식물도 아닌
죽음을 풀어놓는.
오늘의 섹스도, 설령 그것이
사랑이라도, 그것을 위해 동식물의
자연을 끌어들일 필요는 없다는 듯이.
거룩함이 일상으로 스며드는 일상이
거룩함으로 스며드는 바이킹 속이다.
장마 마지막 비
꾸물꾸물대더니
약속대로

기어코

빗방울이 널판 천지사방으로 튀는

죽음상자

그 속을 한 번 더 만들어주고

감쪽같이 물러났다. 너무 오래 기다렸다는 듯

금방

너무 덥다. 크게 보이는 내 발이 그만큼 더

불쌍해 보이는 것을 어쩔 수 없다.

더 크게 보이는 내 손이 더

더러워 보이는 것은 어쩔 수 없다.

더 무거워 보이는 내 몸이 더

오장육부 꾸러미에 비린내 필사적으로

땀 흘리는 것은 어쩔 수 없다.

곡선 같은 소리.

곡선은 모종의

결과다. 모종은 모종의 직전

이므로 직선에 가깝다. 곡선은 모종의

직후가 아니고 그 후다.

그러므로 곡선은

사라질 수 없고

그렇게 완강할 수가 없다.

옛날한테

해설을 맡길 수야 없다. 위태로운

결론은 더욱 그렇다. 누추한 여관방을

들락거리는

출입은 더욱 그렇다. 가물가물한 옛날의

추억은 더욱 그렇다. 우리는 누구나

코 묻은 소꿉쟁이

아동 성희롱 상습범의

전력을 어루만지는 것이다. 그렇게

탐스러운 것이다.

그래서 읽는 것이다.

그래서 훑는 것이다.

그래서 짐승이

수시로 출몰하는 것이다.

맹수로도 돌변하는 것이다.

시 값이

전설의 고향

제작비에 못 미친다. 당연하다.

RE: RE: RE: RE: 안녕하세요 김정환 선배님

지나친 욕심인지는 모르겠습니다만,

바쁘지 않으시다면

가능하면, 의 답장이 왔다.

RE가 너무 많고 가능하다면 바쁘지

말아달라는 얘기라면 좋겠구만

가능하다면 바쁜 척하지 말고 바쁘지

않은 것을 부디 완곡히

들켜달라는 얘기? 하지만 체념도 당연하다.

깊은 맛은
목구멍에 깊은 맛이다. 입덧과 반대 방향.
메스꺼워라.
어지러워라,
꽃을 피우는 꽃을
피우는
꽃을 피우는
간지러워라, 간지러워라
꽃이
피는 꽃이 피는
꽃이 피는
쾨헬 넘버 174,
406,
515, 516, 593,
614의 여섯 개 모차르트
현악 5중주들은 그렇게 섹스를 한다.
어두운 현악 4중주를 벗으며 우울이 명징한
우물을 머금는 현악
5중주들이.

死.
시계가 또 하나 섰다. 둥근 테두리 검고 그 안에
얼굴 새하얀 단순한 디자인이다. 몇 개를 더 사야
나의 생은 설까? 산다는 게 시계 사는 일인지도

모른다. 시계가 설 때 모든 것이 서는 것인지도.
서재에 온통 선 시계만 보인다. 그렇게 나는
오늘을 잘라낸다.
물론
나보다 더 유장한
흐름을 위하여.
나의 생도 처음부터 다만
그 자그만 반영일
뿐인 듯하여.
이 말의 어감도
죽음을 닮아간다. 죽음의
손목시계 소리는
슬그머니

죽음을 넘어가는 소리다.
밥을 주거나 흔들어
주어야 하는
30년 빛바랜 금칠 불로바
결혼시계다.
땀도 차지 않고, 가장 기괴한
비명조차 서늘한
음풍농월이다.
그 옛날은 그 안에서
너의 몸의 깊은
체위가 그토록 생생한 것이었다.

제 껍질을 뒤집는

매미 울음처럼 뜨겁기도

한 것이었다. 죽음의 프리즘. 죽음

이라는 프리즘. 죽음의 스펙트럼. 죽음

이라는 스펙트럼. 죽음의 스펙터클. 죽음

이라는 스펙터클.

흐느끼던 너의

소리는

그렇게 펼쳐지며 잦아드는 거였다.

안 그러면 흩어져버리는 거였다.

떨리는 너의

은밀한

살의

투명한 떨림은

안 그러면 사라져버리는 거였다.

특히 영혼은

휘발해버리는 거였다.

내 몸을 파고들던

네 몸을 파고드는 내 몸보다 더

저돌적으로 내 몸에 스며들던

네 몸의 내음은

안 그러면 그냥 쏟아져버리는 거였다.

그렇다. 사랑의

인격은

죽음 속에, 죽음 속으로 남는 거였다.

그렇지 않으면 사랑은 품사의

형편도 없는

추상으로만 남는 거였다. 삶의

추상이므로 사랑이 아프고 죽음의

인격이므로 사랑은 더 아픈 거였다.

그러므로

이제

흐느낌이 더 분명하게

흐느낄 수 있다.

떨림이 더 분명하게 떨릴 수 있다.

은밀이 더 분명하게 은밀할 수 있다.

아픔이 더 분명하게 아플 수 있다.

인격이 더 분명한

이름일 수 있다. 내가 어디에 속해 있는지

모르는 것도 줄넘기고 거룩한

줄넘기도 벽화다.

그럽시다. 8월 10일 이후 아무 때나 날을 잡고,

장소는 우리 집. 저녁 무렵으로 하죠. 아니,

아예 날 잡지 뭐. 8월 10일 금요일. 7시.

시내에서 양화대교 건너자마자 좌회선,

길 나오자마자 우회전하고 150미터쯤 올라오면

유원제일아파트 205동 1307호. 전화는 2635-4152

RE: RE: RE: RE: RE: 안녕하세요 김정환 선배님

네, 그렇게 하겠습니다. 정말 감사합니다!

내가 괜히

아들보다도 새까맣게 어린,

까까머리에 온몸 털이 뒤숭숭할

후배들한테

느낌표를

쓸데없이 하나 더 강요해버린 건

아닌지. 설마 내가

그들과 같은 나이에서 다시

시작할 수 있다는 미친

생각은, 아니겠지?

내가 바라는 것은 나의 젊음이

아니고 젊음의 상실도 아니고

상실의

새로운

젊음이다. 아니 나이 문제가 아니다.

상실의 문제다.

상실과 죽음의

새로운

관계 문제다.

어쨌거나(라니!)

그들과 만난 소식을 내가

이어 전할 수 없을 것은 명백하다.

하지만 나의 죽음은 사소하게

단절하지 않고
사소한 것을 의미심장하게
만드는 사소한 죽음이다. 사소한
소리도 슬그머니 죽음을 넘어가는
사소한 죽음이다. 죽음을 닮아가는
생. 그건 생명의 태아를 보살피던
죽음(이 아니면 도대체 그 무아의
시간을 누가 보살피겠는가)과 다르다.
그렇다. 죽음도
나이를 먹어간다.
그러므로 더욱 이제는
어쩔 수가 없는 것이다. 기억이 생생한
죽음의 살을 입는다.

그러므로 지금 있는 모든 것들은
없는 모든 것들만 못한 것이다.
그러므로 지금 이뤄진 모든 것들은
이뤄지지 못한 것들만 못한 것이다. 그
결핍이 뼈아픈 것이다.
죽음은 그 결핍을 채우지 않고
더 분명하게 결핍시킨다는 것이다.
그렇게 우리가 살아가게 한다는 것이나.
살아가는 것이 앞서 가는 것이게
한다는 것이다. 그것을 우리는 가까스로
슬픔의

뼈대라 부른다. 사라진 것이 사라져
원래의 몸보다 생생한 너의
체취가
은밀이
떨림이
투명이
흐느낌이
스밈이
인격이
손아귀에 잡히지 않고
손이 스스로 더 생생한 자신의 손을
느끼게 해준다는 것이다.

발이 더 생생한 자신의 발을, 무릎이
더 생생한 자신의 무릎을 갈비뼈가 더
생생한 자신의 갈비뼈를 느끼게 하면서
죽음은 더 생생한 자신의 죽음을
느낀다. 그 느낌의 소리다, 너의 몸은.
그러니 오래된
상실이여, 오래될수록
너는 살짝만 엉덩이를 들어다오. 나는
관 속에 시체가 아니라 또 다른 더 가지런한
관을 꺼내듯, 담배 한 개비 피울란다.
집 안에 비수가 될 만한 것은 모두 치울란다.
장소를 옮기는 거겠지. 찬장에는 비수가 없다.

커피도 한 잔 더 마셔야겠다. 블랙이 아닌
다방식으로. 시체가 아닌 얼음을 꽉꽉 채운
냉커피로. 죽음 건너편으로 마실 가듯 산책도
하고 죽음과 숨바꼭질을 하듯 여행도 다녀야겠다.
산엔 안 갈란다. 교외의 산은 더더욱.
몸과 마음의 건강에 좋다는 것은 치매에
좋다는 뜻이지. 치매 걸리기에 딱 좋다는 뜻이야.
아예 살기로 작정한다면 건강도 치매가 좋기는
하겠지마는 어차피 내려올 것 아닌가. 죽음과 삶이
겹치는
경계를 두고 치매와 맨 정신을 오락가락할
필요는 없지 않겠는가. 치매가 미분하고

적분하는 과정을 나날이 주말마다 연휴마다
혹은 공휴일마다
굳이 나서서 확인할 것까지는 없지. 그런
노고는 정말 치매의 노고인지 모른다.
따지고 보면 classic, 특히 음악이 더 가시적인
치매지만 충분히 투명해서 노래 속이
보이므로 그것은 산행과 거꾸로일 수 있다.
자연은 우리에게 자연 속을 보여주지 않고
그건 동물과 식물에게만 보이고
그걸 어떻게 아느냐고? 그건
우리 눈에 동물과 식물만 보이는 것과 마찬가지
이치고, 그러므로 산은

동식물들이나 살게

'놔두라구.' 치매에 걸려도 인간의 숨은

그들에게 치명적일 수 있다. 어쨌거나

잊어. 잊어먹어야 어느 날 튀어나온다는

의미에서도. 죽음은 인간에게 산보다 훨씬

더 친근한 생명의 내파, 그곳으로 가는 길보다

더 근본적인

따스할 것도 안온할 것도 없는 그래서 더

거룩한

품이니. 우리 마음속 어둑한 저녁 더 어둔 산의

절경이 죽음이다.

선 시계는 선 게 아니라 조금씩

느려지는 것 같다. 시계를 보는

내가 그때 멈췄던 것 같다. 괘종

시계는 손목시계보다 더 광활하고

초침도 손목시계 시침보다

더 느린 것 같다. 죽음을 여기까지

운위하면서도 내 착각 이 지경이다. 하긴

들여다보면

죽음과 시간 속에는 아무것도

보이지 않는다는, 들리는 것은

보이지 않는다는, 모양의 소리가

보이거나 소리의 모양이 들리는 것이라는

이야기를 나는 여태 해왔다.

그렇게 새벽이 오는 동안 나의
머리칼은 형편없이 세고 배는 허기져
왔다. 어쩌랴
돌이킬 수 없는 죽음이 투명하다.
죽음과 돌이킬 수
없음의 등식이 투명하다.
모종의
유언을 나는 지나왔다. 갈수록
모종이 투명하다.
그러나 내 눈은 투명하지 않게
관 뚜껑을 닫고
그 너머는 암전일 것이다.

이제
죽음은
실낱같은 희망도 된다.
그,
소리.
죽음의 실핏줄로
이어져온 소리. 아니 죽음의
실핏줄인 소리.
마지막으로
'죽음=실핏줄'인 소리.
소리의
노래 속

인 소리.

음악이 멈춘 지 오래되었다.

귀도 알게 모르게

음악이 멈춘 지 오래되었다.

노래 속이다.

그 후는

왔다, 경주에. 도로 표지판도 길바닥도 버젓이

통용하는 '시내'에. 거대한 초록 무덤이 우람한

나무를 몇 그루씩 키우고

자잘한 막창 골목과 고물 자전거

70년대를 애매하게 개발 제한하는 일상을

슬하로 거느리는

중심가에 왔다. 울창한 나무 숲

나는 내 방향의 주인이 아니다. 나는 어디에 있든

天地四

方이다. 바다를 배경으로 거느린 소나무들

사이를 두 남녀가 걷는다. 죽음은 그렇게

Sex를 벗는다. 멀지 않은

끝에서 지워지는 바다. 웅자의 산

疊疊 거느리고, 끌려가는 소처럼 노란 눈을

가련하게 꿈벅이는

신호등, 그것이 나다. 그 아래 도시순환 고속도로는

기나길게 뻗기만 할 뿐 아무도 없다. 제일 오랜,

친한 친구 하나가 말한다. '1번국도는 목포에서
신의주까지지.'

에필로그

이별과 달리 별리는 흐리지 않고 꽝꽝 닫힌
그 속에서 삶은 어쩔 수 없이 흐르는 음악, 음악은
별리를 비추는 별리로 흐르고 슬퍼 마라, 그래서
네가 있고 내가 있었다. 울지 마라, 울음이 흐르지 않고
그래서 거울이 있고 음악이 있었다. 따로따로 있지 않고
별리로 있었다.

별리와 달리 이별은 가장 짧고 황홀한 만남 속에도
그렇게 왕래가 있었다. 황홀한 순간은 없고 황홀했던
순간만 있었다. 기쁨의 가장 어두운 속살, 어둠의 가장
깜깜한 이면까지 바라보았다. 껴안았던 것은 죽음의
비유가 아니고 왕래였다. 별리와 달리 이별은
아주 짧지만, 헤어질 시간을 허락한다. 그때 이별은
모든 것이 순식간임을 안다. 슬픔을 알고,
모든 것을 안다.
같은 얘기다. 그 밖의,
치매도 같은 얘기다.

거룩함이 흐르는 '노래 속'

황광수(문학평론가)

1. 세계를 닮은/뒤집은 복잡성

'이 거대한 생명체를 무엇이라 불러야 할까?' 이 글을 처음 쓰기 시작할 때 이렇게 써놓았었다. 그리고 도중에 지워버렸다가 다시 되살려놓았다. 처음 쓴 것은 명명의 강박 때문이었고, 지운 것은 그에 대한 자의식 때문이었고, 되살린 것은 이 의문 자체를 그대로 남겨두는 게 좋겠다는 생각 때문이다. 시인 자신도 의문을 표하고 있는 터에, 구태여 꼬리표를 달아둘 까닭도 없을 듯하다. "이 화상을 뭐라 부를꼬? '살아본 나'와 '안 살아본 나' 사이 화해의 기록이라고나 할까. 둘을 합쳐 그냥 '새 길 銘'자 하나로 족할까?"('後記')

다채로운 사물과 현상들의 생성과 변화를 형상화하고 있는 이 낯선 언어구성체는 무엇보다 거대하면서도 복잡하다. 게다가 응축, 비약, 그리고 아이러니보다는 전복 또는 왜곡에 가까운 표현들이 수시로 출몰한다. 무엇 하나 낯익은 것이 없다. 화

자의 거처가 있는 영등포구 당산동이나 자주 다니는 합정동 네
거리조차 처음 보는 낯선 풍경들처럼 다가온다. 그것들은 낯익
은 풍경들이 낡음을 벗는 광경들이다. 그런가 하면, 단순한 기
표들, 이를테면 '꽃'이나 '새'도 어떤 이미지나 상징으로 고정
되지 않은 채 빛, 색, 소리, 동작 들의 연쇄들로 펼쳐진다. 그래
서 독자들은 의식을 채우고 비우는 일을 분주하게 거듭할 수
밖에 없다. 이러한 낯섦과 격절(隔絶)의 느낌들은 우리의 경험
적 요소들을 황홀하게 해체하며 흘러간다. 이러한 효과는 물론
현대시의 특수한 일면이라고 말할 수 있지만, 지금까지 보아온
것들과 분명히 다른 것은 해체를 방치하지 않고 '노래' 또는 '노
래 속'이라는 매우 특이하고도 새로운 차원 속으로 수습하며
생명적 흐름을 이어간다는 것이다. 그런 다음, 이 시집은 「사랑
노래—補遺」라는 독립된 시 한 편으로 마무리된다.[1]

    『거룩한 줄넘기』의 '줄넘기'는 명사형 동사이다. 그것은 반복
적 수행으로서의 운동성에 대한 비유일 뿐 어떤 구체적 행위에
대한 이름이 아니다. 겉장을 넘기고 '차례'를 보면, 커졌다 작
아졌다 하며 열여섯 개의 로마숫자들이 세로로 줄을 서서 물고
기의 등뼈를 연상시킬 뿐, 소제목들은 눈에 들어오지 않는다.
이 시집을 끝까지 다 읽어도 이 열여섯 부분들의 내용들이 어
떻게 연관되어 있는지 가닥이 잘 잡히지 않는다. 그러니까 로
마숫자들은 내용을 구획하는 울타리라기보다는 생명의 흐름을

---

1)   앞에 나온 시집들의 목차를 살펴보니 '사랑노래'라는 제목이 붙은 시가
서른 편쯤 된다. 그러니까, 이 시는 그 모든 '사랑노래'의 '보유'이면서, 『거
룩한 줄넘기』의 복잡성을 '사랑'의 원리로 수습하는 형식적 기능을 하고 있
는 것으로 보인다.

교감하는 세포막의 기능을 하고 있다. 이러한 구조로 인해 이 시의 중심주제들은 순서나 배열과 무관하게, 가까이 또는 멀리에서 서로 조응하고 있다. 뒤섞인 채 유동하는 것이 이 거대한 생명체의 생리이다. 그래서 이 언어구성체는 사실상 해부 또는 분석이 거의 불가능하다. 명명이 불가능한 감각의 파장과 운동성들은 비평적 개념들 너머에서 작동하고 있다. 감각작용을 통한 심미화, 사유를 통한 의미화, 감각작용을 매개하는 동사들 또는 동사적 흐름, 이 두 작용으로 느낌과 의미를 부풀려가는 주제와 그것을 조명하는 보조적 개념들, 이 개념들을 형용하는 낱말들은 서로를 함축한 채 유동하고 있다.

이 시는 문명적 진화로 이루어진 세계에 대한 반대명제 또는 대체물로서 존재하려는 욕망을 내재하고 있다. 그것은 이 세계 안팎에 그것과 함께, 그것처럼 존재하고 싶어한다. 이 시에 소제목들이 없는 것도 이런 현상과 무관하지 않을 것이다. 이 그로테스크한 언어구성체는 몇 가지 주제들로 분류되지 않는다. 그 안에는 인류의 문명사에서 끝없이 잘게 나뉘어온 요소들이 다채롭게 뒤섞이며 문자 이전을 연출하고 있기에, 그것들은 어떠한 이론으로 분석될 수도 없다. 그것들은 시인의 의식-무의식의 용광로를 거쳐 아주 낯선 사물처럼 드러나고 있다. 최소한의 심미-의미 작용이 이루어지고 있는 대목만 떼어내 보더라도 그렇다. 이를테면, "동물은 역사가 없으므로/시대착오도 없다./죄의식이 없으므로/대속이 있을 수 없다./산양의 노래/그리스 비극은/그게 더 비극적이었는지 모른다."(381~82)[2] 세

527

---

2) 괄호 속 숫자는 이 시집의 페이지 숫자를 지시한다.

문장으로 이루어진 이 대목에는 동물들로 반조되는 인간의 역사와 종교와 문학이 뒤섞여 있다. 이러한 생각의 흐름은 낮잠에서 깨어난 일상의 한순간에 이루어지고 있기에, 화자의 시적 사유는 수시로 일상적 감각과 뒤섞인다. 아니, 화자의 일상적 감각과 의식 자체가 문명사 전체와 예술 일반, 그리고 삶의 현실을 뒤섞고 용해하며 '거룩함'을 얼핏얼핏 드러낸다. 그래서이 복합적 언어구성체에서는 뚜렷한 진행 방향이 포착되지 않는다. 어떤 방향성 또는 목표가 있다면, 그것은 끝부분에 있지 않고 전체 속에 스며들어 있을 것이다. 그것의 드러남은, 나타나는 순간이 사라지는 순간인 용처럼, 사라진 다음에야 어렴풋이 감지되면서, 우리가 일상에서 늘 놓쳐버리는 순간들의 속성을 환기시킨다.

1만 2,000행이 넘는 이 시의 진행적 구성방식은 시사에 유례가 없을 만큼 특이하다. 그러나 이러한 특성을 전체적으로 살펴보는 것은 이 글에서는 불가능하다. 그러니까, 전체적 특징을 가장 유사하게 반영하고 있는 한 부분만 따로 떼어내, 그것도 앞부분 스무 페이지 분량만 간단히 살펴볼 수밖에 없다. 이부분(XIII)은 얼마간 의식의 흐름을 닮았다. 이 '닮음'이 다채롭게 흘러가는 오브제들의 '같음'과 '다름'을 대립시키면서 통합한다. 은유적으로 드러나는 최소 단위들이 환유적으로 이어지고 있지만, 환유가 인접성을 매개로 한다는 통념은 깨어진다. 의식은 인접성만을 매개로 흘러가는 것이 아니기 때문이다. 이 '환유'는 인접성과 비(非)인접성을 두루 포괄하며, 텍스트의 차원에서 은유적 기능을 지닌다. 'XIII'(274~325)은 약 오십 페이지 분량이 연 구분 없이 이어지며, 생활 또는 그것에 대한 '이야기'는 그 자체가 해체적으로 존재한다는 사실을 어렴풋이 드러낸다.

이 부분은 "노래 속/이야기는 해체되지 않고/이야기가 해체다"(274)로 시작되면서, 일상적 복잡성이 '노래 속'으로 수렴될 것임을 암시한다. 화자의 의식이 맨 처음 발을 내딛는 곳은 합정동 네거리. "합정동은 부동산과 24시간/체인점을 신작로 속으로/방류하는/4, 5층짜리 낡은 건물 그대로다. 그보다 더/고층건물 간판도 값싸게/낡았다. 번지레한 랍스터 전문점/건물만 새로 세워져 하릴없이/낡음을 배우는 중이다."(274) 화자가 새로 들어선 건물이 "낡음을 배우는 중"이라고 의식하는 것은 그 자신이 살아온 세계를 지배하고 있는 '시간'을 육화하기 위한 일종의 복선이다. "돈 많고, 너그러운 변호사 친구가" 사준 랍스터 회를 먹고 남은 것을 싸가는 행위가 "시신의 수습"으로 비유된 다음, 느닷없이 "잠이 깨는 새벽에/듣는 국악은 탄생 이전/장송곡 같다"(275)며, 화자 자신의 일상적 경험 한 자락을 떠올린다. 이렇게, 건물의 낡음이 어느덧 '장송곡'의 분위기에 감싸인다. 그런 다음, 화자는 자신의 시간감각을 드러낸다. "27년 만에 27년 전 결혼 예물/불로바 시계를 다시 찼다./시간은 그렇게 변한다./시간은 오래된 거리가 서서히/변하는 것처럼 변하지 않는다. 오래된/거리에 오래된 비가/내리고 오래된 등이 젖을 뿐이다."(277) 화자는 시간의 두 차원을 대립시키고 있다. 하나는 화자의 의식 속에서 감지되는 시간이고, 다른 하나는 사물들 속에서 작용하는 생성적 변화의 시간이다. 물질들의 세계에서는 거리도, 비도, 화자 자신의 등도 오래된 것들로 드러나듯이, 우리의 일상은 낯설 것이 없는 것들로 이루어져 있다. 한 세대가 지나서 결혼 예물 시계를 다시 찬 이야기를 통해 화자는 시간의 의식적 차원을 드러내면서 그 느낌을 비에 젖는 몸으로 육화하고 있다. 그런 다음, 화자의 의식은 방배동 카페 골목으로 건너뛰어, 그곳 모텔에서 저질러지는 '불륜의 쾌락'을 통해 '시간'의 또 다른 차원을 드러낸다. "시간은 언제나 이미 저질러진/것처럼 변한다. 아니 변했다."(279) 화자는 되돌아가 수정할 수 없는 시간의 속성을 저질러진 불륜으로 비유하면서, 이 시대의 풍속 한 자락을 돌이킬 수 없는 것으로 못박는다. 그리고 문명사적 차원에서 그렇게 작동하는 시간에 대한 고전적 증거를 들추어내며, "그리스-로마가/사라져버린 중세의/시간은 얼마나 허방이었을까?" 하고 물은 다음, "시간은 그렇게 변한다"(279)고 말한다. 이것은 '저질러진' 시간의 역사적 차원에는 모종의 단층('허방')이 존재한다는 사실을 환기시킨다. 화자는 그러한 '허방'들에도 불구하고 '낡아감' 속에는 모종의 인격성을 보존하는 시간의 속성도 있다는 것을 '헌책'을 통해 음미한다. 그리고 다시 거리의 옛집들로 돌아와 "비가 내릴 때만 옛날이/옛날의 비로 젖는다"(281)며, 두터워진 시간에 촉촉한 육감을 부여한다. 그리고 우리의 일상에서 '저질러지는' 시간의 현장(횟집 수조)으로 눈을 돌려, 재벌 총수와 대통령 출마자의 "총천연색보다/더 멀쩡한/흑백의/권위"와 "죽음의 다이어트와/생명의/과잉"(282~83)이 함께 번성하는 세태를 드러낸다.

'XIII' 앞부분 열 페이지만 건성건성 따라가보아도 시적 주체가 드러내는 의식의 산란(散亂)은 비평언어로 따라갈 수 없을 만큼 현란하다. (그러니, 비평적 강박을 풀고 조금만 더 따라가보자.) 화자는 "호적이 두 개라서/그중 하나는 강제 입영 황망 중에/사망신고를" 했다며, "시간은 그렇게 변한다. 죽음은 사망을/신고해도 변하지 않는다"(284)며, '죽음'과 시간의 생명적 지속성을 환기시키는 듯하다가, 행도 바꾸지 않은 채 어느덧 다른 장면으로 넘어간다. 이 종잡을 수 없음은 화자의 의식의 흐름을 반영하지만, 독자의 의식은 빠르게 스쳐가는 대상들의 겹침과 격절 때문에 의미의 맥락을 놓쳐버리곤 한다. 놓쳐버리는 것이 당연하고 자연스러운 것이다. 이에 대한 수습책은 다시 읽어보는 것이고, 그에 대한 보상으로 새로운 느낌과 의미들이 드러난다. '키작은 자유인'이란 술집과 함께 정치판 이야기(286~87)가 나오고, 장례식 이야기가 나온 다음, "왜/문화는 갖은 전쟁을 치르며/구태여 세계화하는/문화지?"(288) 하며 문명사적 아이러니를 짐짓 캐물으며 전쟁과 세계화가 동일한 현상의 양면이라는 사실을 슬쩍 건드린다. 이러한 맥락에서 화자는 포도주 전문점이나 출판사 이름이 외국어인 것에도 의문을 표하면서 '눈치 없는 유비'라는 음식점 이름의 정겨움을 떠올린다. 그 밖의 이름들과 '추문'들까지 들추어낸 다음, 화자는 "이것들은 모두/내 반경 안에 있고, 내 것 같고/내 탓 같다"(289)고 말한다. 이 대목에서 우리는 화자가 자신의 생활 '반경'을 성찰하고 있다는 것을 좀더 분명하게 깨닫게 된다.

그리고 나서 화자의 의식은 아득한 곳으로 건너뛰어 '호모 사피엔스'의 분화과정을 지도를 그리듯 짚어가며 그들이 느꼈을 고독과 두려움과 죽음과 신화와 문법을 이야기한다. 그리고 다시, 술집으로 돌아와 벗어날 수 없는 자신의 '경계와 반경'을 자각하며 한 장의 편지를 떠올린다. "내 중심이 내 안에/있지 않고 나의 바깥도/아니고 그냥/바깥에 있는 것 같은/편지가 온다, 멀리/있으니 너는 무겁지 않고/너를 향해 있으니 나는/무겁지 않고 그대를/만날 수 없다, 목단/꽃/잎 진다."(292~93) 책상 위에 놓여 있는 편지를 '목단꽃잎'이 지는 것으로 느끼는 한순간의 의식을 통해 '너'와의 거리 또는 부재에 대한 느낌을 빼어나게 육화하고 있다. 그런 다음, 어머니, 생산력, 문화수준, 돈 문제로 넘어간다. "돈은 부도덕한 게/아니라 도덕을 모른다. 생은/생계의 돈이 언제나/조금씩 모자라 갈급스럽게/애달케달 이어진다./이것이 더 엄격한/평균의/경제 위기이고 경제 법칙이다."(293) "생계의 돈이 언제나/조금씩 모자"라는 일상적 감각으로 보면, '경제'는 언제나 위기로 느껴질 수밖에 없다. 그리고 열두 행으로 이루어진 한 문장에 고대의 경제·문화생활의 변화를 '엄혹한' 것으로 파악하며, 갈수록 가혹해지는 문명사적 변화의 성격을 읽어낸다. 화자는 "항상 기뻐하라, 쉬지 말고 기도하라, 범사에 감사하라"는 구절에서도 지배계급의 가혹성을 읽어낸 다음, 우리의 "일상은 갈수록/가혹한 형식이 사소화하는/내용일 뿐"(294~95)이라고 단언한다. 그리고 아내와 함께, "정신과 심리에서/예민한 감정이 지워지고 있다는"(296) 어머니 이야기를 하다가, 욕망과 죽음에 대한 정서를 깔고 "깜짝깜짝 플래시를 터트리는/장미꽃, 백합꽃/망울들"을 통해 다양한 삶의 피고 짐을 노래하면서 "피비린 황혼으로/스타바트 마테르, 성모는/서 계시다"(297)라고 삶의 끝자락을 장엄하게 극화한다. 이렇게 일상의 비극적 정서들이 노래로 흘러들어가는 장면을 포착한 이후, 화자는 서른 페이지에 걸쳐 '노래'에 대한 성찰을 다채롭게 펼쳐 보인다.

진행적 특성에 초점을 맞추어 'XIII' 앞부분 스무 페이지만 소략하게 훑어보았지만, 이것은 부분과 전체 사이의 진행적 유사성만을 얼마간 떠올려줄 뿐이다. 전체에서 보면, 하나의 오브제도 여러 곳에서 나뉘어 나오는 경우가 허다하다. 이를테면, 인혁당 사건은 세 곳에서 뼛가루가 되어 자연으로 돌아가는 과정, 집단적 울음 속에서 무엇인가 본질적인 것이 '실종되는' 순간, '그날'을 '오늘'로 느끼는 시간의식 등을 드러낸다. 이러한 분산 배치는 하나의 사건도 여러 층위와 차원을 함축하고 있다는 사실을 떠올려준다. 한마디로, 이 시의 진행은 "모든 것의 오페라를/쓰는 것처럼. 연결이 총체의/전망"(125)인 시를 쓰려는 시인의 의식을 반영하고 있다.

2. 감각과 '내파'

『드러남과 드러냄』(2007년)이 감각의 총체성('감각=총체')에 기초하고 있다면, 이 시는 상징계의 그물을 찢고 새로운 존재를 드러내는 날카로운 감각(작용)의 생성적 에너지에서 비롯되고 있다. 첫 부분 'I'은 '마르두크'(Marduk, 고대 바빌로니아의 수호신)의 최초의 자의식을 환기시킨 후, 열일곱 페이지(15~31)를 할애하여 꽃-물고기-새-나무를 통해 언어 이전의 광경들을 눈부시게 펼쳐 보인다. 이러한 세계를 느러내는 감각작용은 모든 존재들에서 태초의 느낌을 되살려낼 만큼 날카롭고 섬세하며, 돌파력이 강하다. 이 시 첫머리는 '맨 처음'의 느낌을 떠올리면서 '거룩함'을 하나의 화두처럼 던져놓고 있다.

마르두크. 최고신이자 모든 신.

얼음의 음식과 고독의 경악. 흔들리는

침묵, 푸르른

전율과 생명의

내파. 그것도

거룩한 줄넘기는 아니다.(10)

"얼음의 음식과 고독의 경악. 흔들리는/침묵, 푸르른/전율"
은 스스로 존재하는 '최고신'이 최초로 갖게 되는 자의식의 내
적 광경이며, '생명의 내파'에서 주어지는 '맨 처음'의 감각이
다. 이것은 물론 시인 자신의 감각에 대한 비유이며, 이러한 감
각을 가지고 화자는 수없이 많은 자연적·문명적·일상적 소
재들에서 '맨 처음'의 느낌들을 일구어낸다. "마루 밑 꿈틀대는
/벌레 한 마리한테도 말씀은/동사고 형용사고 명사고, 죽음을
응축하는 죽음의/자기 공포는 죽지 않는다.//얼마나 응집했으
면 중세 유럽 즐비한 흑사병 시체/미니어처화는/벗었을까, 처
참의 냄새를?"(15) 언어 또는 절대자의 창조적 기능으로서의
'말씀'을 벌레 한 마리로 육화한 이 구절은 생명체를 죽음의 공
포로 환기한다. '벌레' 한 마리는 죽음의 공포 그 자체이다. 이
것이 우리들의 생명에 대한 통념 또는 낡은 표현들을 대체한다.
그러면서 화자는 "죽음을 응축하는 죽음의/자기 공포"와 "중
세 유럽 즐비한 흑사병 시체/미니어처화"를 '응축'과 '응집'의
차이로써 대비한다. 여기에는, 질적 변화를 빚어낼 수 없는 '응
집' 즉 '미니어처화'는 '처참의 냄새'는 얼마간 벗을 수 있어도
'응축'된 죽음의 공포까지는 벗지 못한다는 암시가 깃들어 있

다. 그런 다음, 꽃-물고기-새-나무를 통해 '생명의 내파' 또는 내파하는 감각작용의 정경들을 눈부시게 펼쳐 보인다. "색의 형용 직전/꽃,/색이 색한테 반하는, 혹은 질색하는, 혹은 거역하는,/혹은 놀라는/색의 경계에 도지는/꽃……"(15~16) 색과 꽃의 내밀한 관계를 펼쳐 보이는 정경을 다 인용할 수는 없지만, 다양한 색들이 태어나는 느낌을 '반하다' '질색하다' '거역하다' '놀라다'라는 동사들로 드러내는 시인의 감각은 섬세하고 날카롭다. 화자는 이러한 감각작용으로 언어와 사물 사이에서 사라져버린 느낌들을 되살려내기도 한다. 이를테면, "화려는/꽃 속에서 의미가 없고 꽃 밖에서 비유가 없다./비유가 없으면 질서도 없다. 난해하다. 하물며/일반명사와 고유명사 사이 어정쩡한/이름이 무슨 소용인가, 별명은 또 무슨?"(17) 하며, 꽃에서 '화려'를 느끼는 것은 인간의 자동화된 통념 탓이지 꽃과는 무관하다는 사실을 드러낸다. '이름'이나 '별명'은 '소용'이 없는 것이다. 그래서 화자는 '나비'를 이름들 '사이'로 불러낸다.

535

    날개와 육체 사이
    겹과 살 사이
    막과 망 사이
    죽음과 삶 사이
    사이인 나비한테
    이름이 무슨 소용인가, 별명은 또 무슨,
    하물며 색 속으로 펼쳐지는 색의
    육체인 빛은?(17)

은유의 연쇄로 이루어진 이 구절에서 '나비'와 같은 이름 또는 주어들은 시적 주체가 잉태되는 지점을 지시할 뿐이다. 시적 주체 또는 화자의 의식은 어쩔 수 없이 과거의 이름들을 사용하면서도 그것들을 일상적 언어체계에서 빼어내 다른 자리에 위치시킨다. 그런 다음, 화자는 결국 '나비'를 '사이'라고 부른다. 그러나 '사이'는 또 하나의 이름이 아니라 언어체계의 그물망 사이를 지시할 뿐이다. 이어서, 화자는 "벼랑의 각도를 지닌" 새의 '날렵함' 같은 것에 이름을 붙이는 일에 의문을 표한다. 이름은 존재들의 속성과 느낌을 사상하면서 태어나 그것들에 대한 (사전적) 지시성만을 간신히 보존한다. 그러나 언어체계 속의 위상과는 무관하게 사물들, 특히 생명체들은 그 개체성에도 불구하고 생명계의 근원적 연관성을 공유하고 있다. 분리나 구획을 통해서만 가능한 이름들로 인해 이러한 유기적 통일성이 훼손되면서 상징계에는 건너뛸 수 없는 심연들이 생겨난다. 이렇게 이름들은 밤길의 플래시처럼 존재를 지시하면서 존재의 느낌뿐만 아니라 다른 존재들을 어둠 속으로 몰아내버린다. 이러한 이름들을 걷어낸 감각으로 보면, '빛'은 "색 속으로 펼쳐지는 색의 육체"가 된다. 몸은 상징계에 포섭되지 않는 이러한 감각을 통해 이름 속에 갇힌 한 생명체를 '사이'로 불러내 그 존재성을 되살려낸다.

'색'은 "꽃의 육체"(17)를 거쳐서 현현한다. 그러나 꽃들은 "노랗게, 하얗게, 빨갛게/제각기 생애로 피어난"(18) 것들일 뿐이다. 이렇게 화자는 색들을 다시 꽃들의 생애로 되돌려준다. 그러면서도 상실감을 느끼기는커녕 스스로 감탄한다. "들어가보지 않아도 열린 방들,/피었다 저 꽃들."(18) 화자는 색으로 분화되는 '빛'을 "고통이 극에 달한/성의 처녀의/냉결"(18)로 표현하고, '중력'과 '빙하기'와 '거룩함'으로 생명체들의 아슬아슬한 존재성을 원거리에서 조명한 다음, 그에 대한 인간의 태도를 비판적으로 드러낸다. 인간은 "영롱 속을/들여다보지 않고, 끊임없이/외화할 뿐이다. 잎새는/소름을 털며 펼쳐지는데/자세히 보면 꽃은,/소스라치며 잔인하게 흐트러지는데./의미도 재미도 없이 모든 것이/피로 번지는 식물 속./들여다보지 않는다."(19) "소름을 털며 펼쳐지"고, "소스라치며 잔인하게 흐트러지"고, "모든 것이/피로 번지는" 식물의 감각을 육화하면서 인간의 통념을 통렬하게 비판한 화자는 한 걸음 더 나아가 인간은 식물의 속성을 길들일 수 없다고 단언한 다음, '아름다움'과 무관한, 다양한 꽃들과 인간의 의식 속에서 분류된 그 양상들을 물고기의 등뼈처럼 세로로 나열해 시각화한다. 그런

다음, "꽃잎 속은 음산한 동화의 섬./우리는 그렇게 길들여졌다, 꽃에게,/그리고 인간이 되었다"(21)며, 꽃과 인간의 관계를 역전시켜, 길들임의 주체를 꽃으로 드러낸다. 그런 다음, "우리가 보는 것은 색의/바깥뿐이다./강제된 바깥뿐이다"(21)라고 단언한다. "물고기 속 뼈/그 안에/꽃, 하여"(21)는 독립된 연이지만, '하여'를 통해 뒤에 놓인 연으로 문맥을 이어가며, 생물들은 모종의 형질들을 공유하고 있다는 사실을 시각적으로 환기시킨 다음, '새'로 관심을 돌려, 도시에 적응하는 새의 참혹한 모습을 화사 자신의 봄으로 비유하고, 새들의 다양한 생김새들과 동작들과 생태를 원만한 완전성, 즉 '몸=동작=완벽'으로 복원한다. 화자는 새들의 다양한 습관과 생태를 그려가다가 "생명이 살생인 거룩함"(25)과 그 "음식의 엄숙과 경건"(26)을 떠

올린다. 그러나 이런 의미론적 흐름만 따라가다보면, 시의 육감을 놓쳐버릴 수밖에 없다. 그러니, 식물과 새의 형질적 뒤섞임을 보여주는 한 장면만이라도 읽어보자.

꽃나무 보금자리 살고 지고 두 연인 새,
입맞춤 줍으로 온몸 달아오르며 총천연색
잎새가 되어버린 새, 기억은 잠시
바깥을 내다보는
노랑머리 열매 속 꽃으로 핀 새.
날아오름의 박제 새,
스캔들에 못 미치는 새,
굴뚝, 새
벌, 새
온통 다리뿐인,
부리와 다리의 각도가 전부인 새(28)

새들의 다양한 생김새에서 형질적 공유 현상, 생태적 특성, 기능적 특징, 기하학적 구조 등을 읽어내는 감각작용도 놀랍지만, 이 대목에서 우리가 눈여겨볼 것은 '굴뚝새'와 '벌새'라는 이름 사이에 파고들어 있는 쉼표이다. 그것은 인간의 명명법을 환기하면서 동시에 이름 자체를 해체하고 있다. 꽃에서 새에 이르는 시인의 감각적 상상력은 폭발적이고 눈부시다. 새들에 대해서도 꽃의 경우에서 본 것과 유사한 다양한 양상들이 배열되고 있지만, 새들은 한 자리를 차지하고 있지 않은 탓인지, 그 집단성이 명징하게 시각화되지는 않는다. 온갖 새들의 생태가 시인의 의식 속에서 낯설게 다시 태어나는 모습들은 참 신하면서도 다소 난해하다. 이를테면, "색의 의상이 무거워/벗 는 새,/위험한 건축공학, 새/더 위험한 화투, 새/제 속삭임 속 으로 길을 잃은,/온갖 속삭임으로 변형, 환생하는 새./모든 배 경을 집중시키는 암흑의 투명, 새//나뭇가지의 교통, 새./이제 는 새가 새를 찾을 수 없다./평면이 다른 평면 속으로 스며드 는/추상화, 새/식물의 식구, 새/식물의 형식, 새/형식, 의 공중 시색, 새"(29)에서, "모든 배경을 집중시키는 암흑의 투명, 새" 나 "평면이 다른 평면 속으로 스며드는/추상화, 새"는 물리적 현상에 대한 비유에 그치지 않고 화자 자신의 특수한 경험이나 의식 현상에 대한 비유로 보인다. "모든 배경을 집중시키는 암 흑"은 일차적으로 검은 빛깔의 새를 떠올리게 하지만, 하나의 사물에 집중된 의식의 블랙홀 같은 것으로 보이기도 한다. 그 렇다면, 이 구절은 화자가 느끼는 존재의 황홀을 형상화한 것 일 터이다. 이러한 의식으로 사물을 보면 자연스럽고 당연하 게 여겨왔던 것들이 오히려 추상적으로 보이기도 한다. 그리고 "추상화, 새"는 "이제는 새가 새를 찾을 수 없다"는 구절과 연 관되면서 더욱 난해해진다. 어쩌면 이 구절은 인간의 의식 속 에서 추상화된 새와 그 실재 사이의 돌이킬 수 없는 거리를 환 기시키는 것 같기도 하다. 어쨌든 화자는 '유선형'을 매개로 새 와 뱀을 연관시키고 나서, 새의 가장 특징적인 속성인 '비상'을 "원만의 명상"(30)이라고 말한디. 그린 다음, 먹이사슬을 환기 시키면서 이 시집의 첫번째 부분을 마무리한다. "도롱뇽을 쫓 는 모가지를 쫓는 갈퀴를 적시는/황혼, 다시/언어의 내파."(31) 이 구절은 자연적 순환의 한 단면을 '황혼' 속에 배치하면서 그 너머의 차원으로 흐르는 시인의 의식을 드러내고 있다. 이러한 '황혼'이 '적시는 황혼'으로 표현되는 과정에는 화자의 의식이 언어를 통해 개입하고 있다는 사실까지 드러낸다. 그래서 이러한 감각작용을 화자는 '언어의 내파'로 자각하고 있다.

화자는 언어로써 인간이 왜곡하거나 잃어버린 것들을 다른 생물들을 통해 반어적으로 드러내기도 한다. "뱀은 너무 낮게 길게 기다가, (……) 나무는 너무 푸르다가 제 하려던 말을 잊는다.//잊었다는 사실도 잊는다./존재도 잊는다. (……) //아기 비단뱀이 사악한 혓바닥을/날름거리며, 사락사락 알껍질을 깨고/나오는 말/은 꼬리가 알을 빠져나오기 전 잊혀진다." (154~55) '뱀'이나 '나무'가 '말'을 '잊는' 과정은 인간이 기표들의 연쇄로 이루어진 상징계로 들어서면서 사물에 대한 느낌을 상실해가는 과정과 정확하게 대칭을 이룬다. 그러니까 '잊다'의 연쇄는 언어를 통한 기억으로 이루어진, 그래서 언어체계 자체를 내재하게 된 인격(persona)에 대한 비유이며, 앞에서 드러낸 "역사가 현재를 향해 줄달음쳐왔다는"(154) 인간의 통념을 좀더 근원적으로 뒤집는다. 기억에 의존하는 '역사'는 허구일 수밖에 없고, 그러한 '역사'에 대한 인간의 관념은 더더욱 믿을 것이 못 된다는 것이다. 이와 대비적 관점에서 화자는 그 생명체들의 생애(진화)를 복원한다. "모든 물고기의/전 생애 기억이 모여 물이 된다."(155) 물고기들의 모든 기관들은, 아니 모든 물고기들의 모든 기관들은 물이라는 생태적 조건과 대칭을 이루고 있다. 이를테면, 물속의 산소와 대칭을 이루고 있는 물고기의 기관은 아가미이다. 화자는 이러한 사실의 인과관계를 뒤집어서 표현함으로써 그 움직일 수 없는 사실성을 강조한다. 그러니까 "물고기의 전 생애"란 물고기들의 진화적 시간 자체이다. 그것은 개별적 물고기들의 기억이 아니라 그 종(種)들에 새겨져 있는 생성적 시간이다. 이러한 시적 형상화 끝에 느닷없이, 인혁당 사건 희생자들의 뼛가루가 뿌려지는 수풀, 산 속, 강가 들이 나온다. 이 '느닷없음'은 죽어서야 자연으로 돌아가는 인간의 생애를 은유하면서 자연과 인간적 조건의 거리, 그 아득함을 통해 역사적 차원에서 저질러진 가없는 비극성을 드러내면서 숨긴다. "1975년 4월 9일 새벽 모두.//형장의 이슬로 사라진.//인혁당 사건, 그들의 이름도 가장 고유한//일반명사다."(156) 고유한 사건과 관련자들을 일반명사의 자리에 돌려놓는 것은 본질적 의미의 장례(葬禮)일 것이다. 이렇게 화자는 역사의 폭력성과 남은 자들의 통념으로부터 그 사건과 행위의 의미를 해방시켜놓고 있다.

이 시에서 가장 특이한 부분들 가운데 하나는 세계 여러 곳의 고문자들의 느낌을 육감적으로 드러내면서, 문자의 발생에서 비롯된 감각의 소외현상을 드러내는 대목들일 것이다. 문자에 관한 성찰은 다양한 층위, 따라서 여러 곳에서 풍부하게 이루어지고 있다. "사람을 그대로 닮은/문자가 있지 않더냐./도시를 그대로 닮은/운명을 치렁치렁 닮은/운명이 가랑이를 벌린/문자가 있지 않더냐.//깨알같이 오므린 입의/세련된/도끼자국이 있지 않더냐./두개골이 깨진/간절한 문자가 있지 않더냐"(71) 이처럼 화자는 고문자들의 다양한 모양을 파노라마처럼 펼쳐 보이다가, 그것만으로는 부족한 듯 '原 시나이 문자'의 그림까지 행간에 끼워 넣기도 한다.(72) 그런가 하면, 화자는 백 페이지쯤 건너뛰어 이슬람, 헤브라이, 산스크리트 문자의 '평화'라는 낱말의 생김새를 살피며 평화가 사라진 오늘의 현실을 역설적으로 드러내기도 한다.(169~72) 그러나 이 글의 발걸음으로는 그 수많은 문자들의 생성과 소멸의 과정을 모두 따라가 볼 수는 없다.

이 시의 다섯째 부분 'Ⅴ'는 문자의 발생을 예비하면서 '소리'에 대한 성찰로 시작된다. 그러나 '창백해지는' 육체 또는 '육'의 창백해짐을 드러내는 첫 연부터 심상치 않은 상실의 분위기에 감싸인다. 일상언어의 차원에서 '창백'은 핏기를 잃은 상태이다. 그런데 화자는 "창백함은/육체가 육체를 벗는/의상"이라고 말한다. 그런 다음, '육'에 대한 느낌을 이렇게 표현한다. "오 불안의/섬세, 사랑의/생보다 더 불안한/시간을 위해 시간의/무늬를 짜는/죽음보다 더 섬세한/수의를 짜는/불안한 미인의/섬세의/육."(94~95) 여기서 '육'은 불안을 섬세하게 느끼는 '육'이다. 화자는 '불안'과 '섬세'를 '사랑'과 '죽음'과의 연관 속에서 세 번이나 반복하며 '육'에 대한 우리의 통념을 점진적으로 해체한 다음, '육'을 "불안한 미인의 섬세"로 드러낸다. 그러니까 '육'은 '불안'에 지배되면서 그것을 섬세하게 느끼는 감각적 바탕이다. 이 대목은 '불안'을 실존의 속성으로 규정한 하이데거를 연상시키지만, '불안'을 '섬세의 육'으로 드러냄으로써 그 관념성을 넘어선다. 이 구절에 이어지는 연은 한 문장으로 완결되어 있다. "알파벳/이름이 소리 속으로 사라지는 까닭이다."(95) 너무 느닷없어서 난해하지만, '알파벳 이름'이 사물의 형상을 닮은 고문자들의 이름을 지시한다면, '섬세의 육'은 사물의 형상들에 대한 끝없는 모방 대신 무한대의 변용을 가능케 하는 소리글자를 빚어냈을 터이고, 이런 과정에서 이름은 소리

속으로 사라졌다는 사실을 암시하는 듯하다. 말하자면, 형상
의 시각적 모방에서 빚어지는 고정성보다는 모든 존재를 자유
스럽게 드러낼 수 있는 가능성을 지닌 '소리' 쪽으로 관심을 돌
린 것은 문자의 역사에서 가장 위대한 '진화'였을 터이고, 이것
을 가능하게 한 것이 '섬세의 육'이었을 것이다. 그래서 다섯째
부분의 첫머리는 '소리'에 바쳐져 있다. 화자는 여러 나라 문자
들의 특징과 그것이 불러일으키는 정서를 교직시켜가기도 한
다. 하나의 예를 들면, "여러 개/상형문자들이 모여/뜻도 없이
단 하나의 음절을 이루는 마야/문자"(98~99)가 사라진 사실이
화자 자신의 '고소공포'와, 낳아서 죽이는 행위에 내포된 공포
등과 관련된다. 화자는 이러한 교직법의 연쇄를 통해, 여러 나
라 문자들의 속성과 특징이 화자의 내면에서 서정시 한 편씩을
이끌어내며 흘러가는 듯한 모습을 펼쳐 보인다. 이러한 문자의
생사에 관한 성찰은 문자가 '거룩함'과 어긋나온 과정을 살피
기 위한 것이다. 그래서 화자는 문자가 생겨나면서 소멸된 자
연의 느낌들을 되살려내려는 욕망을 드러낸다.

543

그것을 우리는 사랑이라고 부른다.
그러나 가혹한 자음과 모음으로 응축시킨
룬 문자 알파벳 이름으로
풍요는 풍요로운가. 소 떼는 몰려다니는가.
가시는 따기 오기. 입은 열리는가. 기쁨은
기쁘고,
(……)
돌은

돌처럼 딱딱하겠는가.

몸의 거룩한

감각은 그와 정반대다.

감각의 거룩한

몸은 깨알 같지도 않다.

(깨알은 문자 이후를 닮았지.)

그것은 더 가벼운

소리에 묻어나는 소리의 투명한

옷으로서의 線이다.(103)

첫 행은 내용상 '여자'의 '교성'(이것은 거룩한 소리에 대한 비유이다)과 관련된 앞 연들을 지시하면서, 이어지는 내용과 대비적 관점을 드러낸다. '거룩한 감각'은 '소리의 투명한 옷'으로, 그 보이지 않는 흐름은 '線'으로 비유되고 있다. 논리적 범주에서는, '옷'을 '선'이라고 말할 수는 없다. 그런데 이 시인은 논리적 차원의 오류를 명징하게 드러내며 '감각'의 미세한 작동 방식을 드러내고 있다.

    이렇게 시인은 철학자들이 이상적 차원으로 설정해놓고 정작 그들 자신들은 들어가지 못하는 영역으로 발을 들여놓는다. 이를테면, '물자체'를 인식의 차원에서 배제한 칸트의 "'선험적인' 절차는 겉으로 보기엔 진리를 향한 갈망……을 표현하고 있는 듯하다. 그러나 헤겔이 지적했듯이 이러한 오류에 대한 두려움, 즉 현상과 물자체의 혼동에 대한 두려움은 반대로 진리에 대한 두려움을 감추고 있다. 그것은 어떠한 희생을 치르더라도 진리와의 조우를 피하려는 욕망을 예고한다."[3] 이런 점에서, 철학자들이 회피하는 '진리'를 육화하는 것은 시인의 감각이다.

이와 함께 시인은 체계화된 이론 자체를 우리가 벗어나야 할 '중력'으로 생각한다. 이를테면, "중력이 아버지를 살해했을까? 부드러운/페미니즘은 중력을 벗을까, 울화 없는/잠의 집을 꿈꿀 수 있을까?"(13)에서, '중력'과 '아버지 살해'는 언어의 층위나 의미론적 차원이 서로 다르다. 아버지 살해는 정신분석학의 차원에서 아들의 콤플렉스가 된, 그래서 가장 내밀하고 운명적인 법칙성을 띠게 된 이론체계에 포함되는데, 이 체계 속에서 '중력'은 '오이디푸스 콤플렉스'의 자리에 놓인다. 그래서 정신분석 비평들은 흔히 작품의 의미를 작가의 어린 시절의 상처와 관련시키거나 이러저러한 콤플렉스들로 환원시킨다. 이것이 이론의 '중력' 또는 '이론=중력'의 마력이다. 그러니까 세 행으로 이루어진 이 연은 '중력'에 사로잡힌 현대 인문학으로서는 도저히 감당할 수 없는 의문을 제기하고 있는 셈이다. 이처럼 다소 엉뚱해 보이는 연이 중간에 끼어들어 감각작용의 중요성을 간접적으로 내비치기도 한다.

어쨌든, 이러한 감각작용을 거치지 않고서는 문자의 발생이나 문명화의 과정에서 인류가 잃어버린 것을 되찾을 수 있는 길은 열리지 않는다. 그리기에 시인은 이러한 소외 과정과는

---

3) 슬라보예 지젝, 『이데올로기라는 숭고한 대상』, 인간사랑, 2002. p. 321~22.

전혀 다른 길. 즉 '소리'에서 '노래 속'에 이르는 길을 육화해가며 '거룩함'이 현현하는 순간과 그 느낌들을 풍요롭게 드러낸다. 그는 언어로 포착하기 어려운 '몸의 감각'을 '소리의 기억'으로 은유한다. 그리고 이렇게 말한다. "그것은/건물을 능가하는/內緣의 광경이다.//그것은/언어를 능가하는/노래의 광경이다.//그것은/자음을 능가하는/모음의 광경이다.//그것은/시간과 공간을 능가하는/사라짐의 광경이다.//……//그것은/역사를 능가하는/거룩함의 광경이다."(104~05) 문맥상 '그것'은 "형상의 요란함을 꾸짖는" '소리의 기억'이다. '그것'의 '광경'들이 이처럼 나열되고 있는 것은 체계화의 함정에 빠져들기를 거부하는 시인의 감각 탓이다. 그는 이렇게 문명화 과정에서 잃어버린 감각들을 되살려내면서 "역사를 능가하는/거룩함의 광경"을 펼쳐가고 있다. 그리고 이러한 광경이 거할 수 있는 일상의 자리를 찾아 나선다. "우리는 노래로 흐를 뿐/그 빛바램 이상을/볼 수 없고, 들을 수 없다.//……//진화를 후회할 인식의 능력밖에/없음이여."(114~15) 인류의 문명사적 진화가 바람직하지 않은 방향으로 이루어져왔다는 것은 쉽게 '인식'되지만, 우리가 할 수 있는 것은 그에 대한 '후회'뿐이다. 그러나 화자는 감각─의식에 의해 전복 또는 해체된 광경들을 수습하여 생명적 흐름 속으로 귀환시키는 '노래 속'을 예비하고 있다.

그러나 우리는 '노래 속'으로 무턱대고 따라 들어갈 수는 없다. 그러기 전에, 그 생성적 흐름을 가능케 하는 것으로 설정된 '내파'와 그 곁에 놓이는 '감량'과 '응축'의 신빙성을 확인해보아야 한다. 이러한 과정을 생략하면, '노래 속'은 형이상학적 가설로 떨어지고 말 것이다. 앞에서 말했듯이, 이 시의 중심주제와 관련된 개념들은 서로 유기적 관계 속에 놓여 있기에 따로 떼어내 정의할 수는 없다. '내파' 역시 마찬가지이다. 이 시의 맨 앞에 놓여 있는 한 연을 통해 유추해보면, '내파'에는 둘 또는 세 차원이 뒤섞이고 있다. 하나는 존재 자체의 즉자적 변화의 에너지이고, 다른 하나는 그것을 직관하는 시적 주체의 내면에서 발생하는 감각(작용)이다. 그리고 이것은 시인 자신이 느끼는 감각적 자의식과 맞닿아 있다. 물론, 존재의 내면에서 발생하는 즉자적 내파는 좀처럼 감지되지 않는다. 화자는 이런 현상을 "반가운 손님이 슬몃 찾아오는/내색도 없이/……/축하도 없이 생명은 내파한다"(60)고 말한다. 그러나 시적 주체는 관찰할 수 없는 더딘 시간을 응축시키며 이러한 내파를 직관하고 거룩함을 감지한다. 이때 "거룩함은/생명을 내파하는 거룩함"이고, '공간'은 이미 "언어가/내파하는 공간"(107)이다. 이러한 공간에 대한 직관으로 드러나는 '광경'은 주체와의 관계 속에서 "죽거나 산" 것으로 의식되지만, "소리는 살아 있는 광경이다. 아니/살아 있음의 광경이다./생명의 내파인/소리의 광경은/살아 있음의 제곱이다."(434) '소리'는 '생명의 내파'이다. '소리'는 모든 존재의 내파에서 현현하면서 그것들의 생명(성)을 드러낸다. 그래서 외재적이든 내재적이든 '소리'는 언제나 "살아 있는 광경"이다. 개체에게 최종적인 생명의 내파는 죽음이다. 이처럼 '내파'를 건드리다보면, '소리'에서 '죽음'에 이르는 어떤 생성적 흐름이 드러난다.

'감량'은 '중력'에서 벗어나면서 '심오한 가벼움'을 유발하는 작용이다. '감량'은 일차적으로 문명화 과정에서 물질적 크기가 점차 작아지는 현상과 관련되고 있다. 이를테면, 18세기에 발명된 배비트 방적기의 원리를 이용한 컴퓨터가 처음 나왔을 때에는 집채만한 크기였지만, 그 동력이 전기로 바뀌면서 놀랄 만큼 작아지는 경로 속에 '감량'이 작용하고 있다. '감량'은 일차적으로 크기의 축소이다. 이러한 성격을 가장 극명하게 드러낸 대목은 아마 다음 문장일 것이다. "너무도 낡은 CD 타이틀보다/훨씬 더 많은 것을 더 가볍게 담는/감량은 있다.//그 감량이 진정한/진보다. '진정성'의/어감도 감량한다."(153) 그러나 '감량'은 '생명'과 연관될 때에는 부정적 의미를 띤다. "당신의 세계는 당신의 방이고 당신의/방에는 사람들이 너무 많이/웅성거리고 얼굴은 제각각 윤곽이/부황하다. 생명이 감량된/껍질이 너무도 슬픈 아비규환이다."(60) '감량'은 결과적으로 가벼워지는 과정과도 겹친다. 가벼워지면 '중력'에서 벗어나면서 중심에서 멀어지는데, 가벼워진 것들은 우리의 일상에서 제도나 관습에 의해 끌어당겨져 중심과 일정한 거리를 두고 재배열된다. 이렇게 벗어남과 되돌아옴, 뛰어오름과 착지는 반복된다.

이런 현상에 대한 비유가 아마 '줄넘기'일 것이다. 이 '줄넘기'에는 더 나은 상태에 대한 예감이 깃들어 있다. "줄넘기는 노래의/예감"(304)이다. 그래서 그것은 평면적 운동성을 벗어나 작지만 분명한 질적 변화를 유발하는 지속성을 지닌다. 이것이 변증법의 지양(止揚)과 다른 것은, 과거의 존재를 소거하면서 다른 존재로 반복 없이 나아가는 것이 아니라는 점이다. 그러니까 "내용과 무관한 인격이 있다는 듯이/헌책에 겉표지를 다시 입히는/줄넘기는 거룩하다"(14)에서 보면, 시대에 따라 내용에 대한 해석은 달라질 수밖에 없지만 '헌책'은 그런 "내용과 무관한 인격"처럼 그 존재 자체가 보존되면서 겉모습만 낡아간다. 그러므로 "헌책에 겉표지를 다시 입히는" 행위는 일종의 '인격'에 대한 존중이어서 거룩할 수 있는 것이다.

'응축'은 '감량'과 비슷하면서도 전혀 다른 시적 기능을 지닌다. "노래 속에는/거룩한 응축의/지도가 있다"(37)에서 간접적으로 드러나듯이, 그것은 '거룩함'을 보존하는 어떤 내적 에너지를 함축하고 있다. 이 시에서 응축이 가장 짤막한 정언명제들로 나타날 경우에는, 앞부분에서 다채롭게 펼쳐진 속성들을 종합하면서 '말 너머'로 이월하게 하는 에너지를 함축한다. 시인의 말을 빌리면, "……응축은 말 너머 말을/만들지 않고 스스로 말 너머로 발을 딛는다."(167) 이 시 전체가 이런 응축을 내재하고 있지만, 겉모습만으로 보면 이 시에 간간이 나타나는 정언명제들이 응축을 가장 명징하게 드러내고 있다. 이러한 명제들은 주어와 보어가 동일한 명사로 되어 있어서 동어반복처럼 보일 때가 많다. 이를테면, "거룩함은/생명을 내파하는 거룩함이다."(107) 그러나 주어 '거룩함'과 보어 '거룩함'은 질량과 범주가 다르다. 이와 함께 '거룩함'을 정의하는 무수한 명제들 가운데 하나일 뿐이라는 사실을 스스로 드러낸다. "흐느끼는 소리는 귀가/가장 큰 소리다"(485)에서, 보어 앞에 부가된 부분("귀가 가장 큰")은 흐느낌의 동기에서부터 그것이 자신과 타자에게 불러일으키는 작용—낮은 소리를 들으려고 귀를 크게 열게 하는—까지를 함축한다. 그래서 이 문장은 일반적으로 신문에서 한 문단의 의미 이상을 함축한다. 이러한 문장들은 구조만 동어반복과 유사할 뿐 의미 생산에서는 하나의 형용사나 부사보다 훨씬 더 풍부한 함축성을 지니면서도 일반화의 함정에는 빠져들지 않는다. 그래서 앞의 두 예문의 보어들은 '어떤' 또는 '하나의' 거룩함과 소리에 멈춘다. 이러한 명제들은 거침없이 흘러가며 끝없이 흩어지려는 말들을 일정한 의미 단위로 수렴하면서도 또 다른 의미의 여백을 뚜렷이 드러낸다. 이 여백은 다른 차원으로 건너뛰기 위한 발판 구실도 수행한다. 이러한 '응축'은 노래와의 관계에서 최상의 의미를 부여받는다. "노래는 그 모든 것을 응축, 가시화한다. 응축만이/가시화고 부재의 응축이/'만'과 전혀 무관하게,//거룩함보다 더 거룩하다."(192~93)

3. 소리→노래→노래 속

이 시에서 '소리' '노래' '노래 속'은 다양한 비유를 통해 사전적 의미에서 멀어져간다. '소리'는 귀에 들리는 것만을 의미하지 않고, '노래'는 음악의 하위 장르가 아니고, '노래 속'은 노래의 속이 아니다. 소리 없는 노래는 없지만, '소리'는 '노래'의 단순한 질료가 아니다. '노래 속'은 '소리'와 무관한 것이 아니지만, 사물의 생성적 흐름과 의식의 흐름까지 함축한다. '소리'와 '노래 속'은 차원을 바꿔가며 서로를 함축하거나 내포한다. 그러니, 그것들의 개별적 특성을 따로 떼어내 살펴보는 것은 거의 불가능하다. 그렇지만, '소리-노래-노래 속' 차원은 이 시에서 문명적 진화의 차원과 대칭적인 자리에 놓여 있고, 그 사이에 '소리-문자-언어'의 층위와 예술적 층위로 이루어진 제3의 차원이 놓여 있음이 어렴풋이 드러난다. 엄밀하게 말하면, '소리-노래-노래 속' 차원은 이 세계를 해체재구성한 시인의 의식에만 존재하는 것이지만, 감각작용에서 '노래 속'에 이르는 풍부한 형상화를 통해 우리 시대의 독자들이 공유할 수 있는 어떤 보편적 원리로 드러나고 있다. 이러한 '노래 속'은 『드러남과 드러냄』에서 중요한 시적 기능을 하고 있는 '죽음=음악'[4]을 함축하면서도 모종의 가치에 대한 지향성을 지니고 있다는 점에서 그것과는 분명히 다르다. '노래 속'은 끝없이 사소해지고 있는 이 시대의 삶의 양식을 대체하려는 시적 욕망의 소산이다.

문자보다 더 근원적인 '소리'는 이 시집 전체에 편재해 있지만, 그 발생 지점이나 존재 방식은 쉽게 포착되지 않는다. '마르두크'에 이어서 두번째 연에 등장하는 '소리'는 '생명보다 더 본질적인' 것으로, 이 시의 의미론적 구도의 기저에 놓여 있다.

소리의

전멸, 소리의

문법이 있다. 생명보다 더 전멸하는

그러므로 생명보다 더 본질적인,

귀보다 더 귀가 먹은, 귓바퀴 속보다 더

내밀한

---

4) 황광수, 「'감각=총체'와 일상의 심화」, 『드러남과 드러냄』, 도서출판 강, 2007, pp. 350~51. "운동성과 분리된 불질공간은 없으며, 공간적 거리와 시간적 격차도 흐름 속에 지워진다. 이 모든 고정성의 개념들을 지워버리는 흐름에 대한 비유가 이 시집의 군데군데에서 출몰하는 '죽음=음악'이다. 이 '죽음=음악'은…… 앎과 무지 또는 기억과 망각까지 하나로 이어가면서 미지의 세계, 즉 무(無) 또는 영(零)으로 뻗어간다."

소리의 문법이 있다. 상처가 상처의 고막인 소리의.

(······)

소음의

전멸, 왜 내 곁에 있는 백 년 전

시간은 내 곁에 있는 백 년 전 시간이 아닌가,

왜 내 곁에 있는 너는 내 곁에 있는

네가 아닌가? 가장 가벼운 소리의

균열은 모양이 청아하다.(10~11)

　중요한 대목인데 해석이 쉽지 않다. 첫 문장에서 '소리의 전멸'과 '소리의 문법' 사이의 쉼표는 앞의 것이 뒤의 것을 형용하는 관계를 방해하면서 오히려 그러한 관계를 강조한다. 이쉼표는, 잇따라 나오는 문장과 연관시켜서 보면, "생명보다 더 전멸하는"의 끝에 붙어 있는 '~하는'에 해당한다. 그렇다면, '소리의 문법'은 왜 소리가 전멸하는 문법인가? 소리글자의 발생과 관련시켜서 유추해보면, 소리의 기표인 문자들이 발생하면서 모든 존재에 내재해 있던 소리가 문자체계화의 문턱에서 '전멸'할 수밖에 없다는 것을 의미한다. 그래서 사물의 소리는 생명보다 더 본질적으로 전멸할 수밖에 없다. 그렇다면, '상처의 고막'조차 남을 수 없겠지만, '소리의 문법'을 "상처가 상처의 고막인 소리"의 문법으로 아프게 느끼는 것은 본질적인 전멸에 대한 화자의 감각적 반응일 뿐이다. 세번째 연에서, '소음의 전멸'은 '소리의 전멸'의 또 다른 측면이다. '소음'은 인간에 의해 듣기 싫은 소리로 규정된 소리이다. 사람들은 흔히 '소음'을 갈라진 소리 즉 소리의 '균열'로 느낀다. 이것은 소리에 대한 올바른 대접이 아니다. 그런데 화자는 왜 자기 '곁에 있는' '시간'과 '너'를 "백 년 전 시간이" 아니고 "내 곁에 있는 네가" 아니라고 말하는가? 이것은 화자가 자기 곁에 있는 문자를 보며 그것의 발생과 더불어 '전멸'한 이후의 부재에 대한 느낌을 육화한 것이 아닐까? 그렇다면, "가장 가벼운 소리의/균열은 모양이 청아하다"는 문장은 소리의 부재를 강하게 의식하는 화자의 의식에서는 가장 가녀린 소음의 발생조차도 '청아'하게 들린다는 의미를 함축할 것이다. 그러나 이러한 해석은 통사론적 범주를 벗어난 또 다른 해석으로 보완될 필요가 있다. '전멸'을 있던 것의 사라짐이 아니라 감각되지 않은 존재성 자체를 드러내는 반어적 표현으로 보는 것이다. 그러면, '소리의 문법'은 '생명보다 더 본질적인' 존재 자체에 내재해 있는 가능태로 드러난다. 그것은 감각의 대상이 아니기에, "귀보다 더 귀가 먹은, 귓바퀴 속보다 더/내밀한/소리의 문법"이라는 반어적 표현으로서만 감지된다. '소음'은 문자의 발생과 무관하게 인간이 몰아내버린 소리이고, '소음'과 그에 대한 화자의 느낌 사이에 파고들어 있는, '내 곁에' 있으면서 동시에 부재하는 '백 년 전 시간'과 '너'를 겹쳐놓은 것은 '소음의 전멸'에 대한 화자의 감각을 시공간적으로 육화한 것이다. 그래서 화자는 '소음'조차도 '청아'하게 들을 수 있는 것이다. 이처럼 '소리'는 문자 또는 인간의 감각과의 관계에서 긍정−부정의 입체적 조명을 통해 겨우 감지될 수 있을 뿐이다.

이처럼 섬세한 감각과 풍부한 드러냄을 동시에 요구하는 주

553

제로 인해 이 시는 끝없이 요동치며 거대해진다. 화자는 여기 저기서 '소리'에 대한 성찰을 계속한다. "무늬는 원래 소리의 /자국인지 모른다"(80)에서 '소리'는 주어의 자리에서 한 발 물러난 상태에서 오히려 주어의 자리에 있는 사물의 속성을 자신의 것으로 함축하거나, 문자 속으로 사라진 제 '핏줄'의 운명을 알아보지 못하게 되는 비극성까지 드러낸다. 소리는 "제 가족의/의식주를/못 알아들을 때까지./소리가 전쟁터의 아비규환의/기억조차 잊을 때까지"(80~81) 인간의 '해독'(解讀)으로부터 멀어진다. 그렇지만 화자는 "소리가/사라져 간, 사라져 온, 길"을 보고, "소리가 영영/사라지는 소리"(81)도 듣는다. 심지어 "'소리의 세계'/사(史)"(82)까지 읽어낸다. 이러한 과정에는 문자와 관련된 '소리'의 운명이 깃들어 있다. 그러나 "소리 속은/깊을수록/외형을 능가하는" 거룩함을 지닌다. 화자는 "외형이란 기껏해야/찢어진 틈새에 지나지 않"지만, "소리의 외형이/완성되면서……/소리의/거룩함은 사라진다"(91)고 말한다. 이어지는 부분 'V'에서도 감각과 문자의 관계에 대한 성찰은 계속된다. 화자는 사라지는 고대문자들을 통해 "문법이 다시/소리 속으로 사라지는 소리"와 "소리가 소리를/흐트러트리는 소리./소리가 소리를/떼어내는 소리를"(97) 듣고 난 다음, "형상의 형상화를 위해/비로소 드러나는 소리는/이미 거룩한 소리가 아니"(98)라고 단언한다. 이 대목은 이중모방에 대한 플라톤의 비난을 연상시키지만, 그보다는 인간의 쓸모와 관련되면 소리는 본래의 거룩함을 상실하게 된다는 사실만을 암시하는 듯하다. 이에 대한 대비적 관점에서 화자는 "몸의 거룩한 감각"을 "소리의 투명한/옷으로서의 線"(103)으로 비유하면서

"언어를 능가하는/노래의 광경"(104)을 펼쳐 보인다. 그런 다음, "전모 이전 형상의/조각인 소리가/뜻도 없이, 소리 없이 세계의/전체를 품는,/정말 홀로이므로/고독하지 않은/소리에 이른다"(110~11)고 말한다. "홀로이므로/고독하지 않은/소리"란 인간의 왜곡에서 완전히 벗어난, 또는 인간의 왜곡 이전 상태의 소리를 암시하면서, 그 자체로서 완전한 소리를 의미한다. 이렇게 '소리'는 고단한 위축과 왜곡에서 벗어나 본래의 모습을 드러낸다. 이제 "그것이 없이는 모든 것이,/모든 크기와 무게와 양과/질이 겹치면서 모든 것이/해체될밖에 없는/그런 소리에 이른"(111) 것이다. 이제야 '소리'는 '노래 속'의 바탕으로서의 손색이 없어 보인다.

> 직전까지는 너무 고단하고
> 직후부터는 너무도 가뿐한
> 직전까지는 상상조차 불가능한 기적이고
> 직후부터는 너무도 당연한
> 일상인 소리에 이른다.(111)

화자는 이러한 상태에 이르는 과정이 얼마나 길고 힘든 일이었는지 돌이켜보면서 동시에 만족감을 드러내고 있는 듯하다. "직전까지는 상상조차 불가능한 기적"이라는 말은 얼핏 불가에서 말하는 깨달음을 연상시키지만, 앞에서 얼마간 살펴보았듯이, 시인은 사물과 언어 '사이'를 더할 수 없는 풍부함으로 육화시켜놓았다. 그래서 "직후부터는 너무도 당연한" 것일 수 있다. 화자는 그런 상태를 '일상인 소리'로 누릴 수 있게 된 것이다.

    소리의 중요한 성격 가운데 하나는 순수성이다. "모든 냄새는/향기도/소리보다 야만적이다"(118)에서 간접적으로 드러나듯이, 소리는 육감이 '냄새'보다 희박한 대신 감각을 왜곡할 가능성도 그만큼 희박하다. 그것은 대체로 모든 사물에 내재된 질량 또는 운동성—감각과 의식의 운동성까지 포함하여—에 대한 은유처럼 보인다. 때로는 시각적 현상 자체가 소리로 표현되기도 한다. "날씬한 디자인의/은회색 식기가/형상화하는 것은 여전히/둥근 소리다."(129) 심지어는 '소리'의 '반대개념'인 '침묵'조차 소리의 형상을 입고 있다. "침묵은 황금의/데드마스크처럼 요란하다."(129) 그러니, 모든 존재와 현상들은 '소리'로 매개될 수 있다. '소리'에 대한 특별한 지위 부여는 시각적 재현의 한계를 넘어서려는 의지와도 은밀하게 연관되어 있다. "눈에 보이는/어떤 것한테도 언어는 스스로 감동하지 않는다.//……//등이 굽은 소 등에 올라탄/등이 굽은 노자여/그것도 과한 표현이다. 자연의/모습이 없는데 자연의/등을 본 일이 있겠는가. 자연의/등이 없는데 굽음을 본 일이 있겠는가."(127~28) 이렇게 시각적 재현의 한계를 지적한 다음, 화자는 다시 '소리'로 귀환하여 노년의 맑아진 감각과 관련짓는다. 이를테면, 노년의 약해진 시력은 돋보기를 요구하지만, 동시에 상상력과 결합된 더 맑은 감각을 이끌어낸다. 이러한 감각으로 보면, "달라붙어 1.8배를 확대하는/에센바흐 막대돋보기, 그 속도 소리 속이다./인간의, 최초의 색/그 속은 소리들의 세계다."(129) 화자는 이제 시각이나 청각과 무관하게 소리를 감각한다. 그런 다음, 화자는 '소리'를 '그대'로 느낀다. "그대는 내 마음의 닻이니 떠나지 말고 다만 떠남을/예견케 하라. 그대는 내 몸의 각도니 방향을 거두고/다만 다닥다닥 정다운 산동네 품듯 그대 품게 하라."(130) 그리고 'Ⅵ'의 뒷부분에서 "색의 다면체가 가능하다면/그 속 또한 소리다. 하지만 그건/변태고 자학이지. 분자의/건축까지 들여다보아야 한다"(137)며 '소리'를 극단적으로—"그건/변태고 자학이지"라고 자각할 만큼—세밀하게 드러낸 다음, '소리'를 시간과 관련짓는다. "소리는 시간의/장난이고 장난 바깥은/믿을 수 없는, 형편없는, 폐허다."(139) 이 구절은 노래의 생명적 속성에 '폐허'를 대립시키면서, 문명적 진화를 노래 속으로 수렴할 필요성을 암시한다.

이 시집에서 사물과 현상들, 그중에서도 우리의 관심사인 '소리' '노래' '노래 속' 그리고 그 곁에 놓여 있는 음악 등은 흐릿한 상호조명 속에서 나타났다가 사라진다. 그러는 사이에 우리가 잘 알고 있다고 믿는 개념들 사이의 경계들이 모호해진다. 다른 맥락에 놓여 있는 하나의 연이 이러한 모호성을 그럴싸하게 은유하고 있는 것처럼 보인다. "흔들림./線/밖으로의/속으로의/혼미. 깨어남의 꿈처럼/스며드는.//······//그렇게 흔들림 속으로/흔들리는 춤이 춤을/벗는다."(119~20) 인용문 가운데 생략한 부분에는 가벼워져야 하고 "가벼움의 개념도 벗어야 한다"(120)는 구절이 들어 있다. 화자는 이러한 분위기를 깔고 가수가 노래 부르는 행위를 통해 '노래'가 태어나는 한 장면을 보여준다. "악기도 아니고 몸을/연수하는 노래는 영혼의/육체를 이루고 흔들리고 뒤흔드는/전율의, 떠가는 무덤이다./육체를 입는 목소리, 목소리를/벗는 소리. 언제나/태어나는 것은 노래다."(121~22) 앞부분에서 '노래'는 우리가 알고 있는 개념과 별로 다르지 않지만, '무덤'이라는 은유는 몸으로 느끼는 소리의 떨림('전율')을 부드럽게 감싸면서 '영혼'까지 함축한다. 그러나 "목소리를/벗는 소리"로 규정하면서 사전적 개념에서 다소 멀어지는 듯하다가, "언제나/태어나는 것"으로 드러나는 순간 '노래'는 모종의 보편성을 띠게 된다. 화자는 이어지는 두 연에서 "생명을 비우는 마음이 충만"한 "미래를 재구성하"는 노래의 효과를 환기시킨 다음, "그러므로 비로소 개울이 흐르고/꽃이 피고 나무가 자란다./인간도, 삐걱거리며, 흐르지/않는 것은 없다"(122)며, '노래'의 속성을 생성적 변화 또는 생명적 흐름으로 드러낸다. 그리고 이러한 감각이 좀더 풍부하게 예시된 다음, "그렇게 노래는 흐른다./그렇게 시간 이외의 것이/육체적으로 흘러간다"(124)고 말한다. 여기서 '시간 이외의 것'이라는 구절은 '육체적' 성격을 지닌 '노래'가 시간처럼 흐른다는 사실을 강조하기보다는, 그러한 생성적 흐름이 시간을 드러나게 한다는 사실을 암시하는 것으로 보인다.

이 시의 진행적 특성을 살펴보면서 생략한 부분에서 화자는 삶의 굽이굽이에서 피어난 다채로운 정서들이 노래를 요청하고, 그러한 정서들이 다양한 성음악(聖音樂)들과 밀착되어 있는 정경들을 펼쳐 보인다. "피비린 황혼으로/스타바트마테르, 성모는/서 계시다. 그렇게/아픈 작별로 만나다오. 탄식은 노래/속으로 사라지고 노래는 노래/바깥으로 펼쳐진다. 상투스,/거룩하시다. 키리에 엘레이손, 주여/우리를 불쌍히 여기소서. (……) 그 다음으로, 그 바깥으로/노래가 펼쳐진다."(297~98) 인간의 "탄식은 노래/속으로 사라"져도 노래는 끝없이 펼쳐진다. 인간의 '탄식'조차 품어 안고 펼쳐지기에, 노래들은 '속된 가사의 노래'든 '음탕한 선율의 노래'든 모두 "거룩하고 거룩하다." (298) 그래서 "세상은/정결한 노래의/몸"(298)이 된다. 그러나 '노래'는 단순한 정서적 등가물이나 고통을 위무하는 매개가 아니라 그 이상의 것이다. 이를테면, "혁명가는 눈물의/피난처가/아니다. 노래는/노래 속으로 노래의 해방을/이루며 노래 밖으로 노래의/세계를 일군다. 노래는 노래가/노래의 혁명이다." (298~99) 이러한 생각 속에는, "갈수록 지리멸렬해지는 그 말" ('프롤로그') 즉 '혁명'에 대한 처방이 깃들어 있는 것처럼 보인다. 말하자면, 정치적 차원의 혁명은 표면적 단절과 과격한 변화를 시각화하지만, 인간의 심성은 장기 지속의 성질을 갖는 것이기에, 혁명이 돌이킬 수 없는 진정한 변화를 의미해야 한다면, 그것은 인간의 삶의 정서들을 옹글게 품고 흘러가는 '노래'를 통해서만 가능하다는 것이다.

이러한 생각을 좀더 폭넓게 펼쳐가기 위해 화자는 삶의 정서뿐만 아니라 이 세상에 노래로 환원될 수 없는 것은 아무것도 없다는 생각을 드러낸다. 이를테면, 세 페이지(299~301)에 걸쳐 빛, 하늘, 나무, 조화, 평화, 죽음, 유년, 핵심, 명명, 인생, 문법 등 모든 존재와 현상들이 '노래'와 연관되면서 새로운 느낌과 의미로 거듭나고 있다. 노래의 이처럼 다채로운 속성들은 몇 페이지를 건너뛰어 또다시 전개된다. 이 부분에서 화자는 육, 헌책방, 황혼, 약속, 감량, 연주, 침묵, 전율, 생명, 얼음, 알, 줄넘기 등의 속성들을 '노래'를 통해 다채롭게 변주하는 데 그치지 않고, "노래 속/아직 지나지 않은 것은 거룩하다. 거룩한/내파다"(304)라는 구절을 통해 더 열거되어야 할 것들이 무한대로 남아 있다는 사실을 암시하면서, 그것들이 노래 속으로 들어올 수 있는 조건이 '내파'임을 분명히 드러내고 있다.

앞에서 보았듯이, 문명적 진화는 '노래'의 결핍을 초래했다. 오늘의 세태를 특징짓는 사소화·천박화도 "거룩한 줄넘기의 실패"이고 "노래의 실패에 지나지 않는다."(303) '노래'는 음악의 하위 장르가 아니라, 오히려 "노래가 음악의 생명을 내파"(303)하는 근원적 원리이다. 그래서 "노래가 없는 음악은 너무 안이한/평화에 달한다"(320)고 말할 수 있다. 이런 점에서 '노래'는, 끊임없이 사소해지고 무의미해지고 천박해지는 전지구적 문명 현상에 대한 대안적 삶을 가능케 하는 기능을 함축한다. 이러한 시각으로 화자는 삶의 다양한 층위와 국면에서 풍부한 느낌과 의미를 일구어내는 한편, '노래'의 결핍이 인간의 치욕과 수난을 가져온 사례들도 풍부하게 제시한다. 이를테면, 예수의 생애는 그러한 결핍을 메우는 육체의 생애여서 진정한 의미의 '수난'인데, '그 후의 순교는' 그런 사실에 대한 몰이해에서 빚어진 것이고, 그래서 "오뎅 떡볶이 포장마차와/감귤 바나나 파인애플 구르마가 대종을 이루는/지하철 당산역 하늘 계단 아래 늘어선/길거리 영세 상가에서도 피투성이/예수 생애는 저질러"지고, "창세기도, 저주도 계약도 희생 번제도/저질러진다"(306)는 것이다. 자연스러운 삶의 내파로서의 노래가 결핍되면, 종교는 제도화하고 참혹한 수난은 계속될 수밖에 없다는 것이다. 그래서 지금도 잡다한 이민족들이 피비린내 나는 수난을 당하고, 'exodus'가 생겨난다. 그리고 종교의 세속화와 타락으로 이어지며, '법'과 함께 더 많은 죄가 생겨나고, "새로운 신앙으로 지옥이 탄생한다."(309) 이러한 변화 속에서는 "찬송가도 갈라지고, 갈라지는/노래는 노래/속이 없다."(311)

그런 다음, 화자는 아버지와 어머니를 통해 광신에 대한 비유를, 다신교와 유일신교에 대한 성찰을 거쳐 종교 현상들에 대한 비판적 성찰로 나아간다. 화자는 그러는 자신의 앎에 대해서도 의문을 내비친 다음, 우리의 역사적 현실로 돌아와, "57년 만에…… 열차 시험운행"(317)에서도 해묵은 상투화를 읽어낸다. 그리고 이렇게 선언한다. "우리를/호시탐탐 노리는 것은/죽음이 아니고 사소한 추락이고/울화고, 그것이 자기경멸로/끝나지 않는다는 거다"(319)라며, 죽음까지 사소화하는 것을 아는 것이 "유일한 죽음"(321)이라고 단언한다. 여기서 '유일한 죽음'이란 죽음에 대한 감각을 잃지 않은 상태에서 전유되는 '죽음'에 대한 감각이다. 그러니까 죽음을 소멸로만 보는 눈에는 "노래 속으로 자신의 생명을/내파한 예수"(321)조차 그저 불쌍해 보일 수밖에 없다. 이런 맥락에서 화자는 "생명은 거룩함보다 비천하다"고 말하고, "성가는 음악의/노래의/노래 속/거룩함을 흉내낼 뿐이다. 흉내는/거룩함을 두려움보다 더 두렵게/흉내낸다. 흉내는 극단을 낳고 그렇게/양 극단이 서로 통하는 흉내는 두려움을/증오로 포식한다. 그게 에덴동산의/식사다. (……) 음악은/노선투쟁 없이 진로를 바꾼다./펼쳐진다. 노래는 격려를 시작한다./그리고/노래 속은 거룩한 농담이다"(322~23)라고, 우리가 성스러움으로 여겨왔던 것들이 '거룩함'에 미치지 못하는 것임을 설파하면서 그 자리에 '노래'를 불러들인다. 그리고 "노래 속은 거룩한 농담"이라고 말한다. 농담은 대상을 해체하지 않고 함께 놀면서 경직을 풀어주는 것이기에 그럴 수 있는 것이다. 그리고 '노래 속'의 근원적 성격을 말한다. "노래 속은/소리가 육체라서 들리지 않는다./육체가/귓바퀴 속/떨림판이라서 보이지 않는다."(324) 우리는 이 지점에서 '노래 속'은 쉽게 감각되는 것이 아니지만, '소리'를 '육체'로, 그 '육체'를 '떨림판'으로 환치시키는 것과 같은 상상력을 동원해야만 그 존재를 알 수 있다는 사실을 분명히 깨닫게 된다. '노래 속'은 무엇보다 "파경 속 총체다."(414)

이처럼 '노래'에 대한 성찰은 자연스럽게 '노래 속' 세계로 흘러들면서 마무리된다. 편의상 '소리'와 '노래'와 '노래 속'을 나누어 살펴보았지만, '소리'는 '노래' 또는 '노래 속'과 함께 여기저기 편재하면서 서로를 간접 조명하기도 한다. 이 시의 첫머리에서 화자는 자연 속의 원만한 흐름을 말하다가 "흐른다는 것은/구원일까. 노래 속에는 구약과 신약이/제도화하지 않고……"(12)에서 최초로 '노래 속'을 말한다. 그리고 다양한 생명체들에 대한 눈부신 감각적 재구성을 보여준 다음, 이 시집의 두번째 부분 'II'에서 다시 '새'에 대한 다양한 성찰과 겹쳐지면서 다시 '노래 속'이 등장한다.

노래 속에는
거룩한 응축의
지도가 있다.
가벼운 미래를 위해 무거운
전통이 있다.
신약의 천국이 있다.
살아 있는 자를 위한
부고가 있다.

끔찍한 명징의

거울이 있다.

혼탁한 것은 노래 밖이다.

흔하디흔한 것은 노래 곁이다.

노래 속에는 인간의

정치가 없다.(37~38)

'노래 속'의 성격과 위상을 입체적으로(내재적 외재적으로) 드러내면서 '노래 밖'을 '혼탁한 것'으로 규정하고 있는 이 대목은 해석이 필요하지 않을 만큼 명징하다. '노래 속'은 현존하는 모든 노래들의 속성을 함축하면서도 질적으로 고양된 층위에 있다. 그러나 이것은 관념적으로 설정된 '이데아'나 실재계와는 반대 방향에서 이루어져온 것이다. 그러기에 그 안에는 세계를 응축한 '거룩한' '지도'가 들어 있고, '전통'도 들어 있다. '전통'은 여전히 무겁지만 "가벼운 미래를 위해" 있다. 이 시에서 무거움('중력')은 중심을 향한 '제도화'의 힘이기에, 끊임없이 벗어야 할 것이고, 그렇게 해서 가벼워지는 과정에서 심오한 느낌과 의미가 함축된다. '지도'와 '전통'은 '노래 속'에 대한 공간·시간적 비유이다. '신약의 천국'은 육을 지닌 한 인간이 제도의 중력에 찢기면서 그것을 벗어버린, 인류 역사상 가장 극적인 사건으로써 정화된 시공간을 암시한다. "살아 있는 자를 위한/부고"는 일상적 삶의 표피적 속성을 벗어나게 하는 '죽음'에 대한 의식을, "끔찍한 명징의/거울"은 세계의 비극성까지 명징하게 볼 수 있는 감각이 생생한, 그래서 '혼탁'이 존재하지 않는 공간을 암시한다. 그런 '노래 속'에는 '인간의 정치'

따위는 들어설 자리가 없다.

4. 거룩함과 노래가 부재하는 현실

　'XII' 첫머리에서 화자는 '노래'는 역사에서 저질러지는 참혹한 기억들을 "노래하는 자보다/앞서 가며" 수습한다고 말하면서, '노래'는 "인간과 동물의/눈물 이상의/액화"(250)라고 말한다. 여기서 '노래'는 풍부한 육감을 얻고 있으면서도 개체성을 벗어나 보편적인 자리를 확보한다. 그러기에 '노래'는 "노래하는 자보다/앞서" 가기도 하고 "따라 부르는 자보다/나중에 남아 이 모든/광경을 거룩화"할 수 있다. 그리고 화자는 자신의 주장이 단순한 관념이 아니라는 것을 분명히 드러내며 "노래가 생명의/광합성 이상의,/'나'의/육화인 까닭"(250)에 그렇다고 말한다. 여기서 '나'에 따옴표가 붙어 있는 것은 그 개체성과 함께 사람들 모두에게 두루 통용될 수 있는 보편성까지 암시한다. 그러니 '노래'는 우리 모두가 그것을 '광합성 이상의' 육화로 느낄 수 있을 만큼 우리들 자신에게 (잃어버린) 육체성을 부여하는 것이 된다.

　'노래 속'이 '거룩한' 모습을 드러내는 장면은 '소리'나 '노래'의 경우보다 더 모호하다. 앞에서 인용한 '노래 속'은 그 속에 있거나 없는 것만을 지시했지만, 다음 인용문은 그것의 생성적 성격을 은유하고 있다.

　　노래 속은 가사뿐 아니라 소리의

의미도 흔들리고 뭉뚱그려지면서

모든 것이 그 이상의 모든 것을 위해

액정한다. 액정도 뭉뚱그려지고 그 이상을 향해

액정한다. 세상만사가 그 말 뜻의 단 한 번

육체를 드러내며 뭉뚱그려지고 액정한다. 이

액정은 흐르지만 방향과 시간 이상이고, 차지

하지만 공간과 붉은, 살아 있는

피

거룩한 피,

그 이상이다.(246~47)

　'노래 속'에서는 모든 것이 "흔들리고 뭉뚱그려지면서" 액체
상태로 되며 흐르지만, '노래 속'은 방향과 시간을 지시하지 않
으며, 공간을 차지하면서도 "살아 있는//피//거룩한 피,/그 이
상이다." 여기서 주목할 것은 '거룩함'과 관련된 '피'의 위상과
그것을 통해 간접적으로 드러나는 '노래 속'의 '거룩한' 성격이
다. '피'는 예수를 통해 이미 거룩함과 연관되어 있기에, 그것
은 자신의 '거룩한' 성격을 스스로 드러낸다. 그런데도 '피'는
'노래 속'에 대한 직접비유에는 미치지 못한 채 '노래 속'의 '거
룩한' 성격을 자신의 것보다 더한 것으로 떠올려주는 매개에
그치고 있다. 이처럼 '노래 속'은 그것을 매개하는 사물과 현상
을 통해 끝없이 변주되면서 자신의 가장 '거룩한' 성격을 드러

낸다. 'XII' 첫머리에서 화자는 자신의 삶에서 지워지는 황혼, 언어, 헌책방, 얼음, 음악, 고독, 경악, 생명, 침묵, 전율 등을 새로운 빛 속에 드러내는 것이 '노래 속'이라고 말한다. 그리고 이것을 재규정한다. "헐벗음을 뒤집으며/벌거벗는 노래 속이다."(251) '노래 속'은 일상 또는 우리의 통념 속에서 헐벗고 낡은 것을 헤치고 속살을 드러내면서 그 자신도 벌거벗는 것이다. '노래 속'은 감각과 의미가 지워지는 일상 속에서 '맨 처음'의 느낌을 되살려주는 기능을 내재하면서 그 스스로도 끊임없이 새롭게 태어난다. 이후, 이어지는 연들은 그러한 사례들을 일곱 차례 예시하면서 "노래 속이다"로 끝을 맺고 있다. 이때 '노래 속'들 앞에는 '벌거벗는'이라는 동사형 관형어가 붙어 있다.

일상언어의 차원에서 '거룩함'은 특별한 종교적 체험에서 현현하는 '성스러움'이다. 그러나 이 시에서 '거룩함'은 그런 의미 너머에 그보다 더 보편적인 것으로 설정되어 있다. "거룩함은 드러남 이전이고······/거룩함은 거처가 아니다."(27) '거룩함'은 특정한 공간을 차지하지 않는, 따라서 편재하는, 현현(顯現) 이전의 가능태이다. 시간의 차원에서 그것은 시작도 끝도 없는 아득함이지만, '몸' 또는 '몸의 짓'으로 드러난다. "거룩함은 신화 이전이다······/이것은 수천 년 후 네 몸의/말이다.//거룩함은 명명 이전이다······/이것은 수만 년 후 네 몸의/짓이다."(41) '몸'과 관련된 '거룩함'은 '수천 년'이라는 시간대를 아우르고 있지만, '몸의 짓'과 관련된 '거룩함'은 '수만 년'의 시간대를 아우른다. 이것은 '거룩함'은 본질적으로 경험적 시간(성)을 초월해 있으면서도 인간의 상상적 범주 안에 있다는 사실을 암시한다.

　화자는 어느 추운 날을 떠올리며 '거룩함'을 살이 떨리는 감각과 연관시킨다. "거룩함은/肉에서 나온다./살, 떨린다."(79) 그러나 그 형상을 포착할 수 없다는 것을 분명히 드러낸다. "형상은/잡혀 있지 않고 스스로/갇혀 있는 것이다. 누가 잡아내겠는가/파도를, 나뭇잎을, 수석도 아닌/바위의 형상 속 형상을?" (79) 이처럼 '거룩함'은 '육'을 매개로 존재성만을 확인시켜줄 뿐이다. 그러니까 '이데아'나 '물자체'와는 달리 관념적으로 사유되는 것은 '거룩함'이 아니다. '거룩함'은 언제나 육에서 태어나며, 두려움을 동반한다. "거룩함은 두려움보다 더 두렵고 나는/그렇지 않은 이 시대가 더 두렵고 치사한/두려움이라 더 두렵고 낙하 속도가/두렵고 그 끝은 파멸이 아니라/지리멸렬일 것이므로 더 두렵고/그것을 모면하려는/사랑이므로, 연애이므로 더 두렵다."(65~66) 화자는 '거룩함'은 두려운 것인데, 그 두려움을 모르고 치사해지는 이 시대가 더 두렵다고 말하면서 두려움을 매개로 거룩함과 이 시대를 상호조명하고 있다.

　'거룩함'이 두려운 것은 생명의 내파와 관련되기 때문이다. "거룩함은 생명을 내파하는 거룩함이나."(107) 그런데 앞에서 살폈듯이, 즉자적 내파로서의 생명의 내파는 좀처럼 감각되지 않기에 사람들은 그것을 알아차리지 못한 채 지리멸렬하게 타락해간다. 남녀관계에서 보면, '거룩함'은 그들 사이에 있지 않고, '사이' 그 자체이다.(183) 그러니까 '사이'를 해체하려는 '사랑'과 '연애'는 '더 두려운' 것이 된다. 화자가 이런 행위를 '모면하려는' 것으로 규정하고 있는 것은, 우리들은 알게 모르게 '거룩함'으로부터 늘 도주하고 있다는 사실을 암시한다. '거룩함'은 우리의 관념과는 무관하다. 이를테면, "우주는 거룩함의 부재를/증명하면서 거룩하다."(192) 이러한 "거룩함은 느낌의 /객체가 아니다./(느끼는 주체지만 그 느낌은/인간의 것이 아니다)."(261) 그래서 "거룩함은 미미하고 그,/증거는 세상 일상 도처 존재다."(464) 일상에서 우리는 '거룩함'의 편재성과 그것의 인식 불가능성 사이에 있다.

'거룩함'은 육체가 찢기는 실존적 시간 또는 그런 것이 일상에서 저질러진 결과로 생겨난 '비천' 또는 '참혹함' 속에서 자신의 모습을 반어적으로 드러낸다. 화자는 이 시대의 풍경을 '노래 바깥'으로 의식하면서 노래의 부재를 거룩함의 부재로 본다. 그리고 예수의 죽음, 구약과 신약이 결정적으로 갈라지는 장면을 떠올린다. "주여, 왜 나를 버리시나이까?/그러나/거룩함의 부재가 이토록 통렬하게 육체적으로/현존했던 적은 없었다."(367) 거룩함의 부재에서 비롯된 이 통렬한 육체적 현존은 '믿음'보다 더 거룩하다. 이것이 우리가 인류의 역사에서 경험한 가장 놀라운 역설, 따라서 기적이다. 그런데 사람들은 '믿음'의 차원으로 예수를 끌어내려 "허리에는 창에 찔린/……/손과 발에는 못이 박혔던/자국.//이만큼의/증거도 감당하지 못하고/……부활을 논한다."(70) 사람들은 (자신들이 저지른) 필연적 결과를 그 자체로서 감당하지 못하고, 사실 자체를 부정하거나 아예 없었던 것처럼 생각하거나 더 나은 어떤 것을 위해 저질러진 것인 양 생각하는 도착(倒錯)과 위선과 거짓을 선택해왔다. 그래서 시인은 "믿음은 모든 것을 망가트린다"(27)고, 이 시 첫머리에서 단언한 바 있다. 그에게 "종교는 인간적인 비명소리, 자연의/비유에 지나지 않는다."(223) 이처럼 노래가 부재하면 종교도 제도적으로 굳어진다.

그러니 문명적 진화 과정에서 제도화해온 법과 정치는 더 말할 나위도 없다. "법은 만남을 모르고/헤어짐도 모르고/사례가 이어질수록 거룩함의/거세가 돌이킬 수 없을 뿐이다."(177) 정치·경제·종교와 우리의 일상을 지배하는 모든 제도적 현상들은 그런 상태에 놓여 있다. 그러나 "홀로 있으면 정치도 거룩하다. 자신의 행위 일체가/계획이 아니라 음모로밖에 비치지 않는 그 정황이/정치판이 그 판을 둘러싼 음모가 야속하다."(179) 이 구절은 시인의 현실의식을 뚜렷이 드러낸다. '정치'의 '정(政)'이 본래 '정(正)'을 의미했듯이, 정치는 본래 올바른 삶을 지향하는 '계획'(성)을 지닌 것이다. 그런데 현실 속의 정치는 "늘 혼자 있기를"(179) 두려워하여 과도하게 무리를 이루고 '음모'가 판을 치는 '정치판'을 빚어내기 때문에 '거룩함'을 결여하게 된 것일 뿐이다. 그러니, 문제는 거룩함의 '실종'이다.

시인은 '매장' 제도와 더불어 '예술'이 나타났다는 사실을 전제로, 예술이라는 '비유' 현상은 "죽음에 대한 관념에서 비롯된 것인지"(188) 모른다는 생각을 드러낸 다음, 예술과 문명적 진화의 길은 처음엔 하나였다가 점차 가상현실 차원과 일상현실 차원으로의 나뉨이 뚜렷해진 과정을 들여다본다. '불'을 길들이면서 '짐승'을 길들이고 '금은세공'이 가능해진다. 그런데 화자는 이러한 변화를 긍정적인 의미의 진화로 보지 않는다. '진화'는 이 시에서 긍정적 맥락보다는 부정석 맥락에 놓여 있다. 그래서 화자는 지금의 인간들이 찬탄해 마지않는 '금은세공'의 시간을 "생활의 지옥이 완강하게/정교해지는 시간"(188)이라고 단정한다. 이런 과정에서 빚어진 '화려'는 "스스로 거룩해지

569

는/소통을 크게 방해한다."(189) '소통'이 인간관계를 의미한다면, 이 구절은 화려한 물건들이 계급적 차이를 드러내는 상징물로 애용되어온 사실과 무관하지 않을 것이다. 그리고 '철기'가 등장한 이후, "죽음은 노동의/단절이 아니라 확장이다. 그 전에 노동은/죽음의 연장이 아니라 심화"(189)로 된다. 이 말은 좀 난해하지만, 앞뒤로 일곱 페이지쯤 읽어보면 어렴풋이 그 의미가 짚여온다. 여기서 '죽음'은 일차적으로 문명 속에서 이미 존재했던 것이 사라지면서 새로운 것이 나타나는 현상과 관련된다. 그것은 나타남과 사라짐 사이이기도 하고, 그 과정 자체이기도 하다. 이런 문맥에서 보면, '죽음'은 문명적 진화의 다른 이름처럼 보인다. 그렇다면, 앞의 문장은 이러한 변화 속에서 인간의 노동이 더욱 가혹해졌다는 사실을 암시할 것이다.

그러나 이후의 시행들은 죽음의 또 다른 성격들을 드러내며 계속 흘러간다. 이를테면, "죽음은 빛이 빠져나오지 못하는/블랙홀 속이 아니다.//죽음의 온도는/온갖 온도의 운동이/멈추는/절대영도가 아니다./죽음은 인문학 혹은 양자역학 속이다./원자핵 둘레 궤도를 돌지 않고 확률적으로/발생할 뿐인 전자의/사건 속이다."(190) 불확정성의 원리를 환기시키는 이런 맥락에서 보면, '죽음'은 완전한 소멸이나 '블랙홀' 같은 것이 아니고, 운동을 정지시키는 '절대영도'도 아니며, 그 운동 또는 흐름은 필연성보다는 개연성을 띤다. 그런 다음, "그렇게 죽음도 죽음의/외형을 닮고, (……) 이야기가 이야기의/외형을 닮는.//노래 속은 생명의 내파의/동의어다./그보다는 한 꺼풀 더 벗는/헐벗은 동의어다"(190~91)로 나아간다. 이렇게, 화자는 문명적 진화 곁에서 어느덧 '노래 속'으로 흘러가는 계기를 '죽음'에서 발견하고 있다. 그리고 '씻음'과 '가상현실'을 매개로 '동의어'의 '동의'들조차 사라지면서 '인격'도 '신격'도 없는 '거룩함'이 얼굴을 내미는 모습을 보여준다. "그게 거룩함의,/家도 없고 系도 없는,/가계다."(192) 그리고 이러한 현상은 '노래'로 수습된다. "노래는 그 모든 것을 응축, 가시화한다. 응축만이 /가시화고 부재의 응축이/'만'과 전혀 무관하게,//거룩함보다 더 거룩하다."(192~93) 이렇게, 화자는 우리가 문명사에서 잃어버린 것들, 즉 '부재의 응축'이 "거룩함보다 더 거룩하다"는 결론에 이른다.

이러한 '거룩함'을 염두에 두고 이제 역사적 차원에서 그것이 소실되는 '장면' 또는 '순간'을 눈여겨보자. 앞 장에서 보았듯이, '노래'는 "육체적으로 흘러간다." 그런데 '육체' 즉 '몸'은 "비극적이고 싶은 몸"(125)이다. 이런 생각을 지닌 화자는 "영혼을/아름답게 하는 것은 육체의/상처"(131)라고 말한 다음, 우리 모두의 상처인 '인혁당 사건'으로 넘어가 "70년대/어두운 죽음의 시대. 숱한 사람을/죽이고 스스로 죽음이 되어갔던 시대"(131)를 현재화한다. 화자는 가족들이 잠들어 있는 고요한 시간에 문득 "그날 오늘,/인혁당 사건 관련자/여덟 명의 사내는 죽었다"(132)는 사실을 떠올린다. 화자의 의식 속에서는 '그날'은 '오늘'이다. "방청가족을 한데 뭉치게 한 것/다리가 후들거리는 밑 모를 공포를 이겨낸 것은/말이 아니고 울음이었다"(132)는 장면에서 보면, 이성적 사유의 매개인 '말'보다 '울음'이라는 즉자적 행위가 '공포를 이겨낸' 것으로 드러난다. 그런데 우리를 놀라게 하는 것은 여덟 명에게 사형이 선고되던 순간 방청석에서 일어난 "너무 질서정연해서 스스로 소름끼쳤"

(132)던 '집단적 절규'를 떠올리며, 그 순간 무엇인가가 '실종'되었다고 생각하는 대목이다. 그러면서 화자는 자신의 심리적 반응까지 의문스러워한다.

> 내 속으로 내가 실종되는
> 나의 실종 속으로 내가 실종되는
> 너와 나 사이로 너와 나 실종되는
> 사이로서 실종되는
> '사이＝실종'의
> 깊이.

> 그러나, 뭐지? 그들의 대성통곡을 아주
> 사소한 울부짖음으로 돌리고
> 위로하는, 거대한, 더 끔찍하지만 운명처럼 스스로를
> 감싸는 이것은, 뭐지?(132~33)

"이것은, 뭐지?" 하는 의문 때문에 이 대목은 강렬한 빛을 발산한다. 사형이 선고되는 순간 너무도 당연하게 터져 나온 "대성통곡을 아주/사소한 울부짖음으로 돌리"는 것은 과연 무엇일까? 어쩌면 그것은 '대성통곡' 자체에 이미 내재해 있지 않을까? 그러나 앞의 연은 무엇인가가 실종되는 느낌만을 절묘하게 형상화하고 있을 뿐이고, 뒤의 연은 그러한 실종을 빚어내는 '거대'하고 '끔찍'한 성격만 드러내고 있을 뿐이다. 그래도/그래서 실종되는 것과 실종시키는 것의 느낌이 오히려 더 풍부해지는 놀라운 시적 효과가 빚어진다. 무엇인가를 실종시

키는 것은 아마 무의식을 통해 우리들의 행위를 선점하고 습관성, 그것도 집단적 행위와 관련된 모종의 습관성일 것이다. 그래서 그것은 '운명처럼' 작동하는 마력을 지니고 있을 것이다. 이러한 사실을 습관적으로 드러내면, 실종되는 것은 시대적 비극을 온몸으로 감당한 이들의 죽음, 그것을 빚어내는 사회적 메커니즘, 그리고 그 역사성에 대한 느낌과 올바른 의식이 된다. 아래쪽으로 내려가면서 시행들이 점점 좁혀지고 깊어지는 역삼각형으로 실종의 느낌을 형상화한 솜씨도 놀랍지만, '사건성' (바흐친의 개념으로, 사건 자체의 존재론적 바탕 또는 그것을 둘러싼 '대화성') 자체가 실종되는 현상에 대한 형상화 역시 놀랄 만큼 참신하다. 화자가 '사이＝실종'을 "더 끔찍하지만 운명처럼 스스로를/감싸는" 것으로 의식하는 것은 "숱한 사람을/죽이고 스스로 죽음이 되어갔던 시대"의 역사적 무의식성보다는 그것을 아파하는 사람들의 의식조차 알 수 없는 힘에 포획되어간다는 사실을 더욱 통렬하게 환기시킨다. 그런 현상에 대한 보상인 듯, 화자는 "안개 낀 새벽, 눈을 헝겊으로 가린 채/끌려간, 느티나무 한 그루 파리하게 치솟은/사형장 행렬"(133)을 한 폭의 풍경화처럼 떠올린다.

독립된 한 편의 장시처럼 보이는 「사랑노래—補遺」역시 '죽음'을 환기시키며 마무리된다. '사랑'의 현상에 접근할 때 화자는 그것을 느끼는 한순간의 성왕을 한 편의 서정시처럼 형상화한 다음, 그것을 하나의 명사에 함축하면서 "이러한 맹목의/공공성을 우리는 사랑이라고 부른다"(485)와 같은 독립된 명제들로 마무리하고, 간간이 그러한 사랑의 기능 또는 사회적 의미를 부가한 다음, 또 다른 사랑의 정황으로 넘어간다.[5] 네 페이지(488~91)에 걸쳐 이러한 구조가 열여덟 번이나 반복되면서 역동적인 흐름을 탄다. 이 대목에서 화자는 사랑에 대한 감각적 현상들을 펼쳐 보인 다음, 사랑의 질적 변화를 드러낸다. 그것은 "색에서 소리"로의 변화이다. 이러한 변화의 계기는 '노'(老) 즉 늙음이지만, 여기서 '소리'는 물론 청각만을 환기시키는 것이 아니다. '색'은 육체적=물질적 감각에 가깝고, 소리는 물질성이 훨씬 더 희박한 감각이다. 그렇다고 해서 후자가 덜 육감적인 것은 아니다. "시력과 함께 생의/장면도 희미해지고/귀의, 그 동굴 내부인/상상력에 제 몸을 아낌없이 맡긴다./생의 노년은 그렇게 에로틱하다."(492) 그리고 죽음에 이르는 삶의 모든 변화들이 '사랑의 소리'로 매개된다. 그런 과정에서 발생하는 심미적·의미론적 앎의 상태는 '명징하다'는 말로 표현된다. 그러나 시 속에서 가벼운 감탄의 여운을 불러일으키는 '명징하다'는 논리실증주의자들의 개념과는 거리가 멀다. 이 낱말은 '영롱하다'는 심미적 효과까지 함축하고 있기 때문이다.(494~98)

574

그리고 구체적 현상들과 관련된 '명징하다'가 앞에서 본 복잡한 역동적인 진행구조로 반복된다. 이 부분은 주로 늙음의 현상에 대한 통념의 뒤집기이다. 늙음 또는 늙어감이 의식되는

---

5) 앞부분에서는 사랑의 특별한 속성, 이를테면 태초의 창조성을 느끼게 하는 생명적 내파와 관련된 느낌을 드러내는 대목에서는 매우 특이한 교직법을 쓰기도 한다. "'빛이 있으라!'/그렇게 우리는 사랑을 한다.//'땅이 있으라!'//그렇게 우리의 사랑은/생산을 한다.//'생명이 있으라!'//그렇게 우리의 생산은/생명을 내파한다."(270)

시간은 "명징하게 아픈 시간이다. 옛날이 바로/눈앞에 어여쁜 시간이다."(501) 이러한 시간이 아프게 느껴지는 것은 '노년'은 모든 것들과 작별을 예비하는 시간이기도 하기 때문이다. 이제 시인은 자신의 죽음까지 예감한다. 그런 다음, 화자는 "이렇게 우리는 노년의/사랑보다 명징한 섹스를 한다"(502)고 말한다. 모든 것들과 결별을 예비하는 노년은 '사랑'이란 말에 달라붙어 있는 군더더기들을 모두 벗어버리고 '섹스'를 한다. 그래서 '섹스'는 '사랑'보다 명징하다. 노년의 의식 속에서 '사랑'과 '섹스'의 관계는 이렇게 뒤집힌 채 서로를 명징하게 조명한다. 그리고 모차르트 현악 5중주로 명징한 우울과 죽음을 드러낸 다음, '사랑'은 '죽음'과 관련되면서 좀더 명징하게 드러난다. "죽음도 나이를 먹어"가고, "……기억이 생생한/죽음의 살을 입는다./그러므로 지금 있는 모든 것들은/없는 모든 것들만 못한 것이다."(517) "지금 있는 모든 것들"은 현재의 감각적 대상이기에 그 존재는 유한하고 느낌과 의미도 온전할 수 없다. 그러니 그것들에 대한 진정한 느낌과 의미는 그 너머, 즉 '죽음'의 영역에 있다는 것이다. 이러한 성찰은 생이 젊음의 탁한 감각을 지나 늙음과 병을 거쳐 죽음, 즉 감각적 대상의 부재를 명징하게 느끼는 경지에서만 얻어지는 것이다. 그리하여, "사라진 것이 사라져/원래의 몸보다 생생한 너의/체취가/은밀이/떨림이/투명이/흐느낌이/스밈이/인격이/손아귀에 잡히지 않고/손이 스스로 더 생생한 손을/느끼게 해준다는 것이다."(518) 이 예문들에 보이는 '생생하다'나 '분명하다'나 '투명하다'라는 형용사들은 앞에서 말한 '명징하다'를 내용면에서 보충하고 있다. 시적 주체는 자신의 육체적 기관들을 그 자체의 느낌으로 감각한 다음, '너의 몸은' "그 느낌의 소리"(518)라고 말한다. '너'의 몸을 시적 주체 자신의 육체적 기관들에 대한 느낌에서 발생하는 '소리'로 환치시킨 이 대목은 육체적 합일의 느낌에 대한 은유로서 눈부시다. 그런 다음, 화자는 자신이 손을 뻗으면 닿을 수 있는 모든 것들을 생생하게 느끼며 산다, 살기로 한다. 이것은 물론 무조건적 수용을 의미하는 것은 아니다. 이를테면, 화자는 자신이 '산행'을 하지 않는 까닭을 이렇게 표현한다. "죽음은 인간에게 산보다 훨씬/더 친근한 생명의 내파, 그곳으로 가는 길보다/더 근본적인/따스할 것도 안온할 것도 없는 그래서 더/거룩한/품이니. 우리 마음속 어둑한 저녁 더 어둔 산의/절경이 죽음이다."(520) 어느덧, '죽음'은 '삶'의 최고 경지로 들어와 있다. 그리고 화자 자신이 실제로 느끼는 그러한 죽음을 이야기한다. 이 지점에서 그의 '사랑노래'는 끝난다.

이 시는, 그 아슬아슬한 정서의 경계면에서 이루어지는 걷잡을 수 없는 느낌들을 섬세하게 그려내면서 생의 오의(娛義)에 도달한, 최고 수준의 사랑노래로 읽힌다. 화자가 『거룩한 줄넘기』 열여섯째 부분의 끝 대목에서 "아직도/노래 속으로 들지 않고/그 곁을 맴도는/노래/소리가/펼치는/광경이 있다"(479~80)며, "노을. 평생/여인 하나/몸 전체를/몸 전체로/울려/놓았구나"(480)라고 읊은 것은 아마도 이 사랑노래를 예비해두고 한 말일 터이다.

여기에서 내가 헤쳐 온 숲길은 끝이 난다. 이제 나의 머릿속에 떠오르는 말들이 거추장스럽다. 그런데도, '해체재구성'이라는 말이 머릿속으로 비집고 들어와 제 길을 열어간다. 세계를 해체하는 것은 가능할지 모르지만, 해체된 것들을 재구성하는 일은 거의 신적인 영역에 속한다. 그러나 인간의 문명사적 왜곡을 해체하고 재구성하는 것은 전적으로 인간의 몫이다. 이 시는 이렇게 외치고 있다. 그러나 이러한 의식의 수행에는 섬세한 감각과 풍부한 지적 사유, 그리고 오류에 대한 공포를 넘어서는 모험이 따를 수밖에 없다. 이것만으로도 부족하다. 우리에게 익숙한 상징계를 전면적으로 해체한 것들을 생명적 원리로 다시 수렴할 수 있는 새로운 상상계를 건설해야 한다. 좀처럼 믿기지 않는 일이지만, 시인은 이 일을 충분히 해냈다. 그는 세계의 부정적 요소들을 대상화하기보다는 그것들 스스로 내파하는 모습으로 드러냈다. 그래서 간간이 드러나는 아이러니들조차 세상을 야유하고, 조롱하고, 버리기 위해서가 아니라, 일상세계를 살아내면서 새롭게 하는 형식으로 사용한다. 시인은 그렇게, 문명화 과정에서 우리가 잃어버린 것들을 의식의 표면으로 떠올리면서 '노래 속'으로 수습해가고 있다.

라캉이 생각하는 세계는 상징계, 상상계, 실재계라는 세 차원으로 나뉘어 있지만, '노래 속' 세계는 상징계의 틈, 사이, 구멍으로 빠져나가거나 되돌아오는 눈부신 존재 또는 부재들로 이루어진 액상(液狀)처럼 존재한다.[6] 이 시의 새로운 차원은 의식과 무의식, 연상과 사유, 직관과 유추가 함께 작용하면서 빚어내는 새로운 생명적 공간이다. 이 세계는 시장 속 잡다한 소리들의 뒤섞임 또는 그로테스크한 카니발처럼 존재하면서

6) 이것은, 상징계를 돌파하는 의식 또는 은유에 의해 언뜻언뜻 자신의 실체 또는 진리를 내비칠 수 있는 가능성으로 설정되어 있는 라캉의 실재계와는 존재 방식이 전혀 다르다.

그 복잡한 요소들을 거느리고 모종의 투명성을 향해 나아가고 있다. 시인은 형체도 없이 부재하듯 존재하는 것들이 여기저기서 응결되고 뒤섞이며 함께 흘러가는 장관을 펼쳐 보인다. 이런 점에서 언어는 '존재의 집'(하이데거) 이상의 역동성을 지니고 있다. 라캉의 말처럼 무의식은 언어와 유사한 구조를 가지고 있을지 모르지만, 이 시는 언어는 무한대로 자유스럽게 쓰일 수 있다는 사실도 뚜렷이 드러낸다. 이렇게, 『거룩한 줄넘기』는 시가 삶과 의식의 풍요로움을 다른 어떤 예술 장르보다 폭넓게 육화할 수 있다는 사실을 충분히 보여주었다. 이 언어구성체는 시를 일반적 통념에서 구출해냈다는 점에서 기념비적이다. 이 시집은 형식과 내용 면에서, 그리고 이 시대의 문학예술이 생각조차 하기 싫어하는 '총체성'을 그 자신의 몸으로 드러내며 우리 시문학의 영토를 한껏 넓혀놓았다. 마루 밑의 벌레 한 마리나 비루한 일상적 요소들이 남루를 벗고 거룩함으로 떠오르는 가없는 도정은 오디세우스의 항해보다 광대하다. 화자는 귀를 막기는커녕 사이렌의 노래뿐 아니라 보이지 않는 세계에 잠재해 있는 소리들까지 온전하게 '노래 속'으로 수습해 간다. 이렇게, 시인은 상징계의 질긴 그물망을 찢고 절망적으로 천박하고 왜소해진 우리의 의식이 거할 새로운 세계를 건설했다.

　장마에서 장마까지 한 일 년 동안 시에 매달렸다. 전적으로라고
는 할 수 없지만, 최소한 주업으로는. 시가 돈이 될 리 없으니 정
말 쌀 한 말, 한 되가 너무도 소중한 어감을 풍기는 생활의 지경까
지 왔다. 시 쓰는 건 그나마 자료값이 별로 안 들기나 하지. 제 돈
들여 책을 펴내는 자 얼마나 황망했을까? 정홍수가 은인이다. 『드
러남과 드러냄』이 뭘랄까. 분명치도 않은 내용에 질질 끌려간 형
식의 결과였다면, 『거룩한 줄넘기』는 미리 떠오른 (내용과 형식의)
'와꾸'를 채우려던 노동의 산물이다. 내용이 형식의, 형식이 내용
의 와꾸를 설마 이 정도 규모로 키울 줄은 몰랐지만. 어쨌거나, 이
화상을 뭐라 부를꼬? '살아본 나'와 '안 살아본 나' 사이 화해의 기
록이라고나 할까. 둘을 합쳐 그냥 '새길 銘'자 하나로 족할까?

579

2008년 初

김정환